目次

水底のスピカ

美令《みれい》

外は眩《まぶ》しい。いい天気だ。ガラスの向こうに青々とした木々の枝葉が見える。馴染《なじ》みのない樹影、幹の色。白樺《しらかば》だ。学校の敷地の周縁には、番兵よろしく白樺がぐるりと巡っているのだ。ちょっとだけ驚く。高原みたいじゃないかと。

窓から白樺並木が見える職員室は、転校十校目にして初めてだ。

白い柵の牢獄《ろうごく》みたいでもある。先が見えなくて、息が詰まりそう。

海が望めたのだとしたら、どんな気分になれただろう。そんな学校に転校したことはないのだけれど。父はそういうところは、抜かりなく気をつけている。

ブレザーのポケットに入れているスマートフォンに触れる。手に取ってアプリをタップしようとして——やめた。代わりに職員室内へと視線を流した。

今腰かけているのは、黒い革のソファ。職員室の片隅《かたすみ》にありがちの、古めかしい応接セットのそれ。

壁面の黒板は各クラスの欠席者、遅刻者、早退者名を書き入れるもののようだ。

その深緑の海に白い日付が浮かんでいる。チョークで書かれた数字は8と21。八月二十一日なのだ。

この日付に登校するのは、十七年間の人生で初めての経験だった。

北海道はお盆明けから学校が始まると噂《うわさ》に聞いていたが、本当だった。始業式は十七日だった。遅れたのは、家庭の事情というやつだ。学校側も何も言わない。

応接セットに一番近いデスクの島には、ジャージ姿の男性教師。短い頭髪と猛禽類《もうきんるい》めいた眼差《まなざ》し。体育教師っぽい。自分でも何らかの競技をやるタイプに見える。体格から陸上を連想した。

最も遠い奥の島からも視線が飛んできた。かなり老齢のお爺《じい》さん教師だ。定年退職後の非常勤だろうか。

そして中央の島。何人かいるうちの一人がかなり若かった。新卒とは言わないが、それに近い。地味な女教師。眼鏡《めがね》をかけているから目の位置が分かるというような顔の造形。紺色《こんいろ》の夏用カーディガンを羽織《はお》った上半身は貧相だ。

彼女からは、苦い思い出を抱えた者だけが持つ香りがした。

チャイムが鳴った。予鈴のようだ。担任教師たちがゆっくりと出ていく。受け持ちがないのだろう教師がまばらに残った。

「汐谷《しおたに》さん」担任教師が声をかけてきた。「あと少しだから」

「はい」

デスクでプリントを揃《そろ》えている担任は、三十代の男性教師で川辺《かわべ》という。教科は美術だと言った。頼りがいがあり信頼できそうという印象は、残念だが持てなかった。クラス内に問題が起こっても気づかない、もっと言えば、大したことではないから気づかなかった、ということにしようとするタイプ。いじめなどに適切に対応する姿が想像できない。とはいえ、さすがに高校生にもなれば、そんな幼稚な遊びはしないのか。この白麗《はくれい》高校の程度はどれほどなのか。

本当ならもう少し偏差値の高い学校が良かったのだけれど、転入生を受け入れる枠を有した公立高校はここしかなかった。でも、別にそんなことにこだわる必要はないのだろう。両親も大学受験のことは気にしていない。彼らは先のことにはあまり関心がない。なぜなら、先のことだからだ。

教師の誰かの口から、学校祭という言葉が聞こえたので、ソファに腰掛ける前に渡されたプリントに目を落とす。年間予定表が記されたそれには、来週末から学校祭が、そして十月下旬には修学旅行とあった。

そうか。人生最初で最後の修学旅行は、この学校でするのか。

これから出会う見知らぬクラスメイトたちと、昼間行動を共にしたり、夜に内緒話をしたりするのか。どこ受験するの？　とか。将来のこと考えてる？　なんて。三年も同じクラスになれるといいね、など。その合間に女子の悪口と男子の噂。あいつウザくない？　男の前で顔変わるじゃん。あの子、誰それとホテルに行ったんだって。マジで。あんな顔して処女じゃないんだ。ねえ、今誰が好きなの？　それって友達以上恋人未満ってやつ？　三組の彼と付き合ってるんでしょ？　セックスした？　そんな定型文まみれの時間。

こういうのが青春時代の忘れ難い思い出で、こんなお喋《しゃべ》りでも楽しめるのが友情だというのなら、そんなものはいらない。

でも、違うだろう。

例えば、至らないところに気づいて、遠慮なく叱ってくれる相手。一人きりでは見えないものに気づいて、それを教えてくれる相手。一緒にいたら成長できる相手。そして、どんな時でも、孤立無援の戦火の中でも、その人だけは味方でいてくれると信じられる相手。

転校を重ねるたび、もしかしたら次の学校では巡り会えるかもしれないなんて微《かす》かな希望を持った時もあった。馬鹿みたいだ。そんな友情は、お伽噺《とぎばなし》にしか登場しない。

待て。修学旅行の移動は飛行機だろうか？　行き？　帰り？　両方？

だとしたら――。

命というものは、長く生きていればそれだけ惜しくなるのだろうか。たまに、物心つかない乳飲み子のうちに死んでいたら楽だったなと考える。その時は痛いとか苦しいとかあるのかもしれないけれど。

一番古い記憶は、海だ。祖母と坂の上から静かな内海を見ている。祖母は言う。美令、あれが海よ。広いでしょう、綺麗《きれい》でしょう。あそこから命は生まれた。私たちも海から生まれた。私たちは海を崇《あが》め、海に逆らわず生きてきた。そして最後に海に還《かえ》る。だから歯向かおうとしては駄目《だめ》。これ以上近づいちゃ駄目。遊ぶなんてもってのほか。海は何より強い。お祖母《ばあ》ちゃんもお父さんもあなたをどうすることもできない。あなたは海に愛されなかった。

言いながら、祖母は泣いていた。遠くから聞こえる潮騒《しおさい》に震え、どうかこの子を見逃してくれと、海の香りに身を竦《すく》めていた。

あれは九月の海だった。

何が起こるんだろう。今年の九月、来年の九月、そして再来年は。

「よし、できた」

川辺が周りに聞かせるように言ったので、頃合いかとソファから立ち上がる。そして、自分のつむじを天上と結びつけた。今は見えない空の上の星、その引力を感じるのだ。そうすると姿勢が良くなる。

「じゃあ、行こうか」

職員室を出て廊下を行き、階段を上る。

「二年生は三階建ての校舎の三階を使っているんだ。一年生は一階、三年生は二階」

ロの字を描く校舎の中で、目指す教室はどうやら南の廊下に面しているようだった。それぞれの教室からは、朝のホームルームの話し声が漏れてくる。廊下の右手、中庭に面した北側を見下ろす。中庭の真ん中に丸い噴水がある。だが、水は吐いていなかった。かつては水色のペンキが塗られていたのだろうそれは、色がすっかりくすんで、三階からも分岐の数が数えられるほど大きなひび割れが走っていた。あれでは水は入れられまい。

噴水を見下ろしながら、少し歩調を緩めた。噴水はまるで敗北者だった。敗れ去って荒野に転がる骸《むくろ》に見えた。

水を上に噴き上げるのは、自然の摂理に反している。西洋で生まれた噴水は、自然は人が支配するものという西洋の思想が色濃く表れた造形物だという文章を、昔何かで読んだことがある。

なるほど。だとすると、万物は自然の流れ、ひいては神が定めた運命には逆らえないということか。転校を重ねるのもどうにもならない流れ。一人なのも必然。

命がいつまで続くのかも。

不意に砂の香りを嗅いだ気がした。乾いた風が吹く、どんな命にも等しく厳しい、水のない場所の匂い。砂漠だ。そこには誰もいない。そこで、たった一人でさだめの時を待ちながら、彼方《かなた》の海を想っている。

「さっきも話したけれど、最初に自己紹介をしてもらうよ」

そんな一言で、砂漠から現実に引き戻される。自己紹介の予告は、笑ってしまうくらい当たり前の進行だった。次、川辺が言う文句だってはっきり分かる。当ててみようか。

緊張している？

「緊張しているかい？」

それにしても、もう転校十回目だというのは川辺も資料を見て分かっているはずなのに、くだらないことを訊《き》くものだ。ただ、教師に緊張しているかと言われるのも慣れていた。定型句みたいなものなのだ。

「はい、少し」

だからこちらも教師に合わせる。お服加減はいかがですか、と言われたら、大変結構でございますと返す。そこに意味などなくていい。教師は転校生の不安や緊張よりも、転校生を気遣えた事実が重要なのだ。

川辺の後ろについて教室に入るとき、もう一度頭上の星を意識した。

およそ四十人の目に見つめられても、何とも思わない。これから起こることだって分かっている。今までずっとそうだった。年度途中で参入する転校生はクラスの異物。みんなで異物を排除しようとして、クラスは団結する。それが課せられた役目。

誰も助けない。こちらも期待しない。理解なんていらない。人のことなど分かるわけがない。

七列に並んだ教室の中心部あたりで、机の上に片肘だけの頬杖《ほおづえ》をついているミディアムボブのあの子も。

廊下側の最前で警戒心を漲《みなぎ》らせながら、こちらを値踏みしている長い髪の可愛《かわい》いあの子も。

実は自分も苦悩してるんですというアピールのために、あえて明るい顔をしているふうな癖毛《くせげ》の彼も。

真面目《まじめ》な表情をまるで崩さない、証明写真のような眼鏡の彼も。

みんな同じことを思っている、心の底では。自分のことなんて分からないだろうと。そうして、そう考える私が俺が一番賢《かしこ》いと思っている。

高校生なんて、自分だけが特別だと思いたい生き物なのだから。

「じゃあ、自己紹介をお願いします」

川辺に促され、笑顔を作る。

でも、あなたたちは本当に、分かってない。

「汐谷美令です」

私の家に神様がいるなんて、絶対誰も信じない。

和奈《かずな》

四時間目の現代文は、チャイムと同時にきっちり終わった。教師が教室を出ていくより先に、数人の生徒が立ち上がる。引き戸が開け放たれると、廊下を行く開放的な声や生徒たちの足音が流れ込んでくる。購買は一階の生徒ロビー内にある。三階に追いやられた二年生は、距離的ハンデを背負うことになった。購買のパンや弁当を昼食にと目論《もくろ》む生徒は、食いっぱぐれないために、四時間目が終わると同時に教室から駆け出る。

だから二年生になって、四時間目の授業が長引くことは滅多《めった》になくなったのだが、松島《まつしま》和奈には関係のない話である。和奈は一日も休まず弁当を持参するからだ。

誰かが木綿《もめん》のカーテンを開けた。教室内が一段階明るさを増す。

けれどもそこに、夏はもうない。

『東京の人』がやってきて、明確に夏は終わったのだ。

汐谷美令のことだ。

和奈は窓側から三列目、前から三番目というほぼ教室中央に位置する席で、ミディアムボブの髪の毛をいじりながら、窓側最前列の席に座る美令を見つめた。

北国の高校生にとって、夏は貴重だ。本州の人たちはまだ休んでいるのにと恨めしく思いながら、八月の半ば過ぎから学校に行く。だからせめて九月になるまでは、夏の名残《なごり》を無意識に探す。アスファルトの上の逃げ水、蟬《せみ》の鳴き声、残暑。そういったものが消え去るまでは足掻《あが》く。なのにこのクラスだけは九月を待たずして、夏を見失った。

美令という歪《いびつ》なピースで、二年八組は変貌《へんぼう》した。フラットな中に穿《うが》たれた、あるいは飛び出た何か。誰もが美令を意識してしまう。見えなくてもあの席に美令がいると感じ取ってしまう。先生までもだ。美令の席に近い生徒たちは、夏休み前に比べて授業中に当てられたり注意されたりすることが増えた。

美令はスクールバッグにゆっくりと教材をしまうと、しばしスマホを眺《なが》めてから教室を出ていった。ランチボックスのお手拭きで済ませてしまう和奈と違い、美令は必ず手を洗う。程なく戻ってきてお弁当を広げたようだが、和奈の位置からはその中身は見えない。必然、食べているときの顔も目にしたことはなかった。

「うおっ。湯川《ゆかわ》の弁当、今日もデカくね」

斜め後ろから声が飛んできた。赤羽清太《あかばねきよた》の声だ。清太の興味はすぐに別の生徒に向かう。

「おまえ今日カレー？　マジで？」

「エビフリャーいいですねえ」

「うっそ、神谷《かみや》おまえピザかよ」

清太が教室前方に進んでくれたらいいのにと思う。その三歳児のような傍若無人《ぼうじゃくぶじん》さで、美令の弁当も覗《のぞ》き込《こ》んでみてほしい。何が入っているんだろう。和奈は美令の昼食に興味を持っていた。ローストビーフ、フルーツサラダ、ルコッタ、フリット、テリーヌ……冷えたご飯はあまり想像できない。

けれども清太は相棒の青木萌芽《あおきほうが》に「毎度人の弁当を覗きすぎだ」とたしなめられながら、教室を出て行った。

和奈はようやくランチクロスに包まれた自分の弁当を開いた。今日のメインは焼いた銀鱈《ぎんだら》。美令の弁当には入ってなさそうな一品だ。

食べ物の匂いに満ちた教室は、ふんわりとざわめいている。そのざわめきの周波数は毎日一定だ。いつも同じ顔ぶれでグループを作り、机を合わせて弁当を広げるからだ。

夏が終わるまで、ざわめきに加わらない人間は、和奈だけだった。

人一人が季節を変えてしまうなんてあるんだなと、和奈は女子向けにしては大きな弁当をつつきながら思う。そして次に自分に置き換えて考える。例えば私が今この時期に、見知らぬ土地の学校に転校生として参入したらどうかと。

それなりに注目はされるはずだ。転校生というのは良くも悪くも、ある程度の注目を浴びるコンテンツだからだ。並以上の容姿を持っていたら、なおさらだ。

　確かに美令の容姿は水際立っている。それまで可愛いと誉《ほ》めそやされていた他の女子――城之内更紗《じょうのうちさらさ》とか――とはどこか違う。女子たちが自撮りをするときに、やれ鼻筋だの輪郭だの目の大きさだの人中《じんちゅう》の長さだの、躍起《やっき》になって動かす加工アプリのスライダーが、全項目いい感じに調整されている顔。小さくて形の良い頭、しなやかで健康的なスタイル。清太などは「芸能人をリアルで見たらこんな感じかと思った」などと鼻の下を伸ばしていた。だから和奈は、美令が新たなクラスのスター選手として受け入れられるのではないかと思ったのだ。

　だから、『東京の人』と半ば小馬鹿にするようなニュアンスで語られ、場合によっては存在を完全無視されるような事態に、いささか驚いている。

――クラスのみんなが、彼女を見て見ぬふりする。

　東京からの転入生の二、三を聞いただけで、あっさりそう看破《かんぱ》した年上の従姉《いとこ》の顔を、和奈は思い浮かべた。あれは美令がクラスにやってきた翌日の朝食時だった。従姉の夏月《なつき》は食堂定番のチーズオムレツを手早く口に運びながら、美令の容姿や佇《たたず》まいの印象を聞いた段で、そう言い切った。

『東京の人』と美令を呼び始めたのは、更紗だ。

　校内放送が流れた。各クラスの学校祭実行委員に向けて、集合を求めるものだった。八組の委員は楠木《くすのき》だったろうかと思っていると、やはり彼女が席を立って教室を出て行った。周りの女子が「頑張ってね」「行ってらっしゃい」などと言いつつ指先だけで手を振る中、更紗が長い髪のサイドを耳にかけながら、「え、昼休み返上とかかわいそう」と顔を顰《しか》めた。

学校祭が一週間後に迫っていた。白麗高校は例年八月下旬もしくは九月上旬の金曜土曜に学校祭を実施する。二年八組のクラス出し物は『ルパン三世からの五つの挑戦』という簡易ゲームセンターだ。こちらは発案者の清太ら四人の男子が中心になって準備をしている。残りの生徒は行灯《あんどん》行列で担ぐ行灯作りが割り当てられた。そちらは校舎北側の、テニスコートに近いスペースを使っての作業だ。

全学年全クラスが行灯を作るのだが、誰がやるのか、毎年土台の骨組みはいつの間にかできており、和奈は今年も紙を貼る作業しかやらなかった。担当したイーブイの左足の部分は二日かからずに終わってしまった。作業の間、他のみんなの手は遅過ぎると和奈は思った。特に更紗のグループや男子の一部の目立つ人たちが、平気でお喋りしながら手元をおろそかにしていたものだから、これは未完成の行灯を担ぐことになるかもと呆《あき》れていたが、最近急激に作業は進んで、他クラスの進捗《しんちょく》をいつしか追い抜いたらしい。

きっかけはおそらく美令だと和奈は思っている。美令が来て、クラスが団結した感がある。まるで体内に侵入した異物を、免疫機能がこぞって標的にしているようだ。

「そろそろ廊下、混むころじゃない？」

更紗の口調には、ささやかな、棘《とげ》と表現するにはあまりに微細すぎる何かが潜んでいる。

「今のうちに出ようかな」

「あ、私も行く」

「ついでに、行灯の出来栄え見てくる？」

「いいね、他のクラスのもチェックしとこう」

和奈は美令の背を見た。彼女は更紗の声に振り向かなかった。まったくもって我関せずという態度だった。行灯のことにも興味を見せない。学校祭に関する生徒らの役割分担を決めたのは、始業式後のホームルームの時間だった。不在の美令には役割が与えられなかった。

もし仮に、美令から八組の生徒らにおもねる態度を見せたのならば、何らかの役目が与えられ、同時に彼女というピースもクラスというジグソーパズルを構成する形状になったはずだ。でも美令は、そんな安っぽい連帯はいらない、北海道の田舎《いなか》公立高校のクラスメイトには何も期待しないと言わんばかりだ。役目がないことを、彼女自身が肩身狭く思っているふうはなかった。

開け放たれた戸口付近に人群れの騒がしさができてくる。和奈は弁当を少し残して蓋《ふた》をした。

この騒がしさも美令が来てからの変化だ。弁当を食べ終わる頃合いになると、前方の戸口に別クラス、別学年の男子生徒が教室を覗きに集まるようになったのだ。

彼らは美令を見に来ている。戸口に立ち止まらないまでも、わざとゆっくり歩いて隙間から視界に収めようとする輩《やから》もいる。よって三階の廊下が大渋滞する。

観光名所ができたみたいだ。

でも、そこまで違うだろうか？

和奈は美令の容姿の良さを認めながらも、あくまでそれは自分たちと地続きの良さだと思っている。次元が違うとまではいかない、完敗ではない。だって同じ高校生だ。私だってもう少し顎《あご》がシャープで目が大きくて鼻筋が通っていて輪郭がシュッとしていたら、きっと十分戦える。清太は芸能人のようだと言ったけれど、そうだとしてもあくまで地下アイドル止まり。第一線レベルはもちろん、世界に通用する女優やモデルとかでは決してない。そこまで行くには、彼女にも何かが足りていない。

昼休みの残り時間、和奈は片側だけの頬杖をついて、美令の後ろ姿を眺めた。まとめない茶色い髪が流れる美令の背は、正しく綺麗だった。真《ま》っ直《す》ぐ上にぴんと張っていて、特別長身でもないのに程よく背が高い印象を与える。人の雰囲気を左右するのは何より姿勢なのだなと、美令を見ていて思う。幼いころから誰かに厳しく鍛《きた》えられたかのような、伝統芸能の演者に似た鍛錬《たんれん》の匂いすらする。

美令を見ていると、和奈は転校生になってみたくなる。自分ももしかしたら観光名所になるのではないかと期待してしまう。もしかしたら彼女が『東京の人』扱いになっているのは、そのみんなが持ちうる期待をくすぐるせいかもしれなかった。人は自分が期待している何かを他人が得ている状況が気に入らないものだ。

放送で呼び出された楠木は、昼休みが終わる直前に複雑な顔をして帰ってきた。

「面倒くさすぎ、告知ポスティング要員出せだって。今さら」

学校祭の告知ポスティング要員として白羽の矢が立ったのは、美令だった。帰りのホームルームで川辺が案を出した。当然といえば当然であった。なぜなら何も役目がないのだから。手が塞《ふさ》がっている人間がもう一つの荷を負うことはない。また川辺も担任なりに転校生をクラスに馴染ませようと気にしていたのだろう。

けれども和奈は「アホか」と思った。ポスティングである。告知チラシなどを近隣住民のお宅の郵便受けに投げ込むのである。そういう作業をなぜ土地勘《とちかん》のない美令にやらせるのか。

美令は何も言わずにそれを受けた。

「汐谷は転校してきたばかりだ。サポートでもう一人、出したらどうだ。楠木、問題ないな？」

川辺は思ったほどアホではなかった。そう次の提案をして、クラスを見回した。

「俺やってもいいです」

清太が手を挙げたが、川辺に却下された。「おまえは出し物の準備がある。弓道部《きゅうどうぶ》もずっとサボってるだろ。他、余裕があるやついないか」

するとクラスは沈黙したのだった。生徒たちは、「誰かいないか」と名乗り出を促す川辺と目を合わさぬように、机の天板や前の座席の背もたれを眺めて、気配を殺すモードに突入した。それはなかなか残酷な光景だった。誰かこの人を助けませんかと当人の前で募るのは、時として暴力である。助けませんとそっぽを向く人々を目の当たりにする苦行《くぎょう》。目の焦点を合わさぬようにしている生徒の中で、一部の生徒は意思を確認するように互いを見ていた。更紗は楠木や自分の取り巻きの生徒たちとそうしていた。彼女たちはこの状況を面白がっているようだった。少なくとも和奈にはそう見えた。更紗なら面白がるだろう。『東京の人』というあだ名をつけた更紗であれば。

和奈は美令の方を見た。

美令は良い姿勢のままでじっとしていた。別に一人でも構わないと、その背は雄弁に語っていた。

和奈は手を挙げた。

「おまえやってくれるか？」

教室中の視線が自分に集中するのを感じ、和奈は緊張を覚えながら頷《うなず》いた。

「じゃあ、松島頼むな」

川辺はほっとしたようだ。行灯作業の進捗については確認されなかった。清太とは違って、部活動も心配されなかった。百人一首部の部長をしているにもかかわらずだ。和奈は多少の肩透《かたす》かし感を覚えたものの、立候補が受け入れられたことは良かったと気分を整えた。知らんふりを決め込む生徒たちに一矢《いっし》報いたのもしてやったりだった。注がれていた視線の熱が一つ二つと剝《は》がれていく。最後まで右の頰骨あたりに残っていた熱を拾い、辿《たど》っていくと、更紗と目が合った。更紗は口先だけで微笑《ほほえ》んで肩を竦めて見せてから、教壇の方へきちんと向き直った。

更紗

松島和奈へ向けた作り笑いを早々に消して、城之内更紗はホームルーム終了を待った。帰宅部だから部活動に急ぐわけでもないのだが、拘束時間は一秒でも早く終わってほしい。

「更紗、今日は行灯やってく？　林原《はやしばら》くんたちはやってくみたい」

「じゃあ残ろうか。イーブイちゃんの首、ビミョーに気になる」

着席から解き放たれると、更紗の周囲には数人の女子が集う。長谷部《はせべ》、楠木、梅澤《うめざわ》、東川《ひがしがわ》。更紗は彼女たちのことを特別親しい友達とは思っていなかった。たまたまクラスが一緒だから付き合っている相手でしかない。逆を言えば、更紗は誰とでもそこそこの友達になれる自信はあった。子どものころから更紗はクラス内で目立つ立場におり、意識せずとも誰かが勝手に話しかけてくるのだった。小学生のころに一度転校したときでさえも、一人ぼっちにはならなかった。

「それにしても、東京の人、ポスティングやらされてかわいそー」

外履に履き替える長谷部の口調からは、かわいそうに類する心情は汲《く》み取れなかった。同じような口調で他の女子も続いた。

「歩き回るの大変だよね」

「私だったらバイト代請求する」

「他で得してそうな人だし、ちょうどいいんじゃないの」

「東京の人、実行委員の私のこと恨んでたりして」

「松島さんって変わってるよね」

「単に目立ちたかった説」

美令の助《すけ》っ人《と》に立候補した和奈は、端的に表現して八組の中では浮いている存在だ。更紗も正直、彼女とはあまり関わりたくはない。彼女からは『私はあなたたちとは違います』という自意識を強く感じる。けれども更紗は彼女が平凡に見えて仕方がないのだ。多少成績がいいだけの、そのほかすべてが平均値の女子高生。良くも悪くも注目を浴びることなどただの一度もなく一生を終えるタイプ。おそらく他のクラスメイトも更紗と同じ感覚だから、双方の食い違いが和奈を浮かせているのだろう。それもあり、あの挙手についても更紗は、弾《はじ》かれ者同士の連帯という意味で納得していた。

もっとも更紗には、和奈を避ける個人的な理由があった。体臭が苦手なのだ。どうやら和奈は匂い袋を身につけているらしい。コロンや制汗剤の匂いをさせている子は掃いて捨てるほどいるし、和奈のそれは悪い匂いでもきつい匂いでもない。それが証拠に、どんなに内緒話や陰口が許されるシチュエーションになろうとも、彼女の匂いのことは指摘した人がおらず、むしろ「何となくいい香りがする」と評していた男子もいるから、更紗はこれまでもこれからも黙っているべきことと思っている。大体、匂いが嫌だと言われるのは、それが事実であれショックだろうから。

駐輪場を右手に見ながら校舎の側面を反時計回りにまわり、行灯製作の一角に着く。男子の林原たちが作業していた。彼らから笑顔で迎えられて、女子たちはテンションが上がった。もちろん更紗も気分が良くなる。男子の歓迎は自己肯定感を高めてくれる。

空は晴れだ。雨を避けるためにイベント用のタープテントを使っているが、必要のない日が続いていた。

「赤羽って東京の人に惚《ほ》れちゃいそうな雰囲気じゃねえ？」

「赤羽清太と書いて惚れっぽいと読む」

「まー無理だべ」

男子たちが和《なご》やかに笑った。

『東京の人』と言い出したのは、他でもない更紗本人だった。更紗は別に級友たちにその言葉を使ってほしくて発したわけではなかった。口をついて出たのを拾われてしまっただけだ。

――よろしくね。私は城之内更紗。何か困ったことがあったら何でも言って。

美令がクラスにやってきたその日の帰り際、更紗から話しかけた。他の女子は、男子が美令に色めき立っているのを気にして様子を窺《うかが》う態度だったから、先陣を切るなら自分しかいないと思った。

そんな更紗に美令はこう言ったのだ。

――ここから海へはどう行くの？

海。

答えられなかった。答えられない事実をごまかす言葉も出てこなかった。更紗は馬鹿のように突っ立ってしまった。美令は石化した更紗に首を傾《かし》げ、同じ質問を近くにいた清太にした。

清太も困っていたが、自分ほど動揺したわけではないだろうと更紗は思う。清太の隣の萌芽が質問を引き取り、大まかな地理とルートの説明をし出して、ようやく更紗もものが言えるようになった。

――まるで札幌《さっぽろ》に海があると思っていたみたいだね。『東京の人』だから？

あの人は札幌に海がないことも知らなかった。まるで分かっていないのだ。あの人はクラスの枠組みができあがったこの時期に、他所《よそ》から転校してきた自分のことを哀れんでいるだろう。東京から都落ちになってついていない、クラスの中で自分が一番不幸だと思っているだろう。

違う。あの人に私のことは分からない。

更紗は自分の手の中から紙が潰れる細かな音を聞いた。骨組みに貼り付ける紙に皺《しわ》を寄せてしまっていた。

駄目駄目駄目、怖い顔をしちゃ駄目。もっと明るく、もっと可愛く。私は人より明るく可愛く振る舞うくらいでちょうどいい。

午後六時半を回ると、暗くなって手元が見えなくなってくる。やろうと思えばもう少しやれるけれどというところで、更紗と女子たちは作業を切り上げた。男子はもう少し続けるようだった。

荷物を持ってきたので、そのまま帰宅する。更紗はバス通学だ。停留所に到着するバスを首尾よく捕まえる。途中まで同じ方角の長谷部が降りてもさらに乗り続け、四十五分以上揺られて降車した。

冬なら一時間以上かかる道だ。それでもバスが来ればまだ良く、待てど暮らせど来ないバスを頭に雪を積もらせて待つこともある。更紗はそんな冬の日に思いを馳《は》せながら、あの『東京の人』は吹雪《ふぶき》の中で突っ立つ寒さも知らないはずだと決めつけた。

交差点の角にあるコンビニは、近づくと虫の羽音のような耳障《みみざわ》りな音がする。センサー音とともに自動ドアが開いて、一人のサラリーマンが出てきた。おでんの出汁《だし》の匂いがした。ああ、もうおでんの季節になったのかと更紗は軽く絶望を感じた。季節がまた進んだ。夏は逝ったと思うと、更紗はいつでも泣きたくなる。

五階建ての市営住宅にはエレベーターがない。更紗はポストを覗いて母親宛のDMを回収してから、薄暗いコンクリートの階段を上った。部屋は四階だ。階段を上り続けて六年経《た》った。

玄関に入ると、居間から妹の瑠璃《るり》がプレイしているゲームの音がした。

「ただいま」

瑠璃はテレビ画面のポケットモンスターを操作しながら、更紗を振り向きもせず「おかえり」と言った。

「お母さんはまだなの？」

「まだ」

「お風呂《ふろ》掃除は？」

「まだ」

「ずっとゲームしてたの？」

「うるさいなあ」

ゲームは去年のクリスマスに祖父母からもらったものだった。母が渋い顔をしていたのを更紗は知っているが、瑠璃ちゃんも来年は中学生だからなどと祖父母も理由をつけて引かなかった。祖父母は更紗と瑠璃に甘いのだ。

スマートフォンを確認したが、母からは特にメッセージが入っていなかった。残業しているのだろう。更紗はエプロンをつけて台所に立ち、冷蔵庫を確認する。しめじがあった。昨日焼いた鮭もある。シーチキンと大根ときゅうりをあえてサラダを作ろう。炊飯器にもご飯が残っていた。母が帰って来るまでには作ってしまおう。簡単でいいのだ。母娘三人とも食《く》い道楽《どうらく》ではない。瑠璃はたまにお肉が食べたいとわがままを言うが。

「ハンバーグがいい」

ゲームをしながら瑠璃が言った。更紗は「今度ね」とそれをいなした。

皮を剝《む》いた大根を短冊に切る。狭く天井の低い部屋の中に、ゲーム音と包丁の刃がまな板に当たる音が沈んでいく。

美令の手はどんなだったかと更紗は思い出そうとした。はっきりしないが、目を引くほどの手荒れはなかった。美令と家事を結びつけるのは難しかった。

「お姉ちゃん、修学旅行に行くの？」

瑠璃が訊いた。

「今年は行こうと思ってる」

「行けるの？　新幹線で東京なんでしょ」

瑠璃の後頭部は小さくて丸かった。体は日々肉厚になっていくのに。

「高校生は京都にも行くよ」

味噌汁《みそしる》の味見をしていると、疲れた顔の母が帰宅した。四十歳はもう若くない年齢だが、それにしても母は、世の中の四十歳よりは明らかに老けて見える。

「サラダにしちゃったの？　大根は味噌汁で食べたかったのに」

ため息をついた母に、更紗は謝った。「ごめん」

更紗は「ごめん」の三文字が落ちたシンクを洗いながら考える。自分は今何が悪かったのかと。悪いことはしていないつもりなのに。もやもやする。でももやもやするというのを表明するのも面倒だ。だって表明したところで、誰も私の気持ちなど分かりはしない。分厚い氷山に閉じ込められたような孤独感。

あの日から私はずっと氷山の中だ。

瑠璃も母も祖父母もクラスメイトも、昔の友達も、あの転校生も、私の気持ちは分からない。

和奈

四階建て。部屋数十六。

和奈が厄介になっている『メゾン・ノースポール』は、札幌市内にある食事付き学生用マンションの中でも、こぢんまりしている方だ。女子専用で高校生の入居も可。八畳の洋室は、占有部分にユニットバスがついている。十四インチのテレビもある。追加料金で昼の弁当を頼むこともできる。六十代の管理人、白井《しらい》夫妻が常駐しており、マンションというより下宿に近いと感じることもしばしばだった。夏月以外の入居者とあまり顔を合わせたくない和奈は、このくらいの規模が自分に合っていると思う。

一階の食堂もさほど広くなく、一戸建てのリビング程度である。朝は七時から八時半まで、夜は十七時から二十時までに利用する。日曜日だけ共用部分のキッチンで自炊だが、和奈はいつも夏月に食べさせてもらっていた。気心知れた従姉も四年前からメゾン・ノースポールにいる。大学進学を機に普通のマンションに移ってしまう学生も多い中、夏月はここに残った。

道北に位置する人口約二千人の霜原町《しもはらちょう》には、農業高校はあれど普通科高校がない。進学時、霜原町の子どもたちの多くは、地元の農業高校へ行くか、少し頑張って片道一時間半の遠距離通学を選ぶか、という選択を迫られる。半分程度が農業高校を選び、残りの半分程度が遠距離通学を選ぶ。たまに進学せずにそのまま家業を手伝う子どもも出てくる。それと同じくらいたまに、十年に一度くらいの割合で、実家を出て札幌に進学するという子どもも現れる。そのような生徒は明らかに抜きん出ていて、町内でも「この子は都会に出してやらねば」という雰囲気が自然と生まれる。夏月がそうだった。

実は和奈は、どうしても札幌に行かねばというほどではなかった。けれども、必死に親に訴えて、半ば無理やり札幌に進学した。

同学年の七人からは理解を得られなかった。

「なんで？」「無理すんなよ」「そんなにここが嫌なんだ」「森《もり》と顔を合わせたくないとか？」「うちら別に告白のこと気にしてないよ？」「いつか和奈にも彼氏できるって」「ここにいれば森とだってまだチャンスあるんじゃない？」

彼らの顔を思い出して、和奈は夕食のチーズハンバーグに大きなため息を吹きかけてしまった。だから田舎は嫌いだ。大らかな顔で、触れてほしくないささやかなうっかりミスを何度もあげつらう。彼らと一緒にいると、何の取り柄もない生物が棲《す》む檻《おり》なり水槽なりに閉じ込められた気分になる。一度でいいから揶揄《からか》うのはやめてと、そういう扱われ方は嫌だと言いたかった。

それから美令を思い出した。東京から来た彼女も、白麗高校のクラスメイトに田舎を見ているのか？　確かに高校唯一の名物が冬の吹雪、通称白麗ブリザードで、お世辞にも都会感はないけれども。

冷涼な冬の朝を思わせる匂いがした。

「どうしたの？」

清々《すがすが》しい香りを纏《まと》わせた夏月が向かいの席に座った。土曜日の午後五時半に席に着くのは、空いた時間をあえて狙う和奈とアルバイト前に腹ごしらえを済ませておく夏月くらいだ。

「転校生のことでも考えていた？」

「まあ、それもある」

母方の祖母から、和奈と夏月は手製の匂い袋を持たされている。北海道は歴史がないというが、開拓民は元々の集落の歴史と共に入植している。祭り、踊り、習慣、何らかの単語や訛《なま》りなど、先祖が集落単位で受け継ぎ霜原町に持ち込んだものの一つが、匂い袋だった。祖母が言うには、匂い袋の中身はまったく同じだそうだが、実際つけていると従姉妹《いとこ》同士でも香りが違ってくる。和奈は凍てつく朝というよりは暖かい凪《なぎ》の日という感じになる。

個性というのはこういうことなのだろう。厳しくも清潔な夏月の個性が、和奈は好きだ。そういえばと、和奈は一つ気づく。訛りで思い出したが、あの転校生はまったく訛っていない。東京言葉というのでもない。何一つ癖がない、完璧な標準語だ。

夏月の顔で食欲が戻ってきた和奈は、ハンバーグを平らげながら転校生とポスティングを一緒にやることを伝えた。和奈にとって会話の相手はこの従姉くらいしかおらず、だからついついお喋りになってしまう。夏月は昔からそういう和奈に寛容だった。北海道大学に進学して生来のクールビューティーぶりに磨きがかかった夏月だが、どうしてどうして聞き上手なのだ。

「それでさ、見て見ぬ振りって感じだったんだよね。女子グループの目立つ子とかも。意地悪くない？　子どもなのかな。それとも嫉妬？　大体彼女たち、個性ないんだよね。可愛いって言っても量産型だし」

和奈は従姉の反応を見た。彼女の顔色はちらとも変わらない。でも、頷いてはいた。

「いじめなのかな、あれも。高校生にもなってだよ。一緒のクラスなのが恥ずかしい」

「いじめっていうよりは、普通に嫌なんじゃないの？　だって、美人なんでしょ」

「やっぱり嫉妬ってこと？　男子は庇《かば》っても良くない？　女子と対立したくない、みたいな？」

「嫉妬というより勝ち負け。負けたくない気持ち。その子に会ってみたいな」

口に入れたハンバーグを完全に咀嚼《そしゃく》し終わってから、夏月は話題を変えた。

「それはそうと和奈、あのバイトはどう?」

「『イマトモ』? もちろんやってるよ。ログインしてる、私もアヤミちゃんも」

夏休み前に夏月のつてで始めたバイトは、信じられないほど稼ぎにならないものだったが、何でもいいからと和奈から紹介をねだったのだから、表立っての文句は言えない。

夏月から紹介されたのは、メッセージアプリ内のトークルーム『イマトモ』での会話相手だった。地元の進学塾が管理者になっている『イマトモ』は、受講生限定の、いわゆるなんでも吐き捨て場だ。アプリのガイドラインに抵触しなければ、愚痴、ぼやき、嘆き、あるいは萌えトークも許される。トークルームは学年別に細分化されており、和奈は中学一年生ルームで彼らの発言に同調したり相槌《あいづち》を打ったり、深く立ち入らない程度にアドバイスをしたりする。コアタイムは火曜と木曜の午後十一時から一時間だ。

夏月から紹介されたそのバイトは、安い時給というだけあって利用者はあまりおらず、和奈のコアタイムに現れるのは『アヤミ』というニックネームの生徒だけだった。ちなみに和奈は『スピカ』というニックネームにしている。深い意味はなく、ただただ九月六日生まれの乙女座《おとめざ》だからだ。

「アヤミって子、相変わらずなの?」

「そうだね、孤立してるっぽいよ」和奈は最近のトーク内容を思い出して答えた。「でもそれだけ。暴力振るわれてるとかならヤバい、手に負えないと思うけど。本人もすごく悩んでるって感じでもないし。ログは塾の担当者もチェックしてるんだよね」

「何か困ったことがあったら言ってね。担当に話すから。ポスティングも頑張ってね。その転校生と仲良くなれるといいね」

「別に、すごく仲良くしたいわけじゃない」

「そうなの？」

和奈は夏月の爪を眺めた。短く切り揃えられているのに綺麗だ。


学校祭前々日、水曜日の放課後がポスティング日だった。該当の生徒たちは、多目的室で学校祭実行委員長から配布物と担当区域の地図を受け取り、任務を遂行する。おのおの受け持つ区域はあらかじめ決められており、配布物と共に言い渡されると聞かされていた。

ホームルームが終わると、和奈は内心の緊張を悟られぬよう、美令の席へと近づいた。和奈はまだ美令とまともに言葉を交わしたことがなかったのだ。

「荷物、置いていく？　私は置いて行くけど」

美令は黒いスクールバッグにしばし目を落とし、「置いていく」と席を立った。

廊下に出ると、帰宅する生徒、部活動の準備をする生徒、行灯作りのラストスパートをかけに行く生徒、大勢の生徒たちでごった返していた。その中を、美令は王者のように進んでいく。あるいはモーゼ。過ぎゆく彼女の顔を目で追いながら、生徒たちは道を開ける。美令といるとひどく歩きやすかった。視線の集まりを気にしなければだ。

「松島和奈さん」

「和奈でいいよ。私も美令って呼んでいい？」

そう言いつつ、和奈はもう一度フルネームで呼んでほしかったと思う。美令に呼ばれると、自分の名前にアクセサリーがついたようだ。美令はもう呼んではくれなかった。

「和奈さん、サポートになってくれてありがとう」歩きながら美令は言った。「女子のみなさんは行灯を作っているみたいだけれど、あなたはそれいいの？」

「私の担当部分は終わってる」

「そうなんだ。仕事、早いんだね」

颯爽《さっそう》と早足気味で歩きながら、美令がふと何かに気づいた顔になった。

「どうかした？」

「和奈さんから、いい匂いがした気がしたから」

「香水とかはつけてないよ」

匂い袋について、和奈は口をつぐんだ。それをここで詳《つまび》らかにするのは、いささか気恥ずかしい気がした。美令ならばそんなものは絶対に使わないからだ。今まで一度も匂い袋のことを恥ずかしいとは思わなかったのに、急にブランド物の香水をつけていればよかったと悔やむ。でも、いい匂いと言ってくれたのは嬉《うれ》しかった。

廊下でも、ポスティング要員が集合した多目的室の中でも、美令は注目を浴びていた。ただ美令自身、注目されていることに対する戸惑《とまど》いや照れ、あるいは良く見せようと気取るような態度は皆無だった。慣れているのだろう。いや、おそらく生まれたときから見られ続けているためだと、和奈は思い直した。これが日常、大衆に紛《まぎ》れるという経験を知らない人なのだ。

渡された配布物は二重にした紙袋二つに入っており、なかなかに重かった。学校祭実行委員長が、対象区域の町内会には話を通していると前振りをしたのち、投函するなと断られたら絶対に従うようにと釘《くぎ》を刺した。和奈は美令と紙袋を一つずつ持った。美令はずしりと重いそれを、意外に軽々と持った。

和奈と美令が任されたのは、白麗高校から五ブロックほど南に行った地区だった。目的の地域へ歩きながら、和奈は愚痴をこぼした。

「貧乏くじ引いたと思うよ、うちら。結構遠め割り当てられた。そもそも美令は川辺の指名自体が貧乏くじだったと言えるけど」

「それなら、私は仕方がないと思っている」美令は冷静な人でもあった。「学校祭においては何もしていないし。暇《ひま》な人間が使われるのは普通じゃない？　他の人たちは行灯作りをやっているんでしょう？」

「今日ならもう仕上げだけだし。最初から真面目に集中してやっていれば、このポスティング誰やるかって決める時点で大体終わっていてもおかしくなかったけれどね。実際私は終わってたんだし」

「みんな、お喋りしながらやるからでしょう」

「美令、見てきたみたいだね」

「でも、学校祭の準備なんて、お喋りしながらやってなんぼじゃない、きっと。主眼はみんなと一緒にわいわいやる時間、なんじゃないのかな。行灯づくりなんかより」

和奈はへえと車道側を歩く美令の横顔を見た。一瞬、夏月と話しているような気分になったのだ。同年代とは一線を画すような発言をする子はたまにいるが、夏月を思わせる子は滅多にいない。地元では神童《しんどう》、平成のエースと誉めそやされていた夏月だ。小学生のころから早くに町を離れるだろうと大人たちから目されていた従姉のすごさは、近くで育った和奈が一番よく知っていた。

そして同時に、わずかな引っ掛かりも感じた。きっと、と付け加えたことにだ。

みんなでわいわいやる楽しさについて、美令は推測でものを言った。

しばらく雨が降っていない道路を、路線バスが土埃《つちぼこり》を巻き上げながら走り去る。

「車道、広いよね」

美令がしみじみと呟《つぶや》いた。和奈にとっては見慣れている道である、その観点は意外だった。

「そうかな」

「今まで暮らしてきた中で、この街の車道が一番広い。ここも片側二車線だけど、印象三車線だし」

「冬になると狭くなるよ」

「どうして？」

「路肩《ろかた》に雪山《ゆきやま》ができるから。車道に張り出すんだ」

美令は穏やかに驚いてみせた。「へえ。そうなんだ」

和奈は美令と二人でポスティングを行った。戸建てやマンションのポストにＡ４用紙を三つ折りにしたものを機械的に投函していく作業は、おそらく一人で行ったら退屈だったろう。つまらない、時々犬にも吠《ほ》えられる作業だったが、美令が隣にいるだけで、和奈は一瞬も飽きなかった。美令はポストの口にチラシを落とし込む仕草《しぐさ》ですら、洗練《せんれん》されていた。

「ずっと東京だったの？」

チラシを配布し終え、白麗高校へと戻る帰り道、一部のクラスメイトたちが囁《ささや》く『東京の人』という言葉を思い出しながら、和奈は尋ねてみた。美令はすぐさま否定を返してきた。

「ずっとではないよ。直近と中学の一時期、小学校三年生の時にはいたけれど」

「え、ということは、なんかすごく転校してる感じ？」

「うん、そういう感じ。白麗高校は一年四ヶ月ぶりの転校で、十校目」

「嘘《うそ》でしょ？」尋常《じんじょう》じゃない数だ。「白麗も、もしかして卒業まではいないとか？」

「どうかな。親の都合で決まることだから。差し当たって今は特に何も聞かされてはいない」

呆気《あっけ》に取られ、和奈は美令の横顔をしげしげと見つめてしまった。必然、親の仕事が気になった。何をしているのか、どこに勤めているのか。おそらく訊けば答えが得られたかも知れなかったが、和奈は訊かなかった。親の仕事は逃げない。多分この後も訊く機会はあるだろう。それより、この話の流れで親の仕事を尋ねられるシチュエーションに、美令は飽き飽きしているのではないかと思った。だから止《や》めて、別の質問をした。和奈にはずっと尋ねたいことがあったのだ。

「どうして海のことを訊いたの？」

——ここから海へはどう行くの？

転校初日、美令が発した質問はあまりに唐突に思われた。訊かれた更紗は絶句し、清太ですら、らしくなくへどもどしていた。そうだ。こんな札幌の片隅の公立高校では、誰も海のことなど思いもしない。

美令はというと、なぜそんなことを問うのかという表情である。

「訊いちゃいけなかった？　純粋に知りたかっただけだけど」

「札幌には海がないのに？　転校してきたばかりだから知らなかった？」

「でも隣の石狩市《いしかり》にはあるでしょ。学校から海岸まで、マップ上の直線距離では四キロちょっとだった」

「直線距離で四キロもあったら十分。普通に道路を行くともっとかかる。下手《へた》したら十キロ近く、ううん、もっとかもよ」

「そうか。結構大変かな」美令はブレザーのポケットからスマホを取り出し、画面を眺めた。「新港《しんこう》へ行くのと砂浜に出るのとでは、どちらが行きやすいのかな。知ってる？」

知るわけがなかった。和奈は隣町の海に行ったことがない。隣町に足を延ばしたのも一度しかない。去年の校内マラソン大会で、市境の川を渡り、取って返してきたその時だけだ。和奈自身も札幌に来て二年目なのだ。新港という単語が出てきた時点で、もしかしたら既に美令の方が隣町の海沿いについて詳しい可能性すらあった。

「青木くんなら、知っているかもだけど」

隣の石狩市から自転車通学をしている萌芽の名前を出して、なんとか一つ情報を提供し、面子《メンツ》を保ったつもりになったのも束の間、美令は「彼は新港推《お》しだった」とにっこりした。とうに聞いていたようだ。

「とにかく、行ってみれば分かることだね」

「行ってみる？」

夕暮れどきが迫る。白麗高校の校舎が近づいてきていた。美令は西空の晴れ具合を確かめるように眺めて、とんでもないことを言った。

「明日、その青木くんに自転車を借りるの」

翌日木曜日の放課後、和奈は三階の教室から、美令が自転車にまたがって出て行くのを見送った。

男子の自転車らしいフラットハンドルも器用に乗りこなし、ぐいぐいと加速して、校舎の前の道路を西へ、海の方向へ駆け去っていく。和奈はあのタイプの自転車はぐらついて怖い。

本当に海を見に行った。ここから自転車で。返さなければ萌芽は帰宅できないから、部活もしくは学校祭の作業が終わる午後七時過ぎには戻ってくるつもりでいるのだ。晴れているのが救いだが、逆に日に焼けるとも言える。でも彼女のことだから、日焼け止めくらいは当たり前に塗っているのか。美令の肌は健康的に白い。

清太と萌芽が教室に戻ってきた。癖毛の清太が萌芽の眼鏡に手を伸ばし、払い除《の》けられている。明るいムードメーカーと真面目な優等生然とした共通項のない二人だが、昼と夜みたいでもあり、一緒にいるのが妙に合っている。互いにバフを掛け合える関係というのか。これから美令が戻ってくるまで出し物の準備をするようだった。他の男子数名も残っている。清太が和奈を見つけて「お、手伝ってくれんの？　助かる」と拝む仕草をした。

「あと少しなんだ。次元《じげん》のピストルを作るだけ」

「次元のピストルって？　ワルサーだっけ？」

「ワルサーP38はルパン。次元はM19。これ。こういうの。あと三十個くらい作る」

教室後方に置かれた段ボール箱から清太が意気揚々《いきようよう》と取り出したのは、割り箸《わばし》を組んだ輪ゴム鉄砲だった。一発萌芽に向けて弾くものの、うまく引き金が動かず、輪ゴムはすぐさま失速して落ちた。

「全世界の次元ファンを敵に回すんじゃない？」

「そんなことないって。俺の二丁拳銃見てよ」

清太が割り箸のゴム拳銃を両手に持って、そこらの男子を撃つ真似《まね》をした。渋谷《しぶや》や岩瀬《いわせ》が呻《うめ》きながら倒れる演技をする。萌芽にはやらないのかと見ていると、相棒は大トリにとっておいたようだ。萌芽は腹部に五発食らった。萌芽もノリを合わせて「何じゃこりゃあ」と腹を押さえたが、調子に乗った清太がその脳天に本当に一発輪ゴムを放つと——今度は発射された——一転反撃に出た。手刀で清太の手首を軽く叩《たた》いて銃を奪い、グリップの部分で首を殴打する。もちろん殴打する真似だ。清太が大袈裟《おおげさ》に昏倒《こんとう》してみせた。「やられたあ」

男子って子どもみたいだと呆れて、和奈は教室を出た。きっとあの場に更紗たちがいれば、黄色い声という彩りが加わったのかも知れなかった。男子の多少の幼さを許容する女子のほとんどが、女子が同じことをすれば冷徹な顔で突き放す。そういうダブルスタンダードが、和奈は好きではない。まるで、異性からモテればそれが正義だと言わんばかりに思えてしまう。

ふと、美令はモテるんだろうなと思った。この教室内では浮いているが、美令に関してはモテない要素を探すのが難しい。そういうところも、普通の女子たちには気に入らないのだ。

自転車を貸した萌芽は、美令のことをどう思っているのか。嫌いでないことは確かだ。嫌いだったら貸さないだろうから。

和奈はどこか悶々《もんもん》としながら、百人一首部の部室である書道室に入った。部室には誰もおらず、顧問の藤宮《ふじみや》が隣の準備室から出てきた。

「みんな、学校祭の準備にかかりきりみたいね」

「ですね」

学校祭のために、百人一首部で何らかの発表を行うという予定もなかった。

他の部員は一年生が二人しかおらず、この分だと来年は同好会に格下げになるのだが、藤宮はおっとりしていて、部員を集めろと和奈をせっつくことはなかった。創部当時のメンバーで今も残っているのは、和奈一人だ。

退部した仲間たちを校内で見かけることがある。和奈が目にする彼らは、決まって楽しそうだった。退部してなお充実していそうだった。成績優秀者の一覧に名を連ねる者もいる。SNSの投稿がバズった子もいた。

自分以外の誰かが何らかの輝きを手にしているさまを目にするたび、和奈には思い浮かぶ風景がある。そこは青一色で、どういうわけか深海だった。深海に一人沈んで、和奈は水底から水面を見上げているのだ。

い草のカーペットを一枚だけ敷いて、和奈は下の句かるたの木札を一つ一つ立てて並べた。北海道の百人一首は下の句を読んで下の句を取るルールで、札も木で作られた厚みのあるものだ。顧問に読み手をやってもらって一人で取る練習をしても良いのだが、そこまで熱心にもなれない。

和奈が百人一首部を創部したのは、白麗高校内に居場所を作りたかったからで、大会に出て優勝するなどといった目標ははなから持っていない。部員が集まらないとき、和奈は札でドミノ倒しをやる。藤宮は注意をしない。教室の端で本を読んでいる。和奈は札を緩やかに波打つラインで並べながら、自転車に乗って走る美令を想像した。そのうちドミノにも飽きて、スマホを眺めた。せめて少しでも有意義な時間にしようと、メッセージアプリを立ち上げた。時給はコアタイムで計算されるが、気が向けば担当時間外でも入室して良く、トークが発生すれば歩合給が計算される。だが、トークルームには誰もいないようだった。

和奈は六時半に一人きりの部活を切り上げ、帰宅のバスに乗った。バスが停留所を出るとき、校舎の教室のほとんどにまだ電灯がついていた。二年八組の教室もだ。

＊

一緒に行動する友達がいない学校祭は、なかなか地獄だ。和奈は一年の時から地獄組だった。連れがいる生徒たちは、ことさら楽しそうに振る舞っている。まるで自分には友達がいるのだと周囲に拡声器で触れ回っているみたいだ。学校祭はそんな生徒たちのアピールの場なのだ。

午前中、和奈は一人で人気《ひとけ》のないエリアを探してうろついた。白井の奥さんが持たせてくれた弁当は書道準備室で食べた。書道準備室で弁当を食べるのは去年に引き続きだった。藤宮は取り立てて詮索せず、お茶まで淹《い》れてくれた。午後はそのまま準備室内でスマホをいじって時間を潰した。和奈は藤宮のことを好きでも嫌いでもなかったが、楽しんでいる生徒たちから距離を置くのを注意するでも同情するでもなく、ただ黙って受容するスタイルは、評価すべきと思った。

どん、という鈍い音がして顔を上げると、脚を組み替えた藤宮がデスクの下の段ボール箱を蹴っ飛ばしてしまったらしい。小さな失態を誤魔化すかのように、藤宮は和奈に訊いてきた。

「行灯行列は六時からだった？」

いつの間にか準備室内は薄暗い。和奈はトイレでクラスTシャツに着替えると、集合場所へ向かった。

数人の男子が運んできた行灯のイーブイには、すでに灯《あか》りが入れられていた。首の白い襟巻《えりま》き状の部分や大きな耳などで、何となくイーブイだと分かるが、竹籤《たけひご》の骨組みが怪しいせいで可愛らしさが激減し、テクニカルノックアウトを食らった翌日のエゾリスといった感だ。それでもクラスの生徒ら、更紗や清太らは互いに行灯をバックに写真を撮り合い、賑《にぎ》やかだ。

賑やかさから距離を置いて彼らを眺めた和奈は、美令も距離を置いていることに気づいた。クラスTシャツは購入したらしくちゃんと着ているのが、小さな驚きだった。集団で足並みを揃える価値観に一番そっぽを向きそうなタイプだと思っていたからだ。和奈は美令のクラスTシャツ姿を、いささか残念に思った。そんなことをしても『東京の人』を更紗たちが仲間に入れるだろうか、いや入れないと。あれだけ遅れを取っていた行灯が、三倍速の早回しをしたかのようにみるみる出来上がった。共通の疎外対象がそうさせた。「あの子ってなんかムカつくよね」の「あの子」は今まで空白だった。そこに共通解ができたのだ。その解答を容易に手放しはしない。美令の歩み寄りは報われない。おそらくTシャツ姿の美令は馬鹿にされているだろう。

「東京の人もクラT着てるんだけど」「マジで。あんな人クラスにいたっけ」「仲良くしてくださいってこと？」「東京にお友達がいるんじゃないの？」

彼女らの会話が聞こえてくるようだ。和奈は美令の負けを確信した。

だが、行灯行列がゆっくりと進み出して、状況は一変した。

ポスティング効果か、道路に出てきて行灯行列を見物する近隣住民の数は、去年よりもかなり多かった。天気が良かったせいもあるかも知れない。

その多くの目が、二年八組の行灯が通るとき、たった一つに集中したのだ。歪《ゆが》んだイーブイもそれを担ぐ男子生徒も練り歩く女子生徒も、群衆の視線は素通りして、少し離れて歩く一人の少女に行き着いた。皮肉《ひにく》にもみんな同じTシャツを着ているからこそ、差が浮き彫りになった。これが美令だけ制服姿であれば、言い訳ができたのに。

八組の特に女子生徒らは、この異変にだんだんと静かになった。やかましかったのは清太くらいだった。清太はいついかなる時もやかましいから、ノーカウントみたいなものだ。

美令は八組と続く三年一組のちょうど間になる位置をキープして、素晴らしい姿勢で歩き続けた。

そこまで違わないはずだ。同じ高校生だ。美令は自分たちと地続きの場所にいる。

けれどもその夜、美令はただ歩くだけで、その他全員を敗北者にした。

だから、そんな美令が翌日の学校祭最終日も一人でいるのは、当たり前なのだった。

和奈は校内を探し歩き、ようやく昼過ぎ、職員室に近い廊下で中庭の噴水を見下ろしている制服姿の彼女を見つけた。

探していたのだと告げると、美令はおかしそうに目を細めた。

「変わってるね。どうして？」

そう言われて、和奈は嬉しくなる。楽しい学校祭の楽しい仲間たちの輪からあぶれた人間同士、その相手が美令だというのは、いささか誇らしい。変わっている、上等じゃないか。

昼は食べたのか尋ねると、一般来場者に紛れていったん外に出て、近くのカフェでランチを食べたと答えた。和奈がまだだと知ると、飲み物だけなら付き合うと言ってくれたので、模擬店が集まっている第一体育館に移動する。

来場客の顔ぶれは老若男女《ろうにゃくなんにょ》様々《さまざま》だった。多くは近所の住人で、ぽつぽつと中学生の制服も見かける。志望校の下見を兼ねて来ているのだ。

烏龍茶《ウーロンちゃ》を買ってきた美令は、和奈の男子並みのランチボックスに目を丸くした。こんな日に限って、大きなトンカツが存在感を主張している。普段は大喜びするところだが、美令の前では何やら気恥ずかしい。

「いっぱい食べるんだね、和奈さんは」

「お客さまだからね、私。賄《まかな》い付きマンションに住んでいるんだ。これは管理人の奥さんが作ってくれるの」

賄い付きマンションという単語が耳慣れなかったのか、聞き返したそうな顔になった美令に、和奈は自分の置かれた境遇を簡単に説明する。道内の田舎町出身であること、その町には普通科高校がないこと、大学までの進学を見据えて中学卒業で家を出ていること、そのような高校生が住む食事付きの学生専用マンションが市内にいくつもあること。

「北海道は広いから、通学圏にそれなりの高校がないってことも大いにあり得るんだ」

「中学卒業時点で家を出ているの？」その時、美令の目にははっきりと羨望《せんぼう》の色が浮かんだ。「すごいね、和奈さん」

「さんはいらないよ」

美令に見られながらの食事は、和奈にとって落ち着かないものだった。だがひどく食は進んだ。大きな弁当箱はあっという間に空になった。学校内で誰かとお喋りしながら昼食を食べるのは、久しぶりだった。

どちらかが誘ったわけでもないが、それから二人で学校祭を過ごした。歩いていると、あらゆるクラスから出し物に入っていかないかと呼び止められた。喫茶店、お化け屋敷、タピオカ店、寸劇、リアル脱出ゲームなどを笑って断り、和奈と美令は八組の前に来た。

「お、松島に汐谷じゃん。入ってって。入ってってって」

呼び込みをしていた清太に押し切られる。どこのクラスにも使える四枚綴《つづ》りのチケットを一枚出すと、もぎり役の萌芽が「楽しんでってよ。スコアが良かったら景品もいいのがもらえるよ」と白い歯を見せた。

結果は散々だった。特に射撃がいけなかった。和奈は割り箸の拳銃のせいだと思った。もらった景品は、美令がうまい棒五本、和奈が十円のフーセンガムだった。


なんとなくぶらついていただけなのに、いつの間にか一般来場者はいなくなり、模擬店の業者も撤収していた。空はうっすらと黄色みがかったようになっている。

学校祭の最後は校庭での花火だ。生徒たちは校庭に出て、花火を見上げる。和奈も去年は何の疑いも持たずに校庭へ出た。

でも、美令は出るとは言わなかった。校舎の上階から見てみたいと言う。二人は三階南廊下の突き当たりに行った。窓があるのだ。生徒が勝手に開けるのは禁じられているが、和奈はそれを開けた。

「第一体育館がちょっと邪魔かな。校庭が一部隠れるね」

和奈が言うと、美令は「でも花火は空に上がるから」と応じた。この場所でいいと言いたいようだった。

「白麗高校って体育館が二つあるんだね。北海道の学校はみんなそうなの?」

「増築したの。ついこの間まで工事してたんだよ」

「プールはないんだね」

「水着にならなくていいから大歓迎」

答えながら、和奈は校庭の校舎寄りを歩く男子生徒二人を見つけた。癖毛を持て余しているようなシルエットと、対照的に頭の形まで分かるようなすっきりした短髪。清太と萌芽の二人だった。以前は萌芽の方が頭一つ長身だったが、ここのところ清太が猛追している。癖毛のボリュームの分、清太の方が高くなったかも知れない。その二人に女子のグループが近づく。更紗たちのグループではないようだ。更紗は一組の手塚《てづか》と別れたという噂があるが、新しい彼氏は作らないのだろうか。林原あたりを狙っていそうだが、萌芽も射程圏内かもしれない。

「美令は彼氏いるの?」

思わず踏み込んだ質問をしてしまい、和奈は「ごめん、嫌だったら答えなくていいけど」と取り繕った。美令は別に嫌ではなかったようだ。

いないという事実に引け目を感じていないことがはっきり分かる答え方だった。作ろうと思えばいつでも作れるという自信があるからか。和奈は惚れ惚れしてしまった。そうか、美令もいないのか。

「私もいないけど」和奈は萌芽の姿を目で追う。「そういえば、青木くんに借りた自転車で、本当に海まで行ったの？」

尋ねると、美令は顔を綻《ほころ》ばせた。「行ったよ」

「本当に？　行けたの？」

証拠とばかりに、スマホを差し出してくる。カメラロールには遠景の海の写真があった。巨大クレーンがそびえ立つ無機質な港湾の向こうに僅《わず》かに見える青は、海という広がりのイメージからは遠い。美令自身は写っていなかったことに和奈は驚いた。自撮りをしないタイプなのかもしれないが、自分なら、美令みたいな顔に生まれたら、毎日セルフィーしてはSNSにあげる。更紗たちはやっている。これみよがしに仲間内でインスタをしている。

「道は覚えたから、次はもう少し近くで見られると思う」

「次もあるの？　すごいね。そんなに海が好きとは」

校庭が徐々にざわめいてきた。三階からは校舎の奥手に花火師が準備をしている姿が見えた。日はまさに落ちようとしている。空が夜の色に変わりつつある。もうすぐ夜になるだろう。もうすぐ星が見えるだろう。スピカも輝くだろう。もうすぐ花火が打ち上がって、学校祭が終わる。友達同士で楽しめている俺たち私たちのアピールも幕だ。

そう思うと、和奈は奇妙に素直な気分になった。

「でも分かる。海っていいよね」素直な気分のままに、今まで誰にも話したことがなかった心の裡《うち》を話していた。「私の生まれた町には海がない。ほんと何もないからあそこ。うちは農家だから、忙しかったら連れて行ってもらえない年もあった。海なんて数えるほどしか見たことない」

美令が頷くような瞬きをした。それに促され、和奈は続ける。

「でね、ずっと思ってた。もし私が海の見える街に生まれて、毎日のように海を見て育ったとしたら、きっと、今とは違う私になってたって」

和奈はこちらを見つめる美令の目を見つめ返す。程よく大きく形の良い美令の目は、黒くて純水のように澄んでいる。瞳《ひとみ》の中に映る自分が見えるのではないか、それで前髪を整えることすらできるのではと思う。

「なるほどね」

納得したような言葉を美令が呟くと、それが号砲だったかのように花火の一発目が上がった。それほど大きなものではない。公立校の学校祭で打ち上がる程度、がまさに適切な形容だ。形も凝っていなければ、色合いも単純だった。でも、校庭に集まった生徒たちはこぞって歓声をあげる。スマホのシャッター音も鳴り響く。

火薬の匂いが漂ってくる。花火は立て続けに上がった。校庭は盛り上がっている。和奈は花火の密度の薄さが気になった。まばらな火花の隙間から宵の星が見えてしまいそうだ。あの程度の花火で大騒ぎする生徒たちが幼稚に思えてならない。

「ああいうのって、田舎で子ども、って感じだよね」

和奈は口に出してみた。同意が欲しかったわけではない。でも、今、自分から言わなければならない気がした。美令より先に言葉にすることに意義があると思った。

「何があんなに楽しいんだろうって、ずっと不思議に思ってる」

ことさらにけたたましく、ことさらに楽しげに振る舞う彼らは、互いに見せつけあっているみたいだ。見せつけあって牽制《けんせい》しあっている。こんなに自分たちは楽しいんだぞ、楽しめているんだぞ、だからおまえより上なんだと。

すかすかの、すぐに消えるだけの煌《きら》めきが、空のみならず校庭にもばら撒《ま》かれている。

花火は終盤に差し掛かっていた。美令がスマホを動かした。写真でも撮るつもりになったのかと和奈が見やると、彼女は花火ではなく画面に目を落としていた。画面に並んでいるアイコンは、和奈のスマホにインストールされているものもあれば、まったく初見のデザインのものもあった。美令の視線は、特にその中の一つに注がれているようであった。

和奈は尋ねた。

「それ、何のアイコン？」

美令が目を上げた。彼女の視線から棘が消え去り、あ、今、怖い目をしていたんだなと気づく。同時に、美令の姿勢がすっと整う。異なる重力の作用を和奈は彼女に感じた。下向きの地球の重力ではなく、頭上はるか、天空のどこかの星が彼女を引っ張っている、そんな真っ直ぐさ。

美令が笑った。

「これで神様を見るの。私の家にいる」

聞き返す言葉が和奈はすぐには出なかった。最後の花火が連打される。銃を乱射するみたいだった。

「私、神様の見張り番してるの」

美令

自転車を西へと漕《こ》ぎ進めていく。やや前傾姿勢を取ってペダルを踏み込む。五分ほどひたすら行けば、広い敷地の病院を最後に住宅地は終わり、緑の匂いがしてくる。農地や規模の小さい何らかの工場、郊外にありがちなユニットハウスの簡素な事務所が現れ始め、さらに進むと交通量の比較的多い道にぶつかる。初めのころは直進していたが、最近はここを北に折れる。その方が少し近いことに気づいた。

市境の川が見えてくるのは、走り始めて十五分くらい。追い風を貰《もら》えばもう少し早い。橋を渡る時が、一番風が強い。河川敷は整備されてはおらず、手付かずの原野という感じだ。キタキツネやエゾシカが棲んでいそうだ。風はその原野の上を吹き抜けてくる。川幅は五メートルほど。

川を過ぎてまた住宅地に入っていく。白麗高校の周囲もそうだが、石狩市の住宅街も新しく、計画的に造成された印象がある。ただそのブロックを少し外れると、驚くほど前時代的な住宅もあったりする。

新しい印象の住宅地が昔ながらの戸建ての集まりになり、そのうちそれもまばらになって、海が近づく。新港はコンクリートに接した海だ。砂浜はもう少し遠い。そちらへ行くには、自動車通行止めのバリケードが置かれている細道を行かなくてはならない。一人自転車で走り抜けるのは躊躇《ためら》われるような、薄暗い原生林を突っ切る道だ。さすがにそちらは選択できない。

今は。

新港で働く人たちが利用するのだろうコンビニエンスストアを過ぎて、コンテナ倉庫の横をもう少し漕ぎ進めて止まる。もっと進めばもっと海に近づくけれど、この辺りになれば人気《ひとけ》がほとんどない。進めばさらになくなるだろう。風ばかりが吹き付ける。工場や発電所、営業所の灯りに背を見守ってもらう。

海沿いに白い風力発電のタービンが並ぶ。夜のはしりの中で、止まりそうになりながら回っている。

そのタービンに届くように、声を出してみる。声を矢にして真っ直ぐに放つ。喉からでも腹からでもなく、感情から出す。

こんなことをして、何が変わる?

声を出しながら、口には出していない言葉が聞こえた気がした。

自転車のスタンドを立てて両手を自由にし、スマートフォンのアイコンをタップする。粗い画像が画面に浮き上がった。しばらく眺める。見ている間、歌を一曲心の中で歌う。今日は『パート・オブ・ユア・ワールド』。昔、泣いていると決まって母に言われた。泣いたからって慰《なぐさ》められると思ってはいけない、悲しい時、辛《つら》い時は歌を歌いなさいと。

おかげで歌はまあまあだ。

長居はできない、そろそろ帰らなければ。

もう一度自転車に乗り、来た道をとって返す。ペダルを踏む足は、少し重いかもしれない。けれども踏み続けられる。タイヤの反発が心地よい。自転車はいつでもよく整備されていた。

今日も来られた。来週も来られるといい。まるで命を繋《つな》ぐように通っている。冬になってもそうするつもりだ。自転車が無理になれば、バスを使って。歩いてでもいい。

そうすれば、何かが変わる。流れだって変わる。今だって、きっと何かを変えている。だって、この街に来て、放課後に海を見ているなんて、誰も思っていないはずだから。

彼女も言っていた。海の見える街に生まれて海を見て育ったとしたら、きっと違う自分になっていたと。なぜあんなことを？　びっくりした。でも私はあの時の彼女を信じる。信じたい。足が止まりそうな時、思い出す。そうすれば、また漕ぎ出せる。砂漠を抜けて海へ行ける。運命なんてない。

——こんなことをして、何が変わる？

「うるさい！」

市境の川を越える。ひどい向かい風だ。目が冷たい。涙が出てくる、風のせいで。

萌芽

雪のない季節、青木萌芽の朝は天気を読むことから始まる。今日の風の強さは、雨は降るのか。白麗高校までのおよそ五キロ超の道のりを、萌芽は自転車で通っているのだ。もちろん、自転車通学の利便性は多少の雨風に勝るので、よほどの嵐でもなければペダルを踏む。おかげでテニスを真面目にやっていた中学時代より、さらに大腿四頭筋《だいたいしとうきん》、ハムストリングスなどが鍛えられた。通学ルートは地獄のように風が吹くのだ。

学校祭も終わり、そして九月も終わろうとしている。最高気温二十五度オーバーの日も絶え、秋分の日を境に昼の長さが夜の長さに譲るようになると、さすがに世間も夏を諦めた感になる。先日萌芽の家のカフェも秋メニューに変わった。

「萌芽」出がけに母が呼び止め、小さな紙袋を渡してくれた。「昼に友達と食べなさい」

重みと感触から、中身はエッグタルトだと分かった。ということは、昨日の残り。また余らせたんだなとここまで察して、萌芽はあえて顔を輝かせた。

「ありがとう。清太もこれ好きなんだ」

「いってらっしゃい」

空の色ははっきりと秋の色だった。季節によっても時間帯によっても空の色は変わるが、萌芽は秋晴れの色が好きだった。

サドルにまたがり札幌に向かって漕ぎ出していく。萌芽は隣接する石狩市からの通学組である。住宅街を抜けて幹線道路に入ってしまえば、白麗高校までは一度しか曲がらない。難所は橋。途中、市境の川を渡る時はとりわけ猛烈な風が吹き付ける。あたりが原野だからだ。それでも漕ぎ進めていくのがどこか楽しいのは、太陽に向かうからだと萌芽は思っている。登校時は南東へ、下校時は北西へ。萌芽は一日に二度太陽を追いかける。

追いかけながら、いろんなことを考える。弓道部のこと、次のテスト、修学旅行、成績、進学先、将来のこと。両親や弟の大我《たいが》のこと、我が家の年収。進学に必要な費用。大我は将来何になりたいのか。それには金がかかるのか。だったら兄の俺はわがままを言えない。あまりおおっぴらにはしたくないが、我が家には借金がある。カフェを出すにあたっての融資だけじゃなくて、もっと生々しい感じのやつだ。

みんな、将来のことを考えているのかな。清太もあれで考えているのか。いや、あいつは全然か？

萌芽は赤羽清太と白麗高校に入学してから知り合ったのだが、今では小学校からの友人よりも彼のことを先に考えてしまう。一年生の時にたまたま同じクラスになり、席も近かったのが仲良くなるきっかけで、萌芽はその偶然を幸運だと思っていた。清太は成績も突出しておらず、ただただ明るい能天気なアホキャラだが、だからこそ、高校生活においては貴重で得難《えがた》い人材だ。できることならスマートに格好良く見られたいと背伸びするのが当たり前の時期に、そんな衒《てら》いなく振る舞えるのは、確実に特別な才能で、それは自分にはないものなのだ。いつか災害時に偶然見つけた懐中電灯みたいに、「ああ、こいつがいて良かった」と救われる瞬間があるはずなのだ——まあ、今のところないわけだが。

その清太も今ごろ必死にペダルを漕いでいるんだろうと、萌芽はその姿を想像してにやりとしてしまう。それにしても、清太の家から白麗高校までは俺の家からよりも倍以上の距離があるのに、よくやる。あれくらい弓道部にも熱心になればいいのに。入ろうと誘ったのはあいつのくせに。

清太がどうしていきなり無理筋の自転車通学をするようになったのかは、汐谷美令という転校生のせいだと、萌芽は睨《にら》んでいる。

海へのルートを尋ねて『東京の人』というありがたくもないあだ名を頂戴した彼女は、その後萌芽を地元民と見込んでくれたのか、新港を目指すべきか浜にすべきかまで意見を求めてきた。

——新港へ行くのと砂浜に出るのとでは、どちらが行きやすいか、教えてほしい。

新港という単語に、地図アプリか何かで彼女なりに調べたんだなと、萌芽はその本気度に内心驚いた。

――バスだと浜までは面倒臭いかな。バス停近くにないし、砂浜に出るには原野ってか原生林を突っ切んなきゃならないし。原生林の中の道って未舗装の上、途中に墓地があるんだよ。新港だったら普通にバス停あるし、舗装路だから。

――ありがとう。でもうーん、バスか。

――バスに何か問題でも？

――できたら自分で自由に行きたかったから。自転車とかでね。

そう言って美令はにっこりと笑ったわけだが、その笑顔を萌芽は反則だと思った。女の子の笑顔には大抵ルール逸脱の力があるが、彼女ほどの超法規的パワーを感じたことはなかった。あれはまずい。あんなのは人類社会が許してはならない。自分は真っ当な高校生だからいいけれど、もし多少の汚れを知った大人で、彼女の要求もスレていたら、間違いなく罪が生まれる。下手したら人が死ぬ。

間近で見た美令のにっこりに屈し、萌芽は彼女に自転車を貸した。学校祭の準備や部活動が終わる帰宅時までに、つまり午後七時過ぎまでに戻してほしいと頼み、心の隅っこで長距離の往復はきっと無理だろうと彼女をみくびった。途中で断念した時は自分の家のカフェで一休みしてくれたらいいのに、なんてことも思った。萌芽の両親は自宅一階でカフェを営み生計を立てている。

驚いたことに美令は海への往復を走破し、その後も毎週木曜日に「今日自転車を借りていい？」と話しかけてくるようになったのだが、それに清太は茶々を入れたのだ。萌芽ばかりずるい、自転車通学をしているだけで美令と繋がりができていると。つまりは、自分も自転車を貸して美令と近づきたいがためだけに、自転車通学を始めたというわけだ。所要時間は冬季のバス通学とあまり変わらないと強がるが、清太は最近朝から明らかに疲れている。

清太の無駄なバイタリティに脱帽《だつぼう》しつつ、それだけの労力を惜しまないのは、やはり彼女が好きだからだろうと納得もする。清太が美令を意識しているのは明白で、もしかしたら多少ませた幼稚園児でも勘付くかもしれないほどだった。

でもな、と萌芽は心の中で清太に語りかける。多分、やめといた方がいいぞ。あの女は特例だ。おそらく普通の高校生が手に負える相手じゃない。それに、とんでもない秘密のにおいもする。あの女は、きっと何か大きなものを抱えている。それは、明るく楽しく普通に高校生活を送る分には、必要のないものだ。下手に関わったら、抱えきれないものを一緒に抱えたあげく、巻き添えを食って沈むことになる。しかも当の本人は、俺たちを犠牲にして浮き上がれたりしてしまうんだ。

今日の風は押し風だったので、二十分かからずに学校に着いた。駐輪場に停めてざっと見回すが、清太の自転車はまだなかった。自分が押し風を得たということは、清太は向かい風の中来る。遅刻しないといいがと、萌芽は友人を少し心配した。

清太はぎりぎりで間に合った。

「世界遺産もピークは過ぎたのかな」

父親が作った、ちょっと自慢したくなるほど美味《おい》しい卵とハムカツのサンドイッチを平らげて、萌芽は言った。

いっとき、美令を見物する生徒らでごった返していた昼休みの廊下だが、一ヶ月経ってだいぶ落ち着きを取り戻してきた。しかし、一ヶ月持っただけでも大したものだと、清太は今日も萌芽に訴える。

「ピークは過ぎたかもだけど、美人は三日で飽きるというのが真実なら、もうこの時点でただの美人の十倍じゃん。なあ、そうだろ?」

「まあな」

自営業の萌芽の家とは対照的に、清太の両親は二人とも札幌市職員という共働きで、母親が朝、両親と清太の分をいっぺんに作るのだと言っていた。だからか冷凍食品と残り物を詰めるだけ詰めましたというような弁当が多い。ただ高校生男子であれば弁当の見てくれよりいかにして腹持ちよくカロリー摂取できるかというのが重要なので、清太が自分の弁当に文句をつけているのを萌芽は見たことがなかった。

「それに、今のあの野次馬《やじうま》は汐谷のせいも半分以上あるじゃん? だからやっぱ世界遺産継続だ」

「まあ、確かに。あ、これ食えよ。うちのタルト」

「やった、俺これ一ダース食える。ピヨガーデンのより美味《うま》いってマジで」

清太が言ったように、今、廊下がざわめいているのは、先日行われた前期期末テストの成績優秀者が貼り出されたからで、それにも美令は大いに関わっていた。

白麗高校は科目別で上位十名、総合で上位三十名の優秀者氏名が掲示される。

世界遺産さながらに見物客を集めていた美令は、科目別のほとんどで一位に名を連ね、当然総合も一位だった。二位に甘んじたのが数学Ⅱと物理で、その一位を取ってしまった萌芽は逆に晒《さら》し者《もの》のような気分だ。得意科目と不得意科目の差が大きい萌芽は、総合で二十八位と、ランクインしていない科目の悪さを喧伝《けんでん》してしまっている。

ともかくも、夏休み明けに現れた転校生の規格外な点がまた一つ明らかになり、廊下は掲示板を見る生徒たちで引きも切らない。関係のない他学年まで訪れる始末だ。

「東京ってそんなにすげーところなのかな。都民はすげー勉強してんのかな」総合三十位はもちろん、科目別でも何一つ掠《かす》らなかった清太が、窓際の美令を眺めながら言う。「只《ただ》者《もの》じゃねえ。汐谷ってさ、なんか違いすぎね？　俺らと次元が」

「おまえはあの転校生に関してはノリノリで褒め称《たた》えるな」萌芽はパックのグレープフルーツジュースを飲みながら言葉を選別した。「並じゃないとは思うよ。滅多にいないのは確か」

「もっとあからさまにすげーだろ。萌芽は噂聞いてっか？」

「噂ってあれか？　CMに出てたらしいとかいうやつか？」映画に出たことがあるだの、東京ローカルのコマーシャルに出演していたらしいだの、ファッション雑誌の片隅に載ったことがあるらしいだのという真偽不明の噂が一部にあるのだった。「噂だろ。誰が言い出したんだ、あれ」

「でも俺、下手したらあいつ、将来有名人になる気がするわ。芸能人とか」

「芸能人にも色々あるけど」

「カンヌの主演女優みたいなやつ」

清太の持ち上げっぷりに、萌芽は失笑してしまった。美令の容姿が整っているのを認めるのはやぶさかではないが、さすがに惚れた欲目を前面に出しすぎだろう。

「とにかくさ、明日さ、一緒に飯食わねって誘ってみねえ？」

清太は最後のザンギを腹に収めると、エッグタルトにかぶりつき、そう言って粘った。

「一緒にって、汐谷たちとか？」

清太の肯定を待たず、萌芽は「いやいや」と首を横に振り、声を落とした。

「汐谷ってあいつといるじゃん。松島と」

学校祭を境に、美令は和奈と共に行動するようになった。いつ二人が親交を深めたのかといえば、おそらくポスティング作業からだろう。放課後連れ立って書道室に向かっているところも見た。百人一首部に入部した話はまだ聞いていないが、和奈に誘われて見学は済ませたようだ。転校してからこっち、『東京の人』と呼ばれて一線引かれた付き合いをされている美令にも、一人友達ができたというわけだ。本当に友達なのかどうかは、かなり怪しいが。

萌芽は和奈が何となく苦手だ。気づくと目が合う。合うのはいいのだが、好意的には見られていない感じがする。最初のころ、萌芽は目が合えば軽く笑いかけていたのだが、和奈は一度も笑い返さずふいと顔を背けるものだから、なんだか置いてきぼりを食らったような気分になってしまう。あんたは私に興味あるのかもだけど、私は違うんだからね、というような。

その気分を、仲のいい清太には教えたことがある。だが清太は逆にお似合いだとくっつけようとする。

「なんでよ。おまえと松島、合ってるじゃん。廊下の張り出しでもいっつも近所だし。一緒に勉強してんのかあ？　この桃色《ももいろ》ＤＫ」

このようにだ。

「冗談はよせ」

それにしても、和奈は美令の成績の良さを知っていたのかと、萌芽は思う。多分知らなかった。あれほど何もかも自分より出来がいい相手と近づいてしまった気分は、どんなものか。内心穏やかではないはずと思うのは、自身が狭量だからか。

いつのころからか、クラスの女子たちが無言有言問わずの牽制、値踏《ねぶ》み、マウントを日々繰り広げていると肌で感じるようになった。男子にもないとは言わないが、女子はより学校生活を懸けている感じだ。そんな彼女らを可愛いと思うこともあれば、若干《じゃっかん》引くと思う瞬間も萌芽にはある。

「女子に生まれなくてよかった」

萌芽が呟くと、清太が食いついてきた。「え、なんで？　なんでよ？」

「面倒そうじゃん」

「バッカ、そんなこと言ってっと彼女できないまま卒業だぞ？」

「いや、俺は大丈夫だし。おまえと一緒にすんな」

と突き放したものの、萌芽はすごく彼女が欲しいと思ってはいない。もちろん、いれば楽しいに決まっている。けれど、もし彼女という存在が清太との仲に何らかの影響を及ぼすなら、それが二人で過ごすくだらない時間が削られるということであっても、ごめんなのだ。だったらいらないと思ってしまう。もちろん、そんなのは清太に言えないことだった。

なぜなら清太が美令に告白しようとしているからだ。

成績、人気、彼女の有無。クラスカーストに関わる分かりやすい勲章バトルに、中学でうんざりしてしまった萌芽は、そういった価値観から一歩引いて過ごそうと決めて、白麗高校に入学した。誰に対しても平等にニュートラルに振る舞おう。カースト最上位に比べれば光らない存在になるだろうが、カーストのために輝こうとするのもごめんだ。たとえ輝いたところで、俺の目はその光を美しいとは思えないのだからと。

そして、清太と出会った。

清太は萌芽が密《ひそ》かにこうであれと決意したような生徒だった。しかも清太は、それを意識してやっているわけではなさそうなのだった。自分も含めたクラスメイトたちが、等級はさまざまであれ一様に宇宙の星々だとするなら、清太だけはブラックホールみたいだった。

その清太が美令に告白したいと言うのなら、他の男子たちのように、彼女という勲章欲しさゆえではないのだろう。清太はとにかくあれで、美令が本当に好きなのだ。

だったら止める理由はない。

ただ、美令への想いが分かりやすく報われるのは難しいだろうと思い、友人としてそれとなくやめた方がいいと伝えてはいた。清太がイレギュラーなように、美令も明らかにイレギュラーだ。彼女ほどであれば、もし恋人が欲しいと望むなら、ほぼ百パーセントそれは叶《かな》えられるはずで、つまりその気があるなら美令にはすでに交際している誰かがいるということになり、誰もいない場合は、そもそも交際する気がないのだ。たまたま一時的なブランクが今だとしても、輝く星々をよそにあえてブラックホールに頷くだろうか？　彼女は清太の良さを分かるのか？

「清太、萌芽」渋谷と岩瀬が話しかけてきた。「修学旅行の自由行動だけどさあ」

十月末に行われる四泊五日の修学旅行では、二日目の東京が自由行動となっている。誰と行動してもよく、集合時間までに戻って来られるならば、常識の範囲内でどこへ行ってもいい。飛行機で福岡まで行ってラーメンを食べて帰って来たっていい。やらないが。萌芽は当然清太と歩くつもりでいた。

「おまえたちも俺たちと観光しねえ？」

渋谷に誘われ、まあそれもありだなと萌芽が思っていると、岩瀬が内緒話の声で言った。

「でさ、城之内たちにも声かけよっかって」

城之内更紗のグループは、女子の中でも等級が高い。中でも更紗は目立つ女子だ。渋谷はもともと更紗にロックオンしていたから、修学旅行を機に近づくつもりなのだ。岩瀬は楠木を狙っている。

萌芽は清太を見た。更紗は美令のことを『東京の人』と呼び始めた当人だ。深刻な感情は伴っていないにせよ、ある種の思惑はあるはずで、美令と近づきたい清太は更紗のグループと行動を共にするのに反対なのではないか。そう思ったのだが、清太はお茶でも飲むかと言われたのと同じテンションで「お、いいぜえ」と受けたのだった。

教室の一角で、更紗の高い笑い声が聞こえた。彼女を取り巻く他の女子たちの笑い声も。

美令と和奈は、お互い近くにいながら特に話もせず、それぞれがスマホを見ていた。彼女たちは一緒にいながらスマホを見ていることが多い。実はああやってメッセージアプリでやりとりしてたら笑えるなと、萌芽はこっそり思った。彼女らはこちらが心配になるほどに、話が合わなそうだからだ。


「城之内って、修学旅行行くのかな」

放課後、弓道場へ向かう途中で清太が更紗の名を出した。

白麗高校には近的《きんてき》の弓道場がある。古い第一体育館と麗道館《れいどうかん》という道場に挟まれており、生徒でももしかしたら存在を知らないのではないかと、萌芽は訝《いぶか》っている。弓道部の部員も少なく、萌芽本人と清太を入れて八名だ。去年、先輩たちの活躍で奇跡的に全国大会に駒を進めたが、自分たちの代でどうなるかは不透明だった。

「行くのかなって、なんで？」

萌芽は問い返した。清太は癖毛のボリュームを両手で押さえるような仕草をしながら、渡り廊下の天井を仰いだ。

「一年のとき、宿泊学習ってあったじゃん」

白麗高校一年次には、神恵内《かもえない》村という日本海沿いの漁村のコテージに一泊するという、課外学習イベントが組まれている。北海道の自然や海洋関係を学ぶ現地授業が設けられていた気もするが、萌芽は何を学んだのかを一つも覚えていない。コテージの中が虫だらけで、朝起きたら清太の足がボコボコに盛り上がっていて馬鹿笑いしたことだけが印象深い。

「あれに城之内はいなかったんだよな」

「そうなんだ。てか、彼女別のクラスだったのによく知ってんな」

一年生の時、萌芽たちと更紗はクラスが違ったのだ。

「俺、城之内と同じ中学だったからさあ」

「へえ。どこ中？」

「言っても市外の萌芽クンには分からんだろー？」

「おまえ石狩馬鹿にすんなよ、送電ストップすんぞ」

美令も見たはずの新港は、各種タンカーの発着岸のみならず、ガスや風力、火力の発電所なども完備された一大エネルギー基地なのである。それは清太も知っているので、たちまち彼は送電から美令を結びつけて、やに下がった顔になった。

その美令は、今日も自転車の鍵を借りにきた。清太が「よかったら俺のにも乗ってくれ」とうるさく迫り、断るのも面倒になったのだろう、ついに清太の自転車に乗って出かけた。

そんなやりとりを、他のクラスメイトはこちらを気にしないように気にしていた。野生動物の挙動を素知らぬふりで観察するように。微妙に好意的とは言い難い空気も漂ってきていた。その薄暗い空気は、清太ではなく美令という要素で発生していた。美令の横には和奈がいたが、彼女も今日は一人で部活に出たようだ。百人一首部なんて、どこが面白いのかと萌芽は思うが、和奈も弓道部なんてと思っているかもしれず、お互い様なのだろう。

修学旅行が近づくにつれ、渋谷は気もそぞろといった感じになってきた。萌芽が見るに、それはライバルの存在にあるようだった。自由行動の日に更紗のグループを誘おうとしている者は、他にもいたのだ。二年八組の男子の中で一番モテるやつと言われたら、誰もがその顔を想像するだろう林原とその一派である。

「林原が誘ったら無理だよなあ」

昼休み、教室の片隅でもう渋谷は負けた気でいた。それを取りなすつもりなのか、岩瀬がこんな提案をした。

「早い者勝ちかもしれない。今誘ってこいよ」

「いや、今だと、考えとくって言われるだけだろ」

「清太と萌芽に行かせろ」岩瀬が無茶《むちゃ》振《ぶ》りしてきた。「ちょっと外交交渉してきてくれよ。おまえらがネゴシエーターだ」

「なんで俺ら？・」萌芽は意味が分からなかった。「俺、別にそこまで女子と一緒じゃなくてもいいんだけど」

「うわ、つまんねーこと言うなよ。なあ、清太。頼む。城之内に『東京一緒に回ろう』って」

「じゃあ、言うだけ言ってくるわ」

こういうとき、清太は意固地《いこじ》に断り続けることをしない。萌芽の見ている前で、清太は飲みかけの紙パックジュースを机に置き、癖毛の頭をさすりながら更紗たちがお喋りする一角に近づいていった。

萌芽は清太が更紗たちと言葉をかわす様を、じっと見守った。昼休みのざわめきに紛れて、言葉の一つ一つまで聞き取ることはできない。だが彼らの雰囲気は明るく和やかだ。清太が何かを言い、女子たちがカナリヤイエローの笑い声を上げた。

「ああいうの、清太マジで適任だよな」

岩瀬が感嘆混じりに呟くと、渋谷もすぐに同意する。

「城之内らも、清太相手だと絶対警戒しねえもんな」

「意識されてないとも言える」

萌芽は腕組みしていた。意識されていないという一言は、清太を軽んじるニュアンスがわずかにあったかもしれなかった。それに萌芽は少し腹が立った。そして、同じ言葉を聞いたとしても、清太本人は腹を立てないに違いないと思った。

清太はやがてヘラヘラ笑いながら戻ってきて、言った。

「考えとく、だって」

渋谷と岩瀬が頭を抱えたが、清太は気にする様子もなく続けた。

「てか、俺たちもどこ回るかってのも決まってないしな。すごい意見対立したら元も子もねーし。城之内たちも決まってなかった。てか決まんのかな、あれ。お台場《だいば》とか観光船とか、浅草《あさくさ》とか抹茶《まっちゃ》アイスとか候補だって。まあ、いざとなったらディズニーシーでいいとかも言ってたけど」

萌芽はさほどテーマパーク的な方面を考えていなかったが、楽しく時間を潰すには定番の選択である。

清太はジュースを飲み切って、紙パックを握り潰した。

「城之内、私は一人でいいからとか言ってた」

*

結局、更紗たちと行動を共にするかどうかの確約がないまま、萌芽は修学旅行当日を迎えた。

集合場所の札幌駅北口コンコースに萌芽が到着した時刻は予定よりかなり早く、清太はまだ姿がなかった。美令も更紗もいない。和奈だけ、ぽつねんと離れた場所に立っていた。当然のように目が合った。萌芽が愛想笑いをする前に、和奈は唇を引き結び、下を向いた。

和奈が札幌出身者ではないということを、萌芽も知っている。ふとした折に目が合えば逸《そ》らされてしまうものの、言葉をまったく交わさない訳ではないからだ。必要なときには話しかけ、流れで喋ることはままある。実家は人口二千人程度の道北の田舎町にあって、農業を営んでいると、一年生の夏前には聞いていた。それを知ったとき萌芽は、市外出身であることや、実家が自営業という共通点を発見して、密かに喜んだりもしたのだ。

早い時間に来ているというのは、和奈の真面目な性格によるのか、彼女がいる食事付き学生マンションが札幌駅の近くにあるせいかと、萌芽は暇潰しに考えた。

その後、十分ほどして美令が現れた。美令は普段とは少し違って硬い雰囲気で、ある種の覚悟めいた意識すらほの見えた。萌芽はそれはなぜかと考え、さすがの彼女もいくらか緊張しているからではと結論づけた。

白麗高校二年生の参加生徒は、臨時特急で新函館北斗《しんはこだてほくと》駅へと向かい、そこから東京行きの北海道新幹線に乗り換えた。新幹線は一般客と混乗だった。駅のホームを移動しているとき、萌芽は十名弱の他校生の姿を見かけた。新幹線に乗車するのが生まれて初めての萌芽は、二列三列のシート並びが物珍しくて、写真を撮って大我に送った。

一番浮かれそうな清太は、意外にも静かに着席した。

「おまえ、調子悪いのか？」

静かすぎるのが気になり、萌芽は新幹線が発車したタイミングでこっそり尋ねた。体調が悪くても、清太の性格であれば無理をして同行しようとするはずだ。萌芽は母親から風《か》邪《ぜ》薬と解熱鎮痛剤、下痢止めを持たされていた。

するとと清太は柄にもなく思い詰めた面持《おもも》ちで言った。

「俺、青函《せいかん》トンネルに入ったら、汐谷に告《コク》るわ」

「マジで」ついにきたかと萌芽の脳内も瞬時にアドレナリンが溢《あふ》れる。「段取り考えてきたのか」

「汐谷は次の車両だろ」

「俺ら、学年のケツだからな」

一学年八クラス編成の白麗高校の場合、何事も八組が最後になる。八組の女子は次の一般客と相席車両に組み分けられていた。

「トンネルに入ったら、汐谷を呼び出す」

「車内のどこに？」応援したい気持ちは山々だが、萌芽は初手から首を傾げてしまった。

「グランクラスとかいうのは行っちゃ駄目だろ。俺ら、トイレくらいしか移動できないはず」

「でも席でってわけにいかねーし。共用部分もなんかすげーじゃん。いい感じに」

「無理に新幹線内で告らなくても」

「でも、海の底でってシチュエーション、もう二度とないじゃん。世界の最深部で愛を叫びたい」

清太は清太なりに展望があるようだった。萌芽は友人の告白を後押しする考えにシフトした。

「分かった。最深部じゃないと思うけど、頑張れよ。グッドラック」

「いや見捨てんなよ。萌芽さ、悪いけど付き合ってくんね？」

冷やかしの生徒が来るかもしれない、来たらそれとなくガードしてほしいと清太から頼み込まれ、萌芽は受けた。ラーメン一杯の報酬も断った。友人のためならその程度の一肌はいつでも脱げるというものだ。

間もなくトンネルに入ることを予告する車内アナウンスが流れ、車窓が黒く変わったのを機に、清太は神妙な顔で立ち上がった。長さ五十三・八五キロ、通過所要時間は約二十五分だ。緊張するな、の意図《いと》で萌芽は軽く背を叩き、続いた。

途中の綺麗なトイレで用を済ませて万全を期す。洗面台の鏡を睨み、清太は癖毛の膨らみを手で押さえた。

隣の車両に続くベージュのデッキドアを開けて、萌芽は驚いた。確かに八組の女子たちは一般客と一緒だった。だがその一般客の中に、詰襟とセーラー服の男女もいた。ホームで見た他校の生徒だ。彼らは席を立っていた。しかも車両の中ほどに固まって盛り上がっている。旅行のうわついた感じに何かが上乗せされている、異様な雰囲気だった。清太もあれ、といった顔で立ち止まった。

「えー。じゃあ和奈って札幌で彼氏作ってないの?」

和奈の名を出したのは、セーラー服を着た他校生の少女だった。

「今はそっちの方に興味なくて」

「なんで? 和奈ってそこそこ恋愛体質だったじゃん。バレンタインデーの朝のアレとかさ。和奈のお祖母ちゃんも札幌で恋人できたかなって心配してたよ」

セーラー服の少女は通路に立ち、二列シートの背もたれに肘をかけて体重を乗せ、着席している和奈を覗き込んでいる。萌芽は一瞬、和奈が他校の生徒に絡まれているのかと思った。

少女の言葉に、和奈は曖昧な笑みを浮かべて俯《うつむ》いた。和奈の隣で、美令が何か言いたげに少女を見上げた。

車両後方に座る一般客はまばらだ。彼らはトンネルに入って少し増した走行音と生徒らのお喋りを一つにまとめて、今しばらくは我慢しよう、せっかくの修学旅行なのだしという面持ちでいる。川辺ともう一人の教師が座っていたが、一度注意をしているのか今は何も言う様子はない。他の女子たちは近くの誰かと話をしているか、スマホを眺めているかだ。デッキドアに一番近い前方通路側席の更紗は目を瞑《つむ》っていた。

「久しぶりに森と話したら？　こんな偶然マジないよ？　運命じゃない？　和奈こういうのすごい好きだったよね、運命の再会。森もあれで絶対嬉しがってるよ」少女はどんどんテンションを上げ、もはや怖いものなしといった感じだった。「こっち来ない？　席空いてるよ？　うちらも森とのこと協力するからさ。遠慮しないで、友達なんだから。ね、こっち。移動しよ。いいですよね？」

最後の「いいですよね？」は隣席の美令に向けられた。美令は即答した。

「嫌です」

美令の一言で車両が静まった。四音の言葉が周囲の会話を吸音したようだった。

「ごめんね。でも私も和奈と話したくてここに座っているの。これが最後の旅行になるかもしれないのに。連れて行かないでもらえる？」

決して大きくはない、むしろ抑えた声だった。だが美令の声はとてもよく聞こえた。萌芽は思わず自分の右耳を触った。美令の声はこんな声だったのか。鼓膜《こまく》を震わせるというより、鼓膜の方が好んで震えているという感じだ。とても相性がいい。

少女もはっきり気圧《けお》されている。「えっと……」

「そちらがいいと和奈が言うなら、その時は引き止めないけれど」

和奈は俯いたままで何も言わなかったが、席は立たなかった。

少女はすごすごと自分の席に戻っていった。

程なく車両がまたありふれたざわめきに満たされていった。女子の誰かが萌芽らに気づいて名前を呼んだ。すると、美令も反応した。美令の目が萌芽らを見た。

美令の目の強さに萌芽はつい動揺し、責任を押し付けるように清太の背を押してしまった。清太は我に返り、美令の方へ歩みを進めた。新幹線は海底トンネルを疾走している。入ってから何分経ったのか。

「ええと、ごめん、汐谷」

神様仏様ジーザスクライストスーパースター、と萌芽は心の中で唱えた。よく分からないけど清太に力を貸してやってください。今まで特に信じてなくて申し訳ないけど、今だけでいいからこいつを応援してください。こいつこんな感じでアホに見えるけど、悪いやつじゃない。こんなニュートラルにいいやつは世界のどこを探したっていやしないんだ。

「汐谷、おまえめっちゃいい声やんけ！」

これは駄目だと、萌芽は天を仰いだ。和奈が吹き出した。他の女子たちも笑いさざめいた。

結局清太が美令の声と話し方を褒めているうちに、新幹線はトンネルを抜けてしまった。

和奈

東京都内のホテルは、ツインルームだった。和奈は同室の美令が荷物の整理を終えるのを待ち、話しかけた。

「ありがとう。新幹線の中でのことだけど」

「ああ、あれ。余計なことじゃなくて良かった」

美令は入り口側のベッドに腰掛けて笑った。和奈は美令の顔や佇まいをまじまじと見つめた。

あの瞬間を忘れない。青函トンネルの中を疾走していたあの時、和奈は途方に暮れていたのだ。不快でもあった。地元の、霜原町の幼馴染みたちがだ。彼らに会いたくなかった。札幌に出てきてから一度も、和奈は地元の友達に会いたいと思ったことがない。帰省の際も会わなかった。特に森や女子たちとは。だからメッセージアプリなどでも繋がってはいなかった。

旧友はしつこかった。一度は教師の注意を受けたが、彼女は「久しぶりの再会なんです、声小さくしますから」と言い返し、昔の恋愛話を匂わせこちらに来いと誘ってきた。恋愛話なんて黒歴史の最高峰なのにだ。死んだって思い出したくない。だが和奈は、俯くだけで否《いな》の表明ができなかった。嫌だと毛を逆立てれば弱みを見せるような気がした。相手はこちらのことが平気なのに自分は平気ではないというのは、ある種の敗北に他ならない。

そういうのやめて。もう森くんとのことは言わないで。

霜原町にいたころ、ずっと言いたくて言いたくて、言えないまま逃げるように札幌に出た。

だから、美令の「嫌です」に救われた。

和奈が言えない胸の裡を、美令は軽々と口に出すことができる。

「でも、どうして助けてくれたの？　私、一応我慢して、嫌そうにしてなかったつもりだった」

「和奈も彼女たちも、会ってびっくりしていたでしょ？」

話しかけられたのは新幹線が発車する直前だった。一年半ぶりの旧知の顔が覗き込み、「やっぱり和奈だ」と破顔《はがん》した。霜原農業高校も修学旅行中だったのだ。コンタクトを絶っていたのだからそんなこと知るわけはない。ひどい偶然だった。こんなことあるかと思った。

美令はそこまで分かってくれたのだ。

「ああ、付き合い絶ってるんだなって分かった。だったら割と迷惑だよね。ああいうの。

なんだか森くんっていう人とくっつけられそうになってたし。和奈も彼といい感じになりたかったのなら、謝ろうと思ってた」

「思ってない。全然思ってない。ありえない」和奈は躍起になって弁明した。「むしろ嫌。なんでみんな恋愛話したがるのか意味不明。更紗たちとか、そんな感じでしょ。一組の手塚くんと別れて次は誰を彼氏にするんだろう？　やっぱり林原くんかな、この旅行でくっつきそう。ああいう人たちってモテた方が偉いくらいに思ってない？　そういう浅さがくだらないなって。私、男子とか恋愛とか、ほんと興味ないから」

そこらの女子と一緒にされたくない、平凡だと思われたくないという気持ちが和奈にはある。そして友人として美令とはフラットな関係でありたかった。つまり美令に非凡さを感じるように、美令にも自分を非凡だと思ってもらいたいのだ。孤独な者同士の傷の舐《な》め合いではなく、孤高な者同士だから気が合うのであり、友情も芽生えたのだと。

「興味ないの？」

「ないよ、疑ってるの？　それより赤羽くんには笑っちゃったな。悪いけど」

あの後の清太にも助けられたと、和奈は密かに感謝している。もちろん清太は和奈などどうでもいいだろう。多分あれは告白するために来た。なのに思いがけず耳にした美令の声があまりに良かったから、そちらに持って行かれたのだ。無論、続けていても色よい結果は得られなかった。その駄目な感じは、あの場にいた全員が受け取ったはずだ。

「でも赤羽くんの気持ちも分かる。今まで聞き流していたけれど、美令の声、本当によく聞こえる。張り上げていないのに遠くまで届く感じ。何て言えばいいんだろ」和奈はなんとか気の利いた例えを絞り出そうと試みた。「ええとね……そう、すごく上手な俳優みたい。生まれつきの声質に加えて、演劇とかで発声の訓練を積んだみたいな」

美令が腕時計を見ながら立ち上がった。話を切り上げるような動作ではあったが、実際に夕食の集合時間が迫ってもいた。二人は部屋を出てロビーへ降りた。

ホテルの催事場を借りた夕食は賑やかだった。青函トンネルの中で何を試みようとしたのかがなぜかバレている清太は、男子たちから子どもじみたからかいを受けていた。玉《ぎょく》砕《さい》だのまだ脈はあるだの言い合っている彼らを、美令は敢然《かんぜん》と無視した。

「先に部屋に戻ってるね」

更紗が途中で席を立った。彼女の膳《ぜん》は半分以上手付かずだった。

――これで神様を見るの。私の家にいる。

――私、神様の見張り番してるの。

学校祭最終日に美令が発した言葉の意味を、和奈はまだ知らずにいる。

もちろん、すぐに尋ねはした。だが、上手にはぐらかされてしまった。はぐらかすくらいなら最初から言わなければいいのにという不満は、あえて飲み込んだ。こちらが一方的に興味を持っている状態は、パワーバランスが拮抗《きっこう》していない。思わせぶりな言葉は、あえてスマートに流した方が、大人の態度にふさわしいとも思った。和奈がやったのは、似たアプリのアイコンを手当たり次第探したことだけだ。そして、何らかのカメラアプリではないかという当たりだけはつけられた。

美令はときどき、休み時間などにもスマートフォンをしばらく眺めることがある。そのうち和奈は、謎のアプリを使っている時とそうでない時の区別がつくようになった。それを見ている時の美令は、幾分難しい顔になるのだ。金曜日は特に難しい顔になることが多い。

何を見ているの？　神様って何？

不満を飲み込んだのと同じ理由で、和奈はやはり尋ねはせず、画面を盗み見ることもしなかった。代わりに、対抗するように自分も『イマトモ』のトークルームをチェックするなどした。夏月にメッセージを送ることもあった。

修学旅行の道中も、美令は見張り番を放棄はしていない。そして彼女は、いささか緊張しているようでもあった。気の置けない友達と旅行を満喫《まんきつ》するというよりは、程々の友好関係を保つ連れと戦地へ向かう道中といったヒリヒリ感が、時に肌を刺すのだ。

入浴を済ませた和奈が部屋に戻ってみたら、美令は自分が使うベッドに腰掛け、スマホ画面を見つめていた。

「浴室、空いたよ」

「ありがとう。じゃあ使うね」

顔を上げた美令は笑顔だ。でもつい先ほどまでは難しい顔をしていた。

留守中のペットのためにカメラを設置する人がいる。変わったペットでも飼っているのだろうか。うちも実家では北海道犬を飼っているけれど。名前はヤマト。人の気持ちが分かる犬だと、夏月の大の気に入りだ。神様の見張り番とは何だと思うか夏月に意見を求めたら、白蛇でも飼っているのではと言っていた……。

謎かけなんだ、と和奈は思った。であれば、やはり無理に尋ねて聞き出すことは憚《はばか》られた。粘れば教えてくれるかもしれない。でも、その手段を取ったら最後、美令への借りができてしまうことにもなる。

美令が自分から秘密を打ち明けてくるのがいい。秘密を共有する相手に選ばれたい。それを知ることができた時、何かが変わると思うのだ。一部の生徒の間で流れているCM出演などといった出どころ不明の噂は信じていないが、それらを抜きにしても、まだ美令はどこか謎めいた転校生の部分が多い。美令が何を見ているのか、美令が見張っている神様は何なのか、それを知った瞬間、私たちはきっと名実ともに、そこらにいるありふれた友達なんかじゃない、特別な二人になれる気がする。

だとしたら、友達ってなんだろう。今の私たちは、友達じゃないのか？

修学旅行二日目の自由行動について、和奈と美令は細かな予定をまったく立てなかった。和奈は内心行きたいところがたくさんあった。でもそれを美令には言えなかった。美令は東京から転校してきた。都内はどこもかしこも知っているのだろうと思うと、スカイツリーに行きたい、浅草に行きたいなどとおのぼりさんめいた願望を告げるのが恥ずかしく思えたのだ。

天気はまずまずだ。他の女子たちは当たり前の観光を楽しむようだった。一部の女子と男子は連れ立ってまず徒歩で浅草寺《せんそうじ》へ向かうらしい。さほど近くもない位置にいた和奈にも、そのようなお喋りが聞こえてきた。更紗のグループと林原のグループだ。清太と萌芽たちも近くにいて話しているから、一緒なのかもしれないと思った瞬間、和奈の心臓が嫌な感じになった。彼らはホテルを出るや、ぐんぐんと歩いていく。彼らが観光地各所であげる楽しげな声や笑いを、和奈は現実以上のリアリティを持って想像できた。

更紗も彼らの中に加わっていた。単独行動するという噂も聞いた気がするが、そんな惨めな選択をあの更紗がするわけがなかった。

「よかったら、分かる範囲で案内するよ」

ホテルを出て、美令が言った。和奈は、最寄りのメトロやJR駅に吸い込まれていく白麗高校生の群れを見送りながら、頭を絞る。昨日新幹線で一緒になった級友たちは、ディズニーランドへ行くと言っていたから、そこは絶対に除外。その上で、美令に田舎者と思われないような、できればこの子東京のことも知っているんだなと一目置かれそうな場所。他の子が興味を持ちそうなありふれた分かりやすさとは、一線を画す場所。

けれども思い浮かばなかった。和奈は「えへへ」と笑って誤魔化《ごまか》した。美令は慌てず騒がず、「どこかカフェにでも入って作戦を練ろうか」とそのまま歩く。和奈はすぐさま賛成した。

「ちなみに美令って東京のどの辺に住んでいたの?」

「港区《みなとく》」

「港区!」和奈にとってはテレビ局の地名である。「すごい、超都会じゃん」

「そう? 一部はそうかもだけど、うちの周りは普通だったよ。住んでいたのも賃貸マンションだし」

港区のことを何でもないように話す美令が、和奈には特別に思えてしまう。置いていかれたくはないが、出身地についてはどう頑張っても張り合えそうにない。霜原町の特色でまず出るのは、氷点下四十二度を記録した日があるということなのだから。

二人は最初のメトロの入り口を過ぎてしまった。和奈はそれを歓迎した。二人で歩きたい気分だった。東京都民は可愛い子を見慣れているのか、芸能人を見かけてもスルーする文化が根付いているのか、美令といえどそうそう振り向かれはしないのだが、それでもやはり行き交う人々の視線はおおむねこちらに向く。それを和奈は自慢に思い、なおかつ隣を歩くことのできる自分も誇らしく感じた。美令といえば海の上に出られる。天空にだって行ける。

「港区には一年半もいなかったの。それなら中学のときにいた世田谷区《せたがやく》の方が長い」

「十回転校しているんだったっけ」口にして和奈は改めて尋常な数ではないと感じた。

「他はどんなところにいたの?」

「南は久留米市《くるめし》から北は今の札幌まで。奈良《なら》、埼玉《さいたま》、東京、久留米、長野、岐阜《ぎふ》、宇都宮《うつのみや》、東京、京都、東京、そしてここ札幌」

「ひえー」

「だから修学旅行も初めてなの。タイミングが悪くてね」

学校祭チラシのポスティングの折、またの機会を期待して飲み込んだ質問を、今度こそと和奈は投げかけた。

「親は何をしている人なの?」

「父はゼネコンに勤めている。そろそろ東京に戻って転勤もなくなると思うけれど」

「え、待って。東京に戻るの?」

「いつかはね」

「それって白麗在学中でもあり得る? 卒業まであともうわずかでも、お父さんが転勤になれば転校するってこと？」

「うちはそうなるかな。単身赴任は選択肢にない家だから」

「嫌だなあ。美令と一緒に卒業したいよ」

「ありがとう」

「もし、お父さんにそんな話が出たら、早めに教えてよね。心の準備するから」

「話が出たらね。今はまだ……」

美令はそこで歩調を緩めた。彼女の視線は車道を挟んだカフェに向けられていた。ウッドデッキ風のオープンテラスは、和奈好みのおしゃれでなおかつ落ち着いた雰囲気だ。

「あそこいいね、美令。美味しいパンケーキが食べられそう」

「パンケーキ好きなの？」

「好きというより、東京でパンケーキを食べてみたいの」

カフェの客はまばらで、和奈たちは好きな席を選ぶことができた。オープンテラスの一角に陣取り、リコッタチーズが入ったパンケーキセットをオーダーした。朝食をとって間もないというのは、この際大きな問題ではなかった。美令が手洗いに立った。一人になった和奈はスマートフォンをいじって時間を潰した。メッセージやメールの着信は特になかった。修学旅行中は休みを申請している『イマトモ』のトークルームを覗いてみる。昨夜、アヤミがログインしており、おそらく他のバイトなのだろうフォビドゥンと名乗る誰かとやり取りをしていた。相変わらずクラスで孤立しているようだ。

『原因を作ったのは私だとは思う』

『私がメソメソしていたせいもある』

『でも本当に辛くて、作文に書かずにはいられなかった』

『スピカさん、お休みなんですかね』

アヤミが孤立する原因となったあれこれについて、和奈は今までのメッセージから何となく察することができていた。彼女のトラブルの火種《ひだね》は小学校時代に遡《さかのぼ》る。卒業間近の三月上旬、アヤミは大好きな祖父を亡くした。その悲しみを引きずるあまり、卒業制作などにも身が入らなかったようなのだが、どうやらそれが同じクラスの誰かを不快にさせた。

『アヤミちゃんはその子になんて言われたの？』

フォビドゥンのこの質問に、アヤミは答えず消えていた。

相手が自分だったら、話してくれたかどうかを和奈は吟味《ぎんみ》してみる。よく分からなかった。

中学一年生のアヤミという存在に引きずられるように、十三歳だった自分の苦い一日を思い出す。バレンタインデーで初めて生チョコレートを作り、相手を町内の公園に呼び出した。時間は朝七時半。冬場、条件がととのえば、公園ではダイヤモンドダストが見られる。その中で告白するというシチュエーションに憧れた幼さを、今は心から悔やんでいる和奈である。相手は森。残念ながら当日は猛吹雪で、森は約束の場所にこなかったばかりか、呼び出されたことをクラスメイトに吹聴した……。

「お待たせ」

美令が戻ってきて、和奈はオープンテラスの色彩が豊かになった気がした。

「ひとつ聞いていい？」

「何？」

「美令ってやっぱり、スカウトとかされたことあるの？」

はにかむことも、勿体ぶることもなく、美令は即答した。「何度かはね」

「すごい。そうなんだ」

それではエキストラやCM出演の噂も、あながち的外れではないのかもしれない。芸能人の来歴でしか話を聞かないエピソードを、実際に有している相手への羨望と、自分だって東京にいたら、一度くらいはスカウトされているのではないかという期待がないまぜになる。

「芸能人になる気はないの？」

「そうだね……」

パンケーキが運ばれてくる。美令はすぐには手をつけずに、和奈の質問を優先してくれた。

「子どもらしい憧れを持たなかったといえば嘘になるかな。楽しそうだよね。もちろんそれ以上にすごく大変な世界ではあるはずだけど」

「うん、楽しそう。分かる。自分のことが情報番組やネットニュースでいっぱい取り上げられるのって、どんな気分なんだろう？　みんなにわーって見られてさ、その辺歩いていたら振り返られて、こうやってカフェにいると他のお客さんに、松島和奈さんですか？　サインくださいって話しかけられるの、めっちゃ憧れる」

「和奈、面白いね。想像力逞《たくま》しい」

想像力逞しいとの言葉の裏に、子どもっぽいね、があるようで、和奈はやや恥ずかしさを覚えた。

「美令はこんな想像しないの？」

美令はその時、和奈が想像していたよりも遥かに時間をかけて、考えながら答えた。

「メディアに出て注目されて、可愛いね、綺麗だねって言われてチヤホヤされて、自分のことがトレンドになったりもして……いろんな人に出会えて、美味しいご飯だってきっと食べられて。そういう華やかな楽しさはもちろんだけれど」

「うんうん、それ」

「芸能人にも色々あるでしょう？　私が当時興味を持ったのは俳優なの」

「女優。いいね。ドラマや映画に出るの。美令、きっと似合うよ。適性ありそう」

「彼らは、自分ではない誰か別の人を演じるでしょう？　それが楽しそうだなとは思ったな」

「それそれ。分かる。私の従姉、『ガラスの仮面』の文庫本持ってるんだよ。知ってる？　古い漫画。私もあるだけは借りて読んだ。私が好きなエピソードは二人の王女かな。主人公とライバルが演技のために生活環境チェンジするんだよ」

「別の人になれる、別の人生を生きられるって、考えてみればすごいよね。だって私たちは、そうするには、本来一度死ななくてはならないから」

　生クリームをたっぷり載せたパンケーキを口に運びかけていた和奈は、手を止めてしまった。死。そんな単語が出てくる流れだったか？　グルメ番組で、このグラタンお線香《せんこう》の香りがしますねとコメントするみたいじゃないか。

「死なずに生まれ変われることができる仕事なんだなって思ったら、すごく興味が湧いた、そんな時期はあったよ。昔ね。子どもの頃。懐かしいな」

　美令もナイフとフォークを手に取り、パンケーキを食べ出した。それこそグルメ番組で映されても何の違和感もない所作《しょさ》に、先ほどのお線香の香りは霧消《むしょう》した。

　どこへ行くかという案は、なかなかまとまらなかった。あまりカフェで長居をするわけにもいかず、和奈は更紗たちも向かった浅草寺をひとまず提案した。彼らはおそらくもう次の場所へと移動する頃合いだろうし、おみくじの一つも引いてみたいとも思った。

「凶《きょう》が多いって聞いたことある」

「げ、そうなの？　怖いこと教えないでよ、美令。私、おみくじで凶なんて引いたことないのに」

霜原町の神社のおみくじには凶が入っていないと、和奈は祖母から聞いたことがあった。それを美令に言うと、彼女は声を上げて笑った。

「のどかな町だね。私は好き」

「住めば前言撤回するよ」

そう返しながら美令を見た和奈は、思わずはっとした。美令の目は愉快そうに輝いていた。今朝和奈は、美令が軽く化粧をしている姿を見た。上手なメイクだった。メイクしているという事実をまったく主張しないが、確実に加点がつく。あの自然で長いまつ毛。マスカラはああやって塗るものだったのだ。惚れ惚れしてしまう。

浅草寺の境内《けいだい》を人の流れに乗って歩き、お水舎《みずや》で手と口を清める。和奈は美令のやるとおりを真似た。お参りを済ませておみくじを引き、小吉という微妙な結果を縁に変えて紐《ひも》に結ぶ。合間に自分や美令を入れずに寺や仲見世《なかみせ》の写真を撮った。後で夏月に送ろう。

その時、少し前にメッセージアプリから通知が入っていたことに気づいた。確認してみると、『イマトモ』関係でもなければ夏月からでもない。二年八組のグループ内で発言があったようだ。

クラスのグループは、年度始めに川辺の主導で、連絡用として設定されたものだが、ひと月もすると各々親しい相手と個人的に繋がってしまい、今や稼働していない。連絡事項があっても毎日のホームルームで事足りてしまうのだ。おそらく猛吹雪や大災害で学校が急に休校になった、などということでもなければ使われないだろうと和奈が軽視していたそれを、今さら誰が利用したのか。

「どうしたの?」

美令はグループの存在そのものを知らなかった。川辺もしようもないなと和奈は内心毒づきつつ、簡単に状況を説明しながら、発言を確認する。発言者のニックネームは『レッドフェザーKIYOTA』。赤羽清太だ。十五分ほど前に着信していた。

『城之内が体調悪いっぽい。浅草にいる人、見つけたらフォロー頼む』

「これだけじゃ分かんないよ」和奈は素直な気持ちを言葉にする。「浅草って言っても広いよね。そもそも、どうして人に頼んでるの? 具合悪いの知ってるなら、そばにいるんじゃないの? それもなんで赤羽くんなわけ?」

「和奈、あれ」

と、美令の目が何かを見つけていた。視線が捉えている先を和奈も追いかけ、一つところに行き着く。

老若男女、人種すらさまざまな観光客の中、更紗は一人でいた。ベンチが並ぶ休憩所の一角に座っている。

美令がすぐさま近づいていく。躊躇う様子はなかった。『東京の人』というあまり好意的ではない呼び名を与えた張本人が更紗だということにも、頓着していないようだった。

確かに更紗の顔は蒼白で、そういう些末事《さまつじ》をあれこれ言っている場合でもなさそうだ。

更紗は和奈たちがすぐそばまで近づいてから、ようやく顔を上げた。

「大丈夫？」様子を尋ねる美令は、てきぱきとしていた。「何か手伝えることがある？」

更紗が早口で答えた。

「ちょっとトイレに行きたい」

「分かった。立てる？」

美令は更紗の両腕に手を伸ばし、肘のあたりを摑《つか》んだ。無理に引っ張り上げるわけでもなく、自然に立ち上がらせると、すぐさま更紗の左脇に移動して支えながら歩き出した。

和奈は更紗のバッグを引き受けた。

学校祭の行灯行列の際は、たった一人で歩いてその他大勢を完膚なきまでにした美令だが、人を支えて歩くのも堂に入っているのだなと、和奈は後ろ姿を見ながら思った。

美令は最寄りのトイレの場所を知っていたらしい。スムーズに更紗をそこへ連れて行った。

「大丈夫かな」

待っている間はどうすることもできない。和奈は中を気にしながら、地面を軽く蹴った。

そういえば昨夜の夕食も途中で切り上げていた。あのときからお腹《なか》でも痛かったのか。更紗は特別仲がいいわけでもなく、どちらかと言えば苦手意識すら覚える相手だが、具合が悪いのを見てざまあみろと思うほど、卑しくはない。

「赤羽くんに、城之内さんを見つけたって伝えてあげたらどうかな」

和奈は美令の言うとおりにした。

更紗

公衆トイレの個室で、城之内更紗は蓋をした便座の上にスカートのまま腰を下ろして、落ち着くのを待った。

さっき一度吐いた。吐いたら少し楽になった。ゆっくりとだが波は引いていく。胸の中の動揺や不安、押し寄せる記憶の断片まで外に出したみたいだった。

なんとなくこうなる予感はしていた。

浅草から出る水上バスを待っていたのは、楠木らいつもの女子のグループに林原たち男子グループ、それから清太らの男子四人組もいた。お台場で遊びたいと主張したのは長谷部と東川だ。他の女子たちも乗り気だった。更紗一人が行きたくなかった。けれども修学旅行の道中、自由行動の日に一人で過ごすのも、勇気がいることだった。予定の段から単独行動を匂わせながらも、結局みんなについて行った浅はかさと弱さを、更紗は水上バスに乗船して思い知った。

水上バスには、長年蓄積された潮《しお》のにおいがこびりついていた。この世で一番嫌悪するにおいが。

出航間近、どうしても耐えられなくて更紗は下船した。友人たちは心配そうな顔をしてはいたが、無理に笑顔を作って大丈夫だと言うと納得した。タクシーでホテルに帰った方がいい、今日は一日休んでいたら……彼らの言葉にそうすると頷き、更紗は水上バスの海のにおいから必死で離れた。

誰も一緒に下船はしなかった。

せっかくの修学旅行、楽しいはずの一日を、体調を崩したクラスメイトの看病なんかに費やしたくないのは当たり前だ。更紗は彼らの気持ちが手に取るように分かった。付き合う必要のない負債だ。運の悪い一人だけが負うものだ。我慢はみんなですればいいというものでもない。

更紗は胸苦しさと冷や汗を堪《こら》えながら歩いた。一度行った浅草寺へ戻ったのは、海のにおいよりお寺の煙のにおいの方がマシだと思ったのと、大きな休憩所があるのを見ていたからだ。

しかし、座っていても不安感はなかなか消えていかなかった。ばかりか、こんなところで倒れたらどうしよう、みっともない姿を晒したらどうしようと思うと、いっそう吐き気は強くなった。バッグの中のピルケースには痛み止めと絆創膏《ばんそうこう》しかなかった。昔、不安が強くなった時に飲む薬を処方されていたこともあったけれど、高校生になってその病院に行くのはやめてしまっていた。薬があれば頼ってしまう、頼ってばかりではいけない、頼らなくても、もう大丈夫なはずと思おうとした。その決意が裏目に出た。縋《すが》るものが一つもないと分かると、更紗の吐き気はいよいよ耐え難いものになった。

そこに、美令と和奈が現れたのだ。なぜかは知らないが。

そういえば、いつもは避けたいと思う和奈の香りがそれほど気にならなかった。彼女の匂いが変わったのではないが、心底拒絶する臭気を嗅いだ後では、心地よい微風みたいなものに思えた。リアルとイメージの違いとでも言えばいいのか。

更紗は便座から立ち上がり、制服の乱れを整えた。手洗い場で口を濯《すす》ぎ、ロングボブの髪の毛にブラシを入れ、鏡の中の自分を見つめる。大丈夫？　と自分に問い、大丈夫だと答える。そう、大丈夫。こんなこと大したことじゃない。具合が悪くなるのも予想済み。みんなが楽しみを選ぶのも分かっていた。最初から一人でいれば問題はなかった。自由行動の日がこんなになっても嘆きはしない。もっとずっと酷《ひど》い一日を、私は知っている。

あれに比べれば、何もかもが何でもない。地獄はもう見てきた。

トイレの中だったが、構わず深呼吸を一度して、更紗は外に出た。三十分以上律儀に待っていた美令と和奈がこちらを見る。二人とも更紗に対して心配そうな顔だった。和奈とはお世辞にも親しい間柄ではなかったし、美令に至っては『東京の人』呼ばわりのきっかけを作ったとも言えるのにだ。

「具合、どう？」

二人が異口同音《いくどうおん》に尋ねてきたので、更紗の頰はちょっと緩んだ。どこにも接点のなさそうな二人なのに、双子のようにぴったり合っていたのが面白かった。

「ありがとう、もう大体大丈夫」

「ホテルで休む？　もしそうするなら送るけれど」そう言いながら、美令の目はしっかりと更紗を観察していた。「顔色はさっきと比べ物にならないほど良くなってはいる」

二人と共に、目についたベンチに座る。和奈が近くの自動販売機で水を買ってきてくれた。それを少しずつ飲んでいる間にも、気分はさらに回復してきた。更紗はホテル帰りを断った。東京湾に近づかなければいいだけの話なのだ。ただ、それを言ってしまってから、失敗だったかと後悔した。二人にとっては、ホテルで休むと答えてもらった方がよかっただろう。体調を崩したクラスメイトを一人残して、じゃあ自分たちは他を回るからとは言い出しづらい。

だから送り出す言葉は自分から言わねばならないのだ。更紗はことさら明るい声を出した。

「気を遣ってくれてありがとう。今回のことは、必ず何かでお返しするね。ケーキとかでいいかな。カラオケ一回とかでも。私はもう大丈夫。一人でホテルにも帰れるし、適当にその辺でお店とか見るかも。だから二人は予定どおりに回ってきてよ」

二人は顔を見合わせた。

「予定って言ってもね」

「ごめん、もしかして予定を潰しちゃった？」

更紗は申し訳なくなった。気づけばじきに昼になろうとしている時間帯である。時間指定のあるイベントやショーを予約していたのだとしたら、自分のせいですべてが崩れたことになるのだ。だが二人はまた揃ってそれを否定した。

「予定はなかったんだ」と和奈。「決めてなかったの、全然。今日の気分でどこへ行こうかなって」

「そうなの。和奈の言うとおり」

申し訳ない気分が一転、驚きと戸惑いに変わる。

「そうなの？　松島さんってそういうの真面目に決める人だと思ってた」

「ねえ、ちょっと待って」

和奈がスマホの画面を更紗と美令に見せた。

「赤羽くんたち、近くまで来たみたい」

その言葉のとおり、廃墟《はいきょ》と化したとばかり思っていたクラスのトークルームに『今、浅草寺に着いた』とメッセージがある。

「赤羽くん？　彼なら青木くんたちと一緒に水上バスに乗ったはずだけど」

しかし数分後、本当に清太と萌芽が現れたから、更紗は唖然《あぜん》とした。

清太らが合流し、更紗は自分の下船後に清太がメッセージを投稿したこと、和奈がそれに気づいたことを知った。さらに、

「城之内大丈夫か？　おまえが行き倒れてんじゃないかと思って、俺らも日《ひ》の出《で》桟橋ってところで降りたわ」

清太が大らかに言えば、萌芽も隣でにこにこと頷く。「でも、思いのほか元気そうでよかったよ。下船した時はゾンビみたいな顔色に見えた。清太が行き倒れ言うのも仕方ないってくらいだったよ」

「俺ら日の出桟橋からタクシー乗っちゃった」

「ごめん、散財《さんざい》させたね」

詫《わ》びた更紗に、萌芽が「東京記念に領収書もらったから」と見当はずれの自慢をした。

「てかさ、昼じゃん。汐谷たちは何か食った？」

清太が話を変えた。なるほど清太は新幹線車内で告白せずに玉砕したが、美令と親しくなることを諦めたつもりはないらしい。更紗が少し面白く思いながら黙って彼らのやりとりを聞いていたら、このメンバーで食べにいかないかということになった。美令が心配を隠さぬ顔で尋ねてくる。

「城之内さん、食事は嫌かな。ご飯なんて見たくない?」

「全然」本心だった。「すごく食べたい気分じゃないけど、飲み物なら飲みたい」

更紗はベンチから立ち上がった。子どもの頃に覚えたような幼い気後れが頭をもたげたが、それを気力で組み伏せ、彼らに言った。

「私もみんなと一緒に行っていいかな?」

「もちろん」

「元気になってよかった」

和奈と萌芽がすぐさまそう返してくれた。

美令は笑った。

更紗、美令、和奈、清太、萌芽の五人は、浅草駅に近いフルーツパーラーでデザートランチを食べた。飲み物だけにするつもりだった更紗も、美令と和奈の元に運ばれてきた季節のフルーツパフェがあまりに豪華で美味しそうだったから、つられて頼んでしまった。つられた甲斐《かい》がある味だった。男子二人はサンドイッチとホットケーキも注文し、それでもまだ足りなかったらしく、店を出てからコンビニに立ち寄り、チキンを買っていた。

予定が決まらずに今日を迎えたという美令と和奈の話を聞き、更紗はふと閃《ひらめ》いた。

「なら逆に、汐谷さんが行きたいところはあるの？」

東京にいたことがあるから案内役を担うのは、当たり前すぎるかもしれない。その街に住んでいても、なかなか足を向けない場所はある。行こうと思えばいつでも行けるという意識は、思いのほか重い足枷《あしかせ》になる。

すると美令はしばし考えて、「実はある」と答えたのだった。

「今度行こうと思っているうちに、引っ越しになってしまったの」

「オッケーそこにしよう。え、どこ？　高校生の制服で入れる？」

すぐさま食いついたのは、言うまでもなく清太だ。なるほど、こういう人間が一人いると、ぐずぐずと不要な気遣いや牽制などで足踏みをせずに済むのだなと、更紗は新たな知《ち》見《けん》を得る。清太とは同じ中学だったが、同じクラスになったのは初めてだった。明るすぎて少々うるさい男子という印象しかなかったのだ。

海にまつわる場所だったら、適当に理由をつけてカフェで待っていようと考えた更紗だったが、美令が口にしたのはむしろ海から離れる二十三区外の科学館だった。

「そこのプラネタリウムが世界有数らしいの。死ぬ前に一度は見ておけって勧められたことがある。でも一度も見たことがない」

更紗は密かに胸を撫《な》で下ろした。この流れで一人になるのは、何となく惜しかった。美令と和奈のことなど、朝までは仲良くしたい相手と思っていなかったのに。

弱いのだろうかと、更紗はふと思ってしまう。私は弱いのか。弱っているところに寄り添ってくれた相手に、甘えて懐きかけているのか。そんなにすぐ依存してしまうのか。そして、首を横に振る。そうじゃない。私は知らなかっただけ。お高く止まった悩み知らずの『東京の人』と、それにくっついて個性を出した気になっている平凡な子の凸凹《でこぼこ》コンビだと決め込んで、彼女たちが当たり前の優しさを持っているなんて、想像していなかった。

いや、美令らの振る舞いを当たり前と判断していいのか？　水上バスに乗り込んだ楠木や長谷部といったグループの子らは、付き添って降りてはくれず、そのまま遊びに行った。もちろんそれを望んだわけでもないから恨みがましいことは言わないけれど、清太と萌芽は行き倒れを心配して取って返してくれたのに。

更紗はスマートフォンを見た。楠木らのインスタアカウントに、お台場の写真が投稿されていた。林原らと仲良くやっているようだった。メッセージには『大丈夫？』という一言が届いていたが、こちらを案じるものはそれきりで、今どこにいるだの、何を食べただの、楠木が告られたようだのといった、自分たちが楽しくやっている旨の報告しかない。

楠木たちが薄情なのではない。彼女たちが普通なのだ。こんな普通の子らを自分の看病に付き添わせなくてよかったと、更紗は心底思った。心配して長い時間付き添ったり予定を放り投げたりする方が、ある意味おかしい。

自分よりも少し前を歩く四人を、更紗は見つめた。

だから今、自分が一人でいないのは、奇跡なのだ。

そして——更紗は美令の背とその動きを観察する——手を取って立たせてもらった時、おぼつかない足取りを支えてもらった時、実はすごく立ちやすく歩きやすかった。美令の手や力の掛け方、動き方は、意識して弱者を観察なり勉強なりしたことがある人のようだった。

美令に興味を覚えた理由の一つがそれなのだ。更紗はもしかしたら、美令は自分と同じ未来を夢見ているのではないかと思ってしまった。

否定される公算はきっと高い。彼女のイメージにも合わない。でも一度でいい、さりげなく訊いてみるくらいは咎《とが》められまい。それこそ今日じゃなくてもいい。明日でも、修学旅行の帰り道、飛行機の中、搭乗前の待合室などでも。時間はあるだろうから。

——もしかして、看護師になりたいの？

実は更紗はプラネタリウムの途中で眠ってしまった。あまたの美しい星々が輝いていて、これほどの数はとても普通は見られない、この星空は普通の都会の夜ではないと気づいた瞬間、急に涙が溢れてしまった。同じものを昔、あのとき見た。だから目を瞑った。そうしたら、午前の疲れに襲われたというわけだ。

眠りながらも、更紗の耳はナレーションをうっすらと聞いていた。シリウス、スピカ、アルデバラン、夏の大三角形……それらの言葉を気持ちよく受け流しながら、今一緒にいる彼らとこの先も一緒にいられたら、今まで微動だにしなかった巨大で冷たい何かが動くのではないかという無鉄砲な予感を覚えた。

清太も寝たらしかった。萌芽や和奈から遠慮なく笑われている清太を、更紗も笑いながら、自分はああいうふうには笑われないのだなと思った。いじめでもいじりでもない笑いは、笑う側と笑われる対象が同じベクトルで笑いを求めているからこそ生まれる。それには笑われる側の強さと圧倒的な好感度が必要なのだ。胸を張って眠ってしまったと言える清太を、更紗は素直に羨望した。清太を羨望する瞬間が訪れるなど、想像もしていなかった。

そんな清太が「俺らでメッセージのグループ作らん？」とか言い出した。誰も断らなかった。どうにも調子が狂うし、雰囲気に流されている自覚はあったが、これも修学旅行の一部なのだろうと、更紗は自分を許した。グループ名は清太の独断で『自由行動組』になった。

いずれにせよ、修学旅行はまだ続く。更紗は科学館への往路で取りまとめた美令へのかま掛けを、今一度心にメモ書きして、館内の売店へ歩を進めた。何か一つ記念になるものが欲しいと思ったのだ。和奈も物色している。何か、目当てがある顔だ。

「スピカに関するグッズないかなって思って」

「どうしてスピカ？」

「私、九月六日生まれの乙女座なんだ。それに一等星でしょ。でも五連星だなんて意外だった」

「五連星」

眠っていたせいで覚えがなく、鸚鵡返《おうむがえ》しをしてしまった。萌芽が嬉々《きき》として話に入ってくる。

「主星と伴星合わせて五つでスピカ。観測ってすげーよな」

「俺たちだって五人じゃん」清太も来た。「あ、グループ名変更するか。『自由行動組』からスピカに」

「そこは『自由行動組』のままでいいだろ」

更紗はガーネットの鉱物標本を買った。妹の瑠璃には星図がプリントされた夜空の色のクリアファイルをお土産《みやげ》の一つにした。星座手ぬぐいはみんなお揃いで買った。清太は宇宙情報などが書かれた日めくりカレンダーまで買っていた。

心にメモ書きをした美令へのかま掛け——看護師というワードは投げかけられないまま最終日になった。更紗は帰途の関西国際空港の搭乗待合室で、それを実行するつもりだった。旅行前まで一緒にいたグループらとはさりげなく離れて、和奈と美令のそばに行く。

間近まで近づかずとも、更紗は美令の難しい顔に気づいた。旅行が終わりに近づくにつれ、美令は段々と緊張の度合いを深め、うっかり近づけば感電するようなひりついた深刻さを醸《かも》し出《だ》すようになっていたのだが、本当にその時の彼女は、こちらがたじろぐほどに張り詰めた表情だった。青ざめた顔色、どこか据わった眼差し。隣の和奈はぼんやりと自分のスマホを眺めていて、美令の異変に気付いた様子がないのが、ハラハラするほどだった。

＊

あまりに美令の表情が険しくて、話しかけるのが一歩遅れた。

その一歩で、美令は着信に応対してしまった。

誰からの電話だったのかは知らない。スマートフォンから漏れ聞こえる微かな声は、女性のもののようだった。言葉は不明瞭だった。けれども、女性がひどく動揺しており、必死で何かを訴えているらしいことは分かった。

電話が終わると、美令は突然白麗高校二年生の一行を離れた。川辺に何事かを話し、地上職員に付き添われて、一度は通った保安検査場の外へ出ていった。

美令は飛行機に乗らなかった。

萌芽

朝、駐輪場で一緒になった清太が、いきなり「俺、ソフト部創部する」と言い出したので、萌芽は耳を疑った。

「おまえ、マジで言ってんの？」

耳の周りが冷えすぎて頭痛が誘発されそうな気配がしていたが、それも吹っ飛ぶ爆弾発言だった。聞き返した萌芽に、清太は神妙な顔で頷き、顎を埋めていたマフラーを緩めた。彼の首筋からうっすらと湯気《ゆげ》が立ち上る。

修学旅行を終えて二週間経とうとしている。初雪は修学旅行中の十月末に降って、いったん溶けた。自転車通学のリミットも近づいている。とはいえ、路面が明らかに凍りつくか、走行不能の積雪が見られるまでは、自転車通学にしがみつくつもりの萌芽だ。バス通学となれば定期券代がかかる。

「マジだよ。だってもう二年も先が見えてきたじゃん。冬になったら次は春じゃん。三年じゃん」

「いや、だから？　意味分からんし」

萌芽は耳の後ろを手で強く擦《こす》りながら、生徒玄関へと向かった。清太は隣で「おまえもやらねえ？　掛け持ちで」と、誘いをかけてきた。

「俺弓道部の部長なんだけど。ていうか、ソフト部もうあるじゃん」

白麗高校のグラウンドには、野球部が使うダイヤモンドとは対角線の位置に、ソフトボール部のダイヤモンドがある。

「作るのは男子ソフトボール部だって」

「おまえ、ソフトボール好きだっけ？」

「野球は好きだぜ。俺リトルリーグで八番レフトだった」

「微妙すぎるだろ」

校内に入り、萌芽の眼鏡がうっすらと曇《くも》る。でもまだ十分先は見えた。廊下の温度はさほど高くない。これが教室ともなると、さすがにいったん外さないとどうしようもない。

教室のスチームは十一月から稼働していた。

階段を上っている最中に、予鈴が鳴った。廊下に出ていた生徒たちも、それぞれの教室へと吸い込まれていく。三年生になれば朝の課外講習などにも参加しなければならないだろう。予備校に行くよりも安上がりな勉強の道を、萌芽は今から模索している。

「おまえは私立文系だったよな」

進路の確認を清太にしたところ、彼は神妙な顔で頷いた。

「推薦を考えてる」

またも耳を疑う発言だった。

「聞いてない」

「今初めて言った」

「ずっとそのつもりだったのか?」

「いや、最近思い立った」

「ごめん。おまえだから言うけど」萌芽は清太との友情を信じて告げた。「無理だと思う。悪いことは言わない。真面目に受験しろ。今からならまだ一年以上あるから。一緒に頑張ろう」

「頑張らないって言ってるわけじゃねーんだけど。むしろ頑張る宣言じゃん」

「どこがだよ。ソフト部創部とか言ってる場合か」

「だからさ。推薦ってそういう活動実績あった方がいいだろ。高校総体優勝とか国体とか。最低限、全国大会出場」

萌芽はまじまじと清太を見つめてしまった。癖毛の先に遅い雪虫《ゆきむし》が二匹張り付いている。

「男子ソフト部って、現状北海道に二校しかないらしい。だから今から作れば」

なんと清太は大真面目だった。萌芽はあまりのことに、飲み込もうとした唾《つば》にむせて咳《せ》き込《こ》んだ。清太が「大丈夫か？」と背をさすろうとしてくれる。

「そんな考えじゃ、その二校には絶対に勝てない」

萌芽が午前中を費やして説教したので、清太は創部の目論みを下げた。なんだってそんなことを思いついたのか問えば、松島和奈の名前が彼の口から出てきた。

「あいつ、百人一首部創部してるだろ。それも加味して推薦取れんじゃないかって、こないだ」

「ああ、メッセージアプリの」

先日、アプリを使ってのトークで、清太が和奈と百人一首部の活動について話をしていた。

修学旅行の自由行動日、ひょんなことから萌芽らは美令、和奈、そして更紗の三人と共に過ごしたのだった。その際、清太の呼びかけで、五人はメッセージアプリ上にトークグループを作った。渋谷と岩瀬は抜け駆けだといきり立ち、宥《なだ》めるのに多少苦労したが、彼らは水上バスに乗り続け、他の男子たちと一緒とはいえ更紗の抜けた女子グループと半日過ごせたのだから、萌芽は内心文句を言われる筋合いはないと思っている。更紗推しの渋谷ですら降りなかった。「俺はああいうとき一人にしてほしいタイプだから」と言った、その心境は分からなくもないが。

そのトークグループだが、大して盛り上がっていない。清太は「みんなあんまり話してくれねえ」とぶつぶつ言うが、彼女らは彼女らで別にグループを作って、そちらで会話しているのではないかと萌芽は想像している。萌芽と清太が直接メッセージを送り合うことがあるように。

加えて考えられるのは、美令の復路について、清太がトークを使って質問をしすぎたせいだ。あいつうるさいから三人で話そう、となった流れが萌芽には見えるようだ。

「とにかく、おまえと松島は同じにはならないよ。成績が違いすぎる」

萌芽がそう断じると、清太はご主人様から無視された洋犬みたいに、しょんぼりとなった。

「じゃあ俺、進学やばくね？」

「勉強しろよ。もうすぐ後期の中間テストだろ。弓道だってまだ大会残ってるし、そっちで俺と全国狙おうぜ」

自分たちが最上級生となった布陣で全国へ行ける自信はなかったが、とりあえずはそう諭《さと》しながら、萌芽は清太の受験や大学生活、将来を考えてみた。気のおけない付き合いはしているが、将来の夢などといういかにもな話題を取り上げたことはない。

おまえ、将来何になりたいの？　俺は――。

訊いてみたいと思う。今がその好機かも知れない。だが、萌芽は訊けなかった。清太に夢があるとしても、それは自分の夢とは違う。どこかで必ず道は分かれる。今、こうして隣にいて馬鹿をやっているのが、嘘のように遠く離れてしまうのだという真実を、今はまだ思い知りたくなかった。

修学旅行の帰路、美令が急に空港を出た理由を、萌芽と清太はまだ知らず、和奈たちも知らないようだった。不可解な彼女の行動についてはいくつかの説がある。家族関係の急用、関西の恋人と密会するため、腹が痛くなった、実は飛行機に乗れない等々。直前に電話を取っていたと和奈と更紗が教えてくれたから、家族か恋人かどちらかではないかと萌芽は想像しているものの、真相は永遠に分からないかもしれない。美令本人はそんなことなどありましたか？　という顔でいる。

電話応対中の美令の近くにいた和奈と更紗は、当時の様子を訊いても決まって言葉を濁す。

「とにかく急用っぽくはあったけど」

「あの日の朝は、美令もピリピリしていたかもしれない」

「旅行中はいつもより緊張している感じだった」

「空港までのバスの中では、ずっと黙ってた」

「電話の相手？　知らない」

こんな具合に。

美令ら女子三人は、旅行から帰って来て以来、校内でも一緒にいるシーンが増えた。更紗は楠木ら女子グループと上手に付き合いつつ、時として楠木らと美令らの間に立ち、緩衝材になろうとしているように見える。更紗は楠木らグループの代表格で、旅行前までは『東京の人』と美令を揶揄《やゆ》する尖兵《せんぺい》の印象があった。ゆえに、このクラス内の人事交流は、教室の空気をいくらかざわつかせたが、旅行の余波が鎮まるにつれて馴染んできつつある。

よって、萌芽なりに旅行前と旅行後の変化を一言で表現するなら、『更紗のフリーアドレス化』となる。萌芽は更紗がそういう芸当ができると気づいていなかったので、密かに感心した。あるいは、それだけ更紗にとって、東京自由行動の日は大きなものだったのか。確かにあの一日は、なんかいい日だったなと萌芽も思い返す。

更紗といえば、美令に続いて更紗も百人一首部に体験入部したらしい。それも清太と和奈のメッセージのやり取りで窺い知れた。百人一首は面白いのだろうか。萌芽は百人一首で遊んだことが一度もなかった。

寒風が身を切る季節になっても、美令は毎週木曜日に、清太から自転車を借りて海を見に行く。その行動は、今やクラス全員が知っていた。『東京の人』の変わった一面という受け止め方をしている生徒が多い中で、萌芽は美令にも何らかの事情があるに違いないと踏んでいる。なぜなら変わった一面で済ますには、風が強すぎるからだ。市境付近は、萌芽でも自転車ごと持っていかれそうになる日がある。新港近くならもっとだろう。萌芽と清太の自転車には電動アシストがついていない。

海を気にするよほどの理由がなければ、そんな無茶はしない。

さらには日没時刻の問題がある。冬至《とうじ》に向かう今の時期、日没は午後四時台だ。海は暗がりに沈んでいる。眺めて気分が上がる海とは違うような気がするのだ。

今日も美令に自転車の鍵を貸してから、弓道部道場へ向かう道々、清太と二人首を傾げた。

「石狩湾って、特別景観良くもなくね？」

清太の意見は地元住民としては残念だが、同意せざるを得ない。どこから眺めるかにもよるが、新港に近づけばどうしても発電所施設も視界に入る。景観という点ではマイナスポイントだ。

「汐谷ってここに来る前も海通いしてたのかな」白麗高校が転校十校目という美令の経歴を思い出しつつ、萌芽は言った。「内陸の学校はなかったのか？　旭川《あさひかわ》に転校してたらどうするつもりだったんだ」

「てかさ、足太くなるんじゃね」清太の心配は少し違う。「そういうの気にしそうなのにな」

「とにかく海が見られればいいのかな。でもなんでだ？　曜日も木曜って決まってる。金曜日は絶対行かない。ソッコー帰ってる」

「金曜日は予備校かカテキョーかなんかかな。海はさ、景観微妙なんだから、見るのが目的じゃないいんじゃねーの？」

「じゃあなんだよ。とにかく行くことに意義がある的な？　そこに山があるから、みたいな？」

「週に一度海を見ないと呪いが発動するとか？」

萌芽が呆れた表情をして見せると、清太は「こないだCSチャンネルでジャパニーズホラーの映画観ちゃってさあ」と、そのあらすじを話し始めた。面白かったようだ。清太の話し振りも上手《うま》い。

道場で弓道着に着替える。明日から部活動は定期テスト前の活動休止期間に入る。普段よりもより丁寧に弓に弦を張り、順番に射た。最初は清太に看的《かんてき》をしてもらい、萌芽が射《い》手《て》となった。

萌芽は初め、弓道部を部活動の候補に入れていなかった。中学時代テニス肘《エルボー》に悩まされてきたこともあり、帰宅部でもいいかというスタンスでいた。だが、清太に誘われて始めた弓道は、思いの外自分に合っていたようだ。才能という意味ではなく、遠くの的に矢を当てるという行為そのものが面白いと思った。

二十八メートル先の一尺二寸、萌芽はいつもその中央の正鵠《せいこく》を狙っているつもりだ。だが必ずずれる。ずれても的中することもあるし、的自体を外すこともある。萌芽が面白いと思うのは、その外れ具合だった。きっと的が一メートル先であれば、狙ったところは外さない。でも、外さないだけで、ほんの少しずれてはいるのだ。二十八メートルあるから、手元の微小なずれが距離を得て拡大し、明確に可視化される。これがおまえの揺らぎだと客観的に突きつけられる。

人は何かを真っ直ぐ見据えたつもりでも、少しずれているのだ。本質を捉えていると自惚《うぬぼ》れようが、絶対にどこかは外してしまっている。萌芽は弓道をやって、正確で真っ直ぐなはずと思い込んでいた自分、理解していると自惚れていた自分を知った。

看的を交代し、清太が射手になった。

的に当てるという点では、清太は少し萌芽には及ばないかもしれない。所作については緊張感が足りなすぎる。それでも萌芽は清太の行射《ぎょうしゃ》が好きだ。大らかな広がりを感じる。矢にも力がある。的中した時、一番気持ち良い音が出るのが清太の矢だ。

弓道部の活動を終え、萌芽は清太とともに生徒玄関に行った。美令と自転車が戻っていれば、下足入れに鍵が返還されている。今日も無事に美令は海への往復を終えていた。

清太は自分の自転車の鍵を拾い上げると、少しばかり頬を緩ませ、続いて思い詰めた口ぶりで言った。

「俺、やっぱ汐谷に告るわ」

「またかよ。新幹線のあれはなかったことなのか」

「俺はまだ、いわばシュレーディンガーの猫だ」

昨夜ネット小説でも読んだのか。清太はそういうのが好きだ。「量子力学の言葉だっけ」

五十パーセントの確率で青酸ガスが噴射される箱の中に猫を入れたとして、その生死は蓋を開けるまで決まっていないというやつだ。生きている状態と死んでいる状態が重ね合わさっていて、観測者が確認したときに初めて生死が決まるという論理について、理系の萌芽も今一つ綺麗な納得感は得られずにいるものの、こういう分野を研究するのはきっと、宇宙の始まりやその外側に手を伸ばすことにも似ているのだろうなと、強い憧れを覚える。

そのシュレーディンガーの猫になぞらえて、清太はこう主張したのだった、俺はまだはっきりと結果を見ていないと。

「要は汐谷からはっきり付き合えないと言われるまでは、可能性はあると言いたいのか」

「そうよ。やっぱ萌芽は分かってくれるぜ」

駐輪場へ向かいながら話を聞くと、清太がケリをつけようと思い詰めているのは、修学旅行の帰り、美令が一人飛行機に乗らなかったことにも関係があるようである。噂の一つは関西の恋人との密会説だ。

「清太がどうしても告るって言うなら、俺は頑張れとしか言えない」

「サンキューな。明日昼休みに、中庭の噴水に来てもらうわ」

冬期は中庭が閉ざされる。生徒ロビーの掲示には、十一月第三週月曜から施錠《せじょう》するとあった。

「どうやって呼び出すんだ」

「グループトーク。松島たちなら別に知られてもいいわ」

清太は自転車にまたがり、夜の中を漕ぎ去っていった。

四時間目のチャイムが鳴り終わるのを待たず、清太は教室を出て行った。弁当なんてもちろん食べずに。

理由を知っているのは、萌芽たちだけだ。宣言どおりに清太はグループトークで美令を呼び出した。時刻指定は特になかった。昼休み、美令の都合が良い時間に、中庭の噴水まで来てほしいと伝えたのだから、呼び出した清太の方が待っているのは当たり前だ。

萌芽はスマートフォンの天気アプリをタップした。今日の最高気温は七度。曇りで日は出ていない。清太のブレザーは教室後方のフックに残ったままだ。

美令も弁当を食べずに行った。

結果はおおよそ分かっているようなものだが、萌芽も弁当を開く気にはなれず、俯き加減で席にいると、目の前が翳《かげ》った。

和奈が立っていた。美令が帰ってくるまで、彼女も一人取り残されたというわけだ。

「赤羽くん、本気なのかな」

そう言って、和奈は空いている前の席に座った。

「美令をあんまり困らせないでほしい。新幹線の中でだって……あれはあれで妙に面白かったけど、何ていうか」和奈の前髪の奥で、薄めの眉《まゆ》が顰《ひそ》められた。「なんか、記念受験？イベント？　そういう感じがするの。本気ですごい好きって感じしない。そういうので美令を振り回さないでほしい」

「俺も最初は止めたけど」

「どうせ振られるよ。美令って赤羽くんのこと、嫌いじゃないと思うけど、そういう感じには好きじゃないと思う。悪いけど、お似合いでもない。美令にはもっとかっこいい大人で、ついでに言えばお金持ちが合ってる。ていうか、恋愛なんて俗っぽいものに染まるの、全然似合わない」

和奈は一度も目を合わさなかった。萌芽はそんな和奈の横顔を睨みながら、ひたひたと満ちるような苛立《いらだ》ちを持て余した。彼女はどうしてこんなことを俺に言うんだろう？　清太本人に言えばいい。確かに清太は美令に似合ってない。でもあいつは二つの結果が重なり合っていてどっちつかずでいる状況をそのままにしておけなかった。トンネルの中で一度蒔《ま》いた種は、周りがその花は咲かずに萎《しお》れたと決めつけたけれど、萎れたところは誰も見てはいない。みんなが萎れたと思っているのに、咲いているかもしれないと思える強さはどうだ？　誰だって毒ガスを食らった猫の死骸なんて見たくない。でも見ないと未来は定まらない。だから箱の蓋を開ける、怖さを乗り越えて。

あいつの勇気を馬鹿にするな。

口を開きかけた萌芽だが、すんでで留まった。冷静になるために萌芽はあえて眼鏡を外し、使い捨てクリーナーでレンズを拭くという作業を己に課した。実は萌芽は短気なのだ。和奈が何をやり出すのかというように、ようやくこちらを見た。逆に萌芽は眼鏡を外しているので、和奈も含めてあらゆるものがぼやけている。クールダウンにはちょうどいいやり方なのだった。

懐かしさがふいに萌芽の胸を浸す。こういうふうにぼやけた和奈を知っていることを思い出したのだ。入学式の日は遅い雪が降っていた。生徒玄関を入ってすぐのところで眼鏡を拭こうと立ち止まった萌芽に、後ろから歩いてきていた一人が柔らかくぶつかった。萌芽は弾みで脇に挟んでいた封筒を落としてしまったが、その人はそれを拾ってくれさえした。不用意に立ち止まった方が悪いのにだ。慌てて詫び、礼を言った相手が和奈だった。その時はぼやけていて顔が分からなかったが、不思議に心地よい香りがしたから間違いない。

懐かしい思い出の助けを借りて、萌芽はより穏やかになれた。

「松島さんはなんで怒ってるの？」萌芽は眼鏡を拭きながら尋ねた。和奈はすぐに言い返してきた。「怒ってはいない」

「ごめん。怒っているように見えたから」

「……青木くんにそう思わせたのなら、私も悪かった」

先に謝った萌芽に気を削《そ》がれたのか、和奈も神妙になった。

「なんでだろう。なんでみんな、恋愛が好きなんだろう？」

和奈が吐いたため息は、こんなことを言う自分が嫌いだと訴えているようだった。

「美令、彼氏いないよ。前に聞いた」

「そうなんだ」

萌芽は相槌を打ちながら、和奈の言葉を反芻《はんすう》していた。なんでみんな、恋愛が好きなんだろう？　と言った。俺も好きだと思われているのか。そう言うということは、彼女は恋愛が嫌いなのか。嫌いだということは、誰のことも好きじゃないのか。今も、これからも？

「森とかいう奴《やつ》は？　おまえ、新幹線の中でなんか言われてた」

「やめてよ、ああいう田舎のノリ滅べと思ってるんだから」

強い言葉を使った和奈だが、それでもやっぱり萌芽の耳には、こだまのように自分が嫌いだという声も重なり合って聞こえてしまう。理由は分からなかった。唯一言えるのは、今もこれからも和奈が誰のことも好きじゃないならば、自分は少しショックだということだった。

覗くつもりはおろか、そこにあるとも思っていなかった箱の蓋が急に開いて、猫の死骸を見てしまった気分だった。

「関西の彼氏とか、適当なことを言ったの誰だろう？　あれ、彼氏と話してる感じじゃなかった、あの電話。声も……。美令が飛行機に乗らなかったのはもっと違う理由だと思う。もしかしたら『神様』が関係あるのかもしれないけれど……」

「かーずーなーちゃん」

更紗が横から茶々を入れてきた。彼女なりにこの空気に気を回したのか。もちろん興味もあるだろう。更紗は恋愛系の話題も苦にしないタイプのようだ。背後から和奈の両肩に手を載せ、彼女の顔を覗き込む仕草をした。

「なになに？　青木くんと何のお話ししてるの？　まさか、恋バナってやつ？」

「ふぇっ？」和奈の口から微妙な声が奔《はし》り出た。「こ、恋バナ？　してないしてない。青木くんと恋バナとか、ない」

青木くんと恋バナとか、ない。萌芽の脳内で和奈の言葉がリピートされる。青木くんと恋バナとか、ない。

「えー嘘。二人結構お似合いでしょ？　交ぜて交ぜて。何の話？　美令ちゃんたちに負けないぞ。神様って何？」

「神様っていうのは……」口ごもった和奈が無理やり話題を変える。「そういえば男子ソフトボール部って本当に作るの？　そうだ、赤羽くんって更紗と同じ中学だったんだよね。更紗ってずっと札幌に……」

「どうしたの、青木くん。変な顔してる」

更紗がずばり突いてきた。

「トイレ行ってくる」

萌芽は席を立った。トイレには入らず、生徒ロビーへと向かう。階段の途中で、清太に会えた。

目が合うと、清太はおどけたように笑った。その笑い一つで、ちゃんと死骸を見てきたんだなと分かった。勇者の笑みだ。

それから二人で弓道場に行き、入り口の冷えた上《あ》がり框《かまち》に座り込んだ。

「まあ、薄々分かっていたことだからさ」清太は白い息が出るかどうかを試すような吐息を合間に挟んだ。「あれと同じだよ、サンタクロース。クラスの誰かから教えられた時、子ども心にやっぱなって思ったもん。なんかそんな感じしてたわって」

「そっか」

「でさ、最後汐谷に友達から始めようぜって言ったら、呆れられたわ。友情は恋情の下位に甘んじるものでは決してないってさ」

「よほど松島たちを見込んでんのか、それとも誰も友達だと思ってないのか、もうそれ分かんないな」

「弁当食べ損なったな。おまえは食った？」

萌芽が首を横に振ると、すまんと言われた。また首を横に振る。自分が好きで食べなかっただけだ。俺たちはもう、巣の中でピーピー鳴いて口に餌をねじ込んでもらう時期は過ぎている。

五時間目の予鈴が鳴る時刻に、どちらからともなく立ち上がる。

清太はまた少し背が伸びたようだった。


修学旅行の時もそうだったが、清太に対する美令の態度はやはり変わらなかった。いっそ清々しいほどだった。

清太の告白の翌週月曜日は、朝から雪だった。積雪は五センチほどだったが、母親からこんな日に無理をするな、定期券代くらいは出せるのだからと何度も言われた萌芽は、自転車を諦めた。

多少の雨でもレインウェアを着て自転車に乗っていた萌芽にとって、久しぶりのバスである。最寄りの停留所から乗り込むと、白麗高校生の制服が乗客の半分程度を占めていた。萌芽は前方の吊《つ》り革《かわ》を摑んだ。

「あの人、映画に出てるってマジなの？」

斜め後ろから女子の声が聞こえた。運転席のバックミラーを利用して、発言者の顔を見る。別のクラスの二年生だった。会話相手はミラー内から外れていた。

「マイナーなやつでしょ？　単館系とかいう。そんなレベルの通行人とかなら、うちらでもできるんじゃない、東京にいれば」

「監督の名前、聞いたことある。ホラーとか撮ってる人」

「誰が言い出したの？」

「三年か一年か。二年かも。でもほくろとか歯並びとか耳の形とかで分かるらしいじゃん。目の横とおでこにあるでしょ、あの人」

「耳って整形できないって本当かな」

美令の噂は、一時期ほどではないにせよ語られる。どれもこれも微妙に違うし、微妙に共通点もある。白麗高校内で発生した美令に関する噂を並べてみたら、人の想像力の限界が分かる気がする。

萌芽はフロントガラス越しに前方を見た。自転車が一台追い抜いていった。今日はまだ走れた日だったなと、おそらくは三年生だろう後ろ姿を見送った。

「あの人ってやっぱ整形してるのかな」

「たかが通行人のために整形する？」

「あれだけ整ってるのは逆に怪しい」

　映画に出たとか出てないとかで、よく盛り上がれるなと萌芽は思う。自分のこれからの人生には一ミリも関係ないのに。これが仮にＡＶだったらどうなるんだ？　想像したくもない。

和奈

　メゾン・ノースポールの食堂はカーテンが閉ざされていた。白っぽい蛍光灯に照らされた食堂は夜の佇まいのようだが、時間は午前七時である。十二月上旬、日の出の時刻はなんとか過ぎているものの、曇りや雪であればこの時間帯でも灯りは必要だった。明日はもっと日の出が遅い。冬至を過ぎてもしばらくは、日の出時刻は遅くなり続ける。この時期の朝の暗さは、和奈を毎年のように憂鬱《ゆううつ》にさせる。

　憂鬱のくせに朝食時間は早いが、これはひとえに習慣だった。農業を営む実家の朝食は、もっと早い時間だ。

故郷が同じ夏月も、同じ時刻に姿を見せる。黒いセーターを着て和奈の向かいに座った夏月からは、匂い袋の冷たい香りがした。

今日の朝食はサラダとハムエッグ、コーンスープ、半分に切ったみかん、トーストだ。

「冬休みは帰るんでしょ」

夏月は前置きなく帰省の話をした。年末年始は管理人の白井夫妻も休みである。残ることももちろんできるが、すべて自炊になってしまう。

「夏月は？」

「三十一日に帰って三日に戻る」

「私もそうしようかな。別に向こうですることないし。下手したら霜原踊り習いにきたみんなと会うかもしれないし」

霜原町の昔の仲間と顔を合わせるよりは、美令や更紗と会いたい和奈だ。

修学旅行以来、更紗の印象は変わった。以前は教室内で更紗の笑い声を聞けば、何となく見下されているような心持ちになった。だから和奈も対抗するように、いかにも明るく可愛らしい女子高校生という更紗のイメージを、ありふれていて無個性の量産型と切り捨ててきた。だが付き合ってみると更紗は、思いがけず優しかったり、思慮深かったり、何を考えているのか分からない一面があったりする。例えば修学旅行中の体調不良について、更紗自身には原因に思い当たる節があるようなのだが、それを決して話そうとはしない。

分からないといえば、美令もそうだ。神様の見張り番はもちろんのこと、今もって和奈は、美令が突如空港から去った理由を知らない。

あの時の美令は異常だった。和奈は隣に座っていたから分かるのだが、電話を取る前の緊張感は凄《すさ》まじかった。例えるならば死刑囚の朝。自分の死刑執行が告げられるかもしれないと、近づいて来る看守の足音に耳を澄ませている感じ。和奈が自分のスマホに目を落としていたのは、そんな美令をとても相手にできなかったからだ。

微かに聞こえた通話先の声は、怯《おび》えて泣いているようだった。

——はんきょう……たがし……って……つづけて……。

……てがつけ……からのら……。

まったく意味不明な言葉の断片は断片として散らばったまま、通話は終わった。異常な緊張感も通話と共に消え、美令はスマホを耳から離すと、なぜか一瞬、知らない歌を口ずさんだ。そして空港を去っていった——。

「どうしたの、ぼーっとして。まだ眠い？　ところで、霜原町の百人一首大会には出ないの？　和奈、強かったでしょ」

夏月に話題を振られ、和奈は物思いから帰還した。

「百人一首大会？　出ない出ない。町内の大会なんて、勝ったところで何の自慢にもならない」

言いながら和奈は、気になっていた更紗の反応を思い出した。

「そういえば、最初の体験入部のとき、更紗が『これ、初めて見た』って言ったんだよね。木札のこと。北海道民でそんなことってあるかな」

「更紗ちゃん。新しい友達の一人か」

友達と言い表されて、和奈はなぜか面映《おもは》ゆくなる。「友達というわけでも」

「美令ちゃんが自転車に乗る方で、更紗ちゃんが乗れない方」

「小さいころに乗ってて事故に遭ったんだって」

自転車で海へ行く美令を二人で見送ったとき、事故に遭ったことがあるから乗りたくないのだと、更紗は打ち明けたことがあった。深刻な感じではまったくなく、天気を語るように普通だった。

「そうなんだ。後遺症ないなら不幸中の幸いだね。でも、さっきの木札の話だけど、そんなものじゃないの。自動車を必要としない家があるのと同じで、百人一首ならなおさら一家に一セットというものじゃない」

「そうなの？　霜原町の家には大抵あるのに」

「それより『イマトモ』はどう、スピカちゃん？」

夏月が話題を変えた。進学塾に家庭教師の登録をしている夏月も、トークルームを覗ける立場だ。それでも直接訊いてくるのは、紹介した責任感からかと和奈は想像する。

「アヤミちゃんは相変わらず無視されてるみたい。孤独感満載」

「気の毒にね」

いつの間にか夏月は食べ終えており、セルフサービスのコーヒーを持ってきて口をつけた。管理人の白井が食堂に現れる。

「意外だな、夏月が気の毒なんて言うの」

「どうして？」

「夏月なら、クラスの中で無視されても気にしないと思うから」

「気にはしないけど、普通はクラスに友達というか、つるむ相手がいた方がいいでしょ。学校ってチーム戦仕様だもの。一人きりで戦うのは戦略上不利にできてる」

「戦略なの、友達って」

「環境によってはそうじゃない？　そしてクラスってそういう環境だと思う。和奈ならそれくらい自覚して、二人と友達になったんだと思ってた」

それはある意味、矢だった。夏月は言葉の矢で、ずばりと和奈の心の的を射抜いてきた。私はどういうつもりで二人と付き合っている？　どういうつもりで美令に近づいた？

夏月は次の矢を飛ばしてきた。

「まさか一生の友達になるつもりでいるの？　卒業しても続くような？　クラスの友達って進路分かれたら難しいよ。浅いから。よくあるでしょ、十年後にこの仲間で集まろうねとかいうやつ。盛り上がってその時は約束するけど、まず全員は集まらないからね、ああいうの。そして年賀状で今年こそは会おうねってお互いに書き続けるだけ。うちのお母さんもそう。このカシオミニを賭けてもいい」

白井がカーテンを開けた。冬の光は弱々しく、蛍光灯に照らされた食堂内の色合いは、あまり変わらなかった。

朝のバスの中で、和奈はアヤミのログを遡り、数枚のスクリーンショットを撮った。なぜそんなことをしたのかといえば、夏月が気の毒がっていたからだ。

『おじいちゃんが死んだのが辛かった』

『教室で泣いたり悲しいのを作文に書いたりしたら、おじいちゃんが死ぬってそんなに辛いの？　ってある子に言われた』

『お父さんが死んだわけでもないのに、普通にただの病気で死んだのに、もう十分生きた人なのにって』

『私のお父さんは突然死んで、それでも我慢しているのにって』

『その子は小学校入学直前にお父さんを亡くしてた』

『その子の方がかわいそうだから、みんながその子の味方をした』

『私もその子のことはかわいそうだと思うけど』

アヤミに関する経緯《けいい》も段々とわかってきた一方、肝心《かんじん》のところはぐらかされている感がある。その印象もあり、和奈はアヤミに心からの同情はしていない。アヤミの行動には子どもっぽさがある。こちらは複雑骨折の痛みを耐えているのに、その目の前で突き指ごときで大騒ぎする誰かがいれば、鬱陶《うっとう》しがられて当然だろう。なのにどうして夏月は、残念ながら当然だとは言わず、気の毒だと言うのか。自業自得の側面もあるのでは。

匂い袋を作ってくれた祖母が、よく口にする言葉を、和奈は思い出した。

——爺さんが死んで、婆《ばあ》さんが死んで、親が死んで子が死ぬ。これが一番いいこと。順番どおりに普通に死んでいくのは、いいことだよ。

要は、アヤミの悲しみは平凡なのだ。ありふれたモブが自分を特別に構ってとアピールしてはいけない。それがクラスのルールだから。

そう思ったとき、和奈の胸の奥深くがツンと痛んだ。夏月の部屋で読んだ『ブラック・ジャック』のエピソードが思い出された。患者の血管の中に針が入ってしまった話だ。和奈の中にも見えない針が流れていて、それは時々、思いがけないタイミングで、内側から和奈を刺してくる。

夏月のように札幌に出れば、針は消えると思った。平凡な連中ではなく、特別な誰かがそばにいれば、自分の特別も証明できるとも思った。やっと美令が現れた。私たちは孤独ではなく、孤高。アヤミとは違う。

廊下には後期中間考査の成績優秀者が張り出されている。和奈はその中から自分の名前を下の方から見つけ出した。逆に順位を上げたのは青木萌芽。二十位だ。白麗高校の総合で二十位以内に入ることは、国公立大学へ進学する一つの目安になる。例年現役で国公立大学に合格するのが、大体二十名なのだ。更紗の名前が科目別に一つある。英語表現だった。

一位は当たり前のように美令である。定期考査にしては癖のある問題が多かった印象だったが、すべて満点か満点に近い得点だ。

美令は自分の席から窓の外を静かに眺めていた。路面状態を観察しているように見えた。三階の窓から見下ろせる校舎前は、すっかり雪に覆われてしまった。今年は去年に比べて早く雪が積もった。清太と萌芽は自転車通学を粘った方だが、それでも十二月になる前にバス通学に切り替えている。

毎週木曜日の海通いを、美令もバスに切り替えて続けていた。美令に言わせれば、自転車の返却のために学校に戻らなくて済む分楽になったとのことだ。

「おはよう。今日もバスに乗って行くの？」

「おはよう。そうだね。そのつもり」

『東京の人』という呼ばれ方は、実は少し廃《すた》れた。最初にそれを口にした更紗が、和奈たちとも交流を持つようになったためかもしれないが、もう一つの理由としては、新しい呼ばれ方が出てきたためである。新たな呼び名は『奇行の人』だった。毎週木曜日に海を見に行くという習慣からのネーミングだ。和奈はもちろん、そんな呼び方はしない。更紗もだ。

さらに言えば、『奇行の人』も『エキストラさん』にとって代わられそうな気配がある。

——映画に出ているらしいよ。前にCSで流れたホラー映画。

転校当初にも広まった噂の一つ、『映画に出たことがある』が、CSチャンネルの番組編成のせいで、ここ最近急に実体化した。美令はマイナー映画に数シーンだけ登場する、役名のない中学生らしい。ワンカット、アップで撮られているとのことで、白麗生の誰かが似ていると気づいた。目元と額のほくろ、ふくよかな耳たぶの特徴が一致していると喧々囂々《けんけんごうごう》だ。

本当だとしたら、何という特別だろう。

でも、一方でエキストラ話は和奈も納得してしまうのである。あの容姿、あの姿勢、さらには声の出し方。修学旅行の新幹線内で言い負かされた旧友らも、言葉の内容より、声とその調子で圧倒されて引き下がった感がある。発声法を学んだことがあるのならば、腑《ふ》に落ちる。スカウトされた経験もあると言っていた。

訊いてみようか、さりげなく。美令って昔映画に出たことあるの？　もしかして子役だった？　深い意味はないけれど、そんな噂を耳にしたから——全然普通の質問だ。美令も答えてくれる気がする。だって私だったら訊かれたい。そして「うん」と答えたい。「そうなの、芸能活動していたの」と誰かに言ってみたい……。

朝のホームルームで川辺が進路希望調査書を配った。三年時のクラス編成にも関わるものだ。記入して終業式の日に提出するようにと川辺が言った。和奈は美令と進路の話をほとんどしたことがない。ただ美令なら、何を志望するにせよ、止められるよりは励まされるだろう。どの教科もほぼ満点なのだから。

進路の話は、美令より先に更紗とすることになった。放課後、やはり美令はバスに乗って新港を目指し、和奈はともに見送った更紗を百人一首部に誘った。もはや部員の一年生二人よりも書道室に頻繁に出入りしている更紗だが、まだ入部届提出の気配はなく、和奈も無理に望んではいない。旅行に出る前よりはるかに親しくなったとはいえ、まだまだ百パーセント打ち解けてはいない。更紗は更紗で、和奈が近づくと身構える気配を感じさせる時がある。それでも、こうしてたびたび放課後を共に過ごすのは、更紗の本質が人懐こいからだろう。こちらを軽んじる態度の楠木らとの間に立って、取り持つような振る舞いを見せることもしばしばだ。まるで外交官である。

「あの子らに迷惑じゃないかな？」体験入部をするとき、更紗はいつも下級生の部員を気遣う。「もう何回目だよとか思われてないかな。私下手だし」

「全然気にしてないと思う。そもそも一年生の二人って幽霊だし。この前いたのが珍しい」

「ならいいけれど」そこで更紗は一息ついてから、今日の本題に切り込んできた。「和奈ちゃんは国立狙うの？」

更紗は和奈や美令のことをちゃんづけで呼ぶ。呼び捨てでいいと言ってはいるが、更紗というキャラクターに友達をちゃんづけで呼ぶ行動は、妙に合ってもいた。

「行けたら行きたい」

ボーダーラインにも届いていないことは自覚しているが、和奈の第一志望は夏月と同じ北海道大学理学部なのだった。志望校を教えると、書道室の戸に手をかけていた更紗は、引くのをやめて、和奈をしげしげと見た。

「すごいね、頑張って。もしかして、予備校にも行く？」

「そこまではまだ考えてないよ。親が何て言うかな」

「美令ちゃんって予備校に通ってるのかな。金曜日は特に急いで帰るよね」

木曜日以外の美令は、早めに帰宅する。体験入部の際も、午後五時を回れば一言断って帰ってしまう。金曜日は終礼と共に教室を出ていく。

「私も一度訊いたことがあるけれど、はっきりどこの予備校とは教えてくれなかったな。

でもあれだけ成績いいんだから、きっと勉強関係だよね」

「めっちゃイケメンの家庭教師来てたりしてね」

更紗に言われて、和奈はハンサムな若い男に勉強を教えてもらう美令を想像してしまった。

「そう言えば、修学旅行の最後、美令ちゃんどうしたんだろうね。あれから何か聞いた？」

それには和奈は首を横に振る以外にない。「全然分からない」

「電話が来てたよね。あれ、誰からだったんだろう。お母さんかな」

「お手伝いさんだったりして」

書道室の中に入ると、顧問の藤宮がカーペットを敷いて待っていてくれた。

「わー先生、ありがとうございます」

更紗がすぐさま礼を言った。明るく、媚《こ》びてもおらず、それでいて上手に甘えてもいる。こういう生徒の方が先生も可愛いと思うのだろうなと、和奈は微笑む藤宮を見ながら思う。

一年生部員は案の定来なかった。なので、藤宮に札を読んでもらい、二人で取り合う。

もちろん、更紗が楽しめるようにだ。和奈が本気を出せば、更紗はおそらく一枚取れるか取れないかだ。藤宮は読み上げながら、歌の解説や作者のエピソードを上手く挟み入れてくれる。更紗はリラックスしているようだった。

一戦終わった。札をあらためて並べながら、更紗が言う。

「先生のおかげで古文の成績が上がるかもね。だといいな」

「更紗は文系だっけ？　英語の優秀者に載ってたね」

「うーん。私はね、行きたい学校、文系じゃないんだ」

その時、更紗の顔が僅かに陰りを帯びた。和奈は「そうなの、どこ？」と短く尋ねた。

「でも、きっと無理だから」

陰りを帯びた表情のまま、更紗の口元が笑みの形になった。海の底から綱で引っ張り上げたような力技の笑みだった。その笑みもまた固まる。更紗は一枚の札を見ていた。『末の松山』の札だった。変体仮名で書かれた木札は、一読して読める文字とそうでない文字が混在する。末の松山の札は『末の松山』以外はぐちゃぐちゃしており、しかも小さい。更紗から声をかけられない雰囲気がぶわりとみなぎる。こういうところだ、と和奈は思う。ただの可愛い女子高校生じゃないという香り。この隠し事をしている感じ。訳の分からなさ。そこが美令と共通している。なぜ無理だと言う？　昔、交通事故に遭ったから？　きっと違う。

美令に近いのは私より更紗かもしれない。和奈の胸の中の針が疼《うず》いた。

「読み手の準備はいつでもできてるよ。並べ終わったら言ってね」

藤宮から声がかかった。その割り込みに、和奈のピンと張った思いは弛緩《しかん》した。痩せて地味な、高山植物のような女教師だが、なかなかどうしてタイミングを測るのが上手い。

更紗も先ほどの憂《うれ》い顔《がお》をどこかへやり、ヘアゴムでさっと自分の髪をハーフアップに纏め、やる気を見せた。

『ホワイトイルミネーション見に行かね？』

夕食後に部屋でのんびりしていると、『自由行動組』のトークで清太が誘ってきた。彼は実らなかった告白の後に必ず伴う気まずさを、ただの一度も感じさせない。

みんなはどうするのだろうかと和奈がスマホを眺めていたら、まず更紗が『いいよ！』と返した。続いて萌芽も『ＯＫです』のスタンプを投稿し、美令も程なく『行きたい、曜日調整要だけど』と答えた。

和奈は最後に『私も行く』と送った。

終業式の前日、五人は放課後大通公園まで行った。四時半でも十分暗く、イルミネーションは点灯していた。人通りは多く、大半が学生の風体だった。もっと時間が遅くなれば、大人が増えてくるのだろう。

煌びやかに飾り付けられた木々やオブジェを眺めながら、五人で歩いた。浮かれているのか、清太がうるさかった。

「セザールっていう人知ってる？　こないだカレンダーに出てたんだけどさ。あれだよ、プラネタリウムで買った日めくりカレンダー。あれ結構面白くてさ、今年のうちからめくってんの。日付にちなんだ宇宙のうんちくみたいなの書いてあるんだ」

美令はそれをいなしながら、イルミネーションを眺めている。

イルミネーションを見ていたつもりなのに、和奈は気づけばその中を歩く美令を見ていた。行灯行列を思い出した。ただ歩くだけでその他全員を敗北者にした美令が、またそこにいた。制服の上にネイビーのオーバーを着ただけのありふれたいでたちは、和奈たちと大きく違いはしない。なのに、天上の星と繋がっているかのような姿勢、歩の進め方はどうだ。

みんなはどう思っているのだろう、美令と歩く異常事態を。更紗は、清太は。

萌芽は美令のことをどう思っているんだろう？

と、視界から美令が消えた。

雪道の上に美令が尻餅《しりもち》をついている。転んだのだ。

「大丈夫？」真っ先に手を差し伸べたのは更紗だった。「痛くない？　怪我《けが》は？」

「大丈夫だけど、お尻痛い」

「カッコよく歩くからだよ」萌芽が生真面目な顔で指摘した。「雪道の難所は基本ペンギン歩きをしなきゃ」

ペンギン歩きとは何かを尋ねる美令の前で、清太が実演してみせ、萌芽がそれに解説を加える。更紗は美令のダメージを心配している。

和奈は他の歩行者に道を譲るように、雪が積もる歩道の端に身を避《よ》けた。

足元が凍って滑るような街に、颯爽と歩く人は存在しない。

会場をひと回りして、地下に下りる。ファストフード店ではなく、カジュアルなイタリアンレストランに入った。

ピザをシェアして食べながら、明日提出する進路希望調査書の話題を出したのは清太だった。清太は自分は何も決まっていないと言いつつ、「私大文系になるかなあ」と取ったピザのピースにタバスコを大量に振った。「俺、物理壊滅でさあ。こないだ六点だったわ」

「ヤバすぎだろ」

萌芽は国立理系を、更紗は私立理系を志望すると打ち明けた。更紗に行きたい学校があるのは、先日聞いていた。萌芽もある程度決めていそうな顔だ。二人とも即答だった。

「私も国立理系にするつもりだけど」

和奈の声は少し小さくなってしまった。なぜ国立理系かといえば、夏月と同じ大学、学部に進みたいと言うだけで、自分の適性を考慮したわけでも、将来の希望を見据えたわけでもなかったからだ。

幸いその先を詳しく突っ込まれはしなかった。

「汐谷は？」

清太が美令に矛先を向けた。

その時美令は、少しぼんやりしていたようだ。我に返った顔をしてから、少しばかり困った表情になった。

「まだ分からない」

「マジで。汐谷って展望ある感じするのに」

清太の驚きは当然だ。更紗と萌芽も意外な答えを聞いたという顔だ。

「勝手に東京の大学狙ってんのかなって思ってたよ。まあ汐谷ならどこでも行けるだろうけど」

「うんうん。美令ちゃんなら選択肢いっぱいだよね。いいなあ」

「そっか、行こうと思えば全部行けるから、逆に選べないって感じか」

「でもどっかは受験するんだろ？　まさか進学しないとか？　模試とかの志望はなんて出してんの？」

萌芽の質問に美令は、

「その時の気分で変えてた」

と驚きの答えだ。羨ましいやら少し憎らしいやらで、和奈は清太に倣《なら》ってピザにタバスコを振ってしまった。美令はデザートメニューに手を伸ばしかけて止め、普段にもなく小さめの声で言った。

「行けたらいいなと、昔思ったところがないわけじゃないんだけれど」

「なんだ。良かった。汐谷も人間だった」

萌芽が訳の分からない納得の仕方をした。更紗は励ましモードだ。

「美令ちゃんの成績なら、きっと行けるよ」

「白麗高校には勿体ないくらいだもんな」

「で、それどこ？　どこ大なん？」

志望校を聞き出そうとなった流れの矢先、美令がこぼした。

「生きていたらだけど」

それを言った美令は微笑んでいた。全然悲しそうではなかった。辛そうでもなかった。少なくとも、和奈の耳にはそう聞こえた。きっと更紗たちにもそうだっただろう。

「びっくりした。美令それ、なんの冗談？」

だから、冗談ということにした。示し合わせもせずに、四人は同調した。

「なんかマジみたいな口調で言うからさあ」

「まるで余命宣告受けた人みたいじゃん」

「冗談でもそういうこと言っちゃ駄目だよ、美令ちゃん」更紗の声には怒りすら滲《にじ》む。

「言霊《ことだま》ってあるんだから」

「そうそう。言葉を侮るなかれ。しつけとかでもさ、失敗していいから思いっきりやれって言うよりは、絶対うまく行くから思いっきりやれって言った方がいいらしいぜ。車に轢《ひ》かれるからそっち行かないで、とかだと、ヤバいって」

「そうなの?」

美令が清太の説に興味を持った顔をしたので、話の流れはまた変わった。自分が落とした小石の波紋を自分の振る舞いで綺麗に消して、座の雰囲気はまた元に戻った。

店を出て、クリスマスソングが流れる地下道を歩く。美令に用事があるようなので、この後どこかでさらに粘るというプランはなかった。五人が別れ別れになる地下鉄の改札が、地下道の先に見え始めた。

と、清太があっけなく美令に尋ねた。

「おまえ、中学の時に映画に出たのってマジ?」

美令は晴れやかな笑顔を見せた。「うん」

「マジかよ、すげー」

雪のない地下道を美令は颯爽と歩く。人々が彼女を見ている。視線の先を自らに集める桁外れのエネルギーが、今彼女から発せられている。

美令が言った「うん」は、「私は特別だ」という意味だ。

和奈は胸を押さえた。やっぱり。知ってた。すごい。でも。

でも、なんで私じゃないんだろう。私だってその「うん」を言いたい。

妬ましいなんて負け組感情、友達には抱きたくなかったのに。

更紗

元日の夜の雪道を母娘三人で歩き、ようやく市営住宅の入り口に着いた。母と妹を先に行かせて、更紗は集合ポストをチェックする。年賀状が来ているかを確かめるためだった。輪ゴムで括《くく》られた薄い束が入っていた。二十枚もない。一番上は母宛だった。

メッセージやメールで挨拶を済ませるため、更紗は年賀状を書かない。妹の瑠璃もそうしている。母もやめられるものならやめたいだろう。毎年宛名を書く姿は面倒そうだ。

居間に入ると、瑠璃が着替えもせずにテレビゲームを立ち上げようとしていた。

「瑠璃、今日くらいはやめたら?」

母の小言にも妹は耳を貸さない。母は疲れたようにソファに座った。

更紗は母に年賀状を渡すと、ストーブを付けた。半日不在にした室内は冷えていた。室温計は十度を指している。

祖父母の家で食事は済ませてきた。あとはお風呂だけだ。年賀状の差出人を確認していた母がため息をついた。

「書いていない人から来ちゃったわ」

「誰?」

母の仕事関係の誰かだろうという更紗の予想は外れた。

「御手洗《みたらい》さん。真帆《まほ》ちゃんのお母さんよ。去年あちらが喪中だったからうっかりしていた。更紗は覚えてる?」

「……今思い出した」

小学校の時に同級だったその子の顔は、もう忘れかけてしまっていた。忘れかけてしまっていたことが、ひょんなきっかけで再び実体を得る。

「お姉ちゃんは強いから、忘れられるのかな。その割には駄目なものもあるけど」

瑠璃がぼそりと言った。更紗を振り向きもしなかった。床に直《じか》に腰を下ろした妹の後ろ姿は、どっしりと安定感があった。中学に入って妹はちょっと太った。指摘すると荒れるから口にはしない。

「お姉ちゃんみたいなのが一番ムカつく。私はあんな辛いこと、何一つ一瞬だって忘れない」

更紗は風呂場の掃除をして、お湯を張った。

忘れることなど許されないのだろう。呪縛のようなものだ。あの日にまつわるいろんなそうでもない。こうして不意に遠くからボールを投げ込んでくる。今日のボールは真帆ちゃんのお母さんの年賀状だ。

今日、新年の挨拶を済ませた祖父母も、あのことは一言も話題に出さなかったが、更紗はそれこそが忘れていない証《あかし》だと思う。彼らは煮詰めたシロップのように更紗と瑠璃に接する。札幌に越してきてからずっとそうだ。更紗は今年二人から三万円ずつお年玉をもらった。瑠璃は二万ずつだ。彼らはいつも姉妹にプレゼントやお金をくれようとする。そして母はそれを悲しそうにありがたがる。

もしも父が生きていたら、祖父母は一万円ずつしかお年玉をくれなかったのではないか。我ながら碌《ろく》でもないことを考える。絶対に口には出せない。思った事実を消しゴムで消してしまいたい。

更紗は年末に磨いた洗面所の鏡を覗き込んだ。洗面所は薄暗く、更紗はそこに学校の鏡では映らない気難しさを見てとる。

私たち家族は、そんなに哀れに見えるのか。父親がいない家族なんて、星の数ほどあるだろうに。

一方で瑠璃は、自分や自分たち家族を特別かわいそうだと思っているようだ。それは言葉や行動の端々から窺えた。例えば祖父母の甘やかしを当たり前のものとして受け取る姿などで分かる。簡単に悲しい辛いと口にできる軽さで分かる。

あえて唇を横に引き、更紗は笑顔を作った。ピエロのような笑顔だったが、気難しいよりはマシだ。そうだ、私はもっと明るく可愛くならなければ。冬休みのうちに美容院にも行きたい。眉も整えてもらいたい。ネイルも。惨めに見えないようにしなければ。

居間に戻ると、母が二枚の年賀状を渡してきた。

「更紗宛よ」

驚いて確かめると、美令と和奈からだった。

どちらも既成のもののようだが、和奈の方は端にネットプリントで作ったらしい日本犬のシールが貼られている。実家の飼い犬だろうか。北海道犬を飼っていると話していたことがあった。今年は戌年《いぬどし》だ。満を持してといった感が滲み出ていて、犬も和奈も微笑ましい。

美令は海の図柄だった。そのまま暑中見舞いにも転用できそうな青い海と空が、逆に清々しく、新年にふさわしかった。

新年のメッセージはすでにアプリを通じて送っている。みんなから返事もあった。それでも更紗はオーバーを羽織って部屋を飛び出た。あの耳障りな虫の羽音が聞こえるコンビニまで行き、売れ残っている中で一番可愛い、そして一番余白が取れそうなものを選んで買った。

二人は元気だろうかと、更紗はひょんなきっかけでできた友人に思いを馳せる。気がかりは美令だった。今何をしている？　思い悩んでいなければいいけれど。

年末に出た芸能ニュースは、普段ならスルーするところだけれど、あれは昔美令がエキストラで出た映画も関係がある。楠木らとのグループトークを覗くと、各人「絶対あの監督、他の女にも手を出してるよ」と前のめりで続報を期待していた。クラスメイトが芸能スキャンダルに関わるなど、滅多にできる体験じゃない。ましてや大して親しくもない相手なら、思う存分楽しめる――そんな遠足前夜みたいな期待感が楠木らから感じられ、更紗はつい空気を読まずに「そんなのどうでもよくない？」と投稿してしまった。

『自由行動組』に投稿された美令の新年の挨拶は、特段変わったところがない。和奈も加えて三人で作ったトークルームでもだ。もっとも投稿自体あまりなかった。更紗はそれを、年末年始のせいだと思おうとした。

レジ袋に入った年賀状だけを持って家に戻る。居間からは相変わらずのゲーム音が聞こえる。風呂には母が先に入っているようだ。

懸念の続報は、三が日後の最初の月曜に出た。

『笹峰《ささみね》とかいう映画監督、ヤバくない？』

更紗は楠木たちとのトークルームをチェックして、苦虫《にがむし》を嚙《か》み潰した。前にも増してノリノリだ。

知る人ぞ知る程度に過ぎない映画監督の醜聞が大きく報じられている要因は、関係した相手が複数いることに加え、その中に直近の朝ドラヒロインの友達役でブレイクした若手女優がいたためだろう。監督のスマートフォンから流出した十数枚の写真データは、週刊誌のデジタルサイトで見ることができた。更紗も見てみた。

そのほかの写真は、他にも手を出された女はいるということを担保すれば良いだけの解像度に下げられていたということもあり、世間の注目は、件《くだん》の若手女優に集まっている。

だが、白麗高校内では別だ。白麗生たちは、映りの悪い、誰だか判別もつかないようなたった一枚に大注目した。

この、監督と一緒に写っているのは、二年の転校生じゃないのか。

一緒に写真を撮っているということは、付き合っていたのではないのか。

付き合っていたのではなく、体を売ったのでは。

枕営業の証拠。

楠木らに限らず、白麗生たちのSNSは、冬休み中だというのに大騒ぎだ。ただやはり、一番口さがないのは同じクラスの楠木らだった。

『全員とやってるってこと？』

『あれ、元カノの復讐でしょ？』

『ロック外してカメラロールのデータ週刊誌に売ったとか、そっちも正直引く』

『いろんな人と浮気してたんだから残当《ざんとう》』

『ていうか、いるの？　エキストラさんあの中に』

『あのハット被《かぶ》ってる監督と一緒にいるのがそうなんじゃない？　似てるしほくろ写ってるし、他の女より若い』

『エキストラってセックスの代償でゲットしたの？　それでやっとエキストラ？』

『エキストラさん、しょぼ過ぎ』

　ゴシップに色めき立つ楠木らに呆れる一方、更紗は彼女らが溜飲《りゅういん》を下げたくなる気持ちも分からないでもなかった。転校してきた時から一貫して、美令は何をせずとも目立っていた。ただそこにいるだけで、彼女は周りを負かしてしまう。あの子に比べたら他の女の子は冴《さ》えないね、の冴えない側に、問答無用で組み込まれる理不尽。その相手が、多少なりともセックススキャンダルに関わっている。今叩かずにいつ叩くのか、となって当然だ。

　であるにせよ、放っておけば面白半分の悪口ばかりが連なっていくのに更紗は我慢できなかった。

『美令ちゃんがいようがいまいが、昔のことじゃない？　現在進行形で付き合ってるわけじゃないんでしょ？』

『更紗って、東京の人って呼ばなくなったよね。名付け親なのに』

　それは長谷部の投稿だった。いったん下がった楠木らのボルテージは、また勢いを取り戻していった。

名付け親と言われれば更紗もぐうの音も出なかった。

更紗は目を閉じ、美令のことを思った。思い起こされたのは、ここから海へはどう行くの？　と尋ねた顔ではなく、修学旅行のときにトイレまで支えて歩いてくれた姿だった。

あのとき、美令に対する更紗の目は変わった。

更紗は美令を心配した。その他大勢の好奇の目を、彼女は気にしないタイプに見える。『東京の人』から続く意地悪な含みを持つあだ名すべて、彼女は気に病むそぶりを見せなかった。しかし、誰に話さずとも心の中では傷ついていたのだとしたら、今回のゴシップにもダメージを受けているはずだ。

美令はどこまで秘密主義なのか。ここに私がいるのに。修学旅行の帰りのこともそうだ。何も話してくれないから、今もって謎のまま。和奈が口走っていた神様についても、手がかり一つない。

他人に言いたくないことは、更紗にもある。美令にもあっておかしくはない。

理解を示す一方で、思ってしまうのである——私には打ち明けてくれてもいいのにと。私はもう、一度みっともないところを晒しているのに。だったら別によくない？　そんなにおあいこにするのが嫌？　そんなに信用なくて頼りにならない？

ちょっとだけ引っかかる更紗である。

『自由行動組』でも、和奈を含めたグループトークでも、映画監督との話題は出なかった。

和奈はことさら美令に話しかけていた。『美令元気?』『美令、実家のヤマトの動画見て』

などというように。ホワイトイルミネーションを見に行った帰りは、芸能活動をしていた美令に複雑そうな顔をしていたが、それが騒ぎの元になってしまった今、せめて別の話題で紛らわそうとしているのがありありと見てとれた。つまり和奈も美令を案じているのだ。

冬休み中、更紗はあまり出かけず、仕事がある母の代わりに家の中を切り盛りして過ごした。街中へ足を延ばしたのは一度だけで、その時は美容院とドラッグストア、書店へ行った。漫画や小説、雑誌などをチェックしてから最後に参考書のコーナーを眺め、看護・医療系大学の赤本を手に取った。

――更紗ちゃん。物事には必ず表裏があるんだよ。ついてないって思ってるかもしれないけど、それが全部じゃないよ。ほらね、こういうことだって。

交通事故で足の骨を折って入院していた時にかけられた言葉だ。優しい、歳《とし》の離れた姉のような看護師は、ほらねと言いながら、更紗に小さなキャンディーをこっそり握らせた。

そのとおりだ。事故で入院したからこそ、看護師の夢を持った。もっと言えば――あの時も。あの地獄の中でも、彼らの働きを目にし、助けられた。母と行った体育館で気分を悪くし、なんとか這《は》い出た外で嘔吐《おうと》する更紗の背を摩り続けてくれた女性が看護師だった。背に触れる温《ぬく》もりに、この人のような大人になりたい、看護師になりたいと思いながら、でも夢は潰《つい》えていった。病院にはどんな人が運ばれてくるか分からない。海水でずぶ濡《ぬ》れになった人だって来るかもしれない。いついかなる状況でも完璧に対応できる人材でなければ、命を預かる職場には不向きだろう。そう思って諦めた。

更紗は赤本をしばらく眺め——十分以上眺めて、買わずに書店を後にした。

和奈

冬休み明け、始業式の日の午前。白麗高校に芸能記者がやってきた。

記者は校門前で数人の生徒に名刺を見せて、汐谷美令という生徒について聞かせてほしいと迫り、その後事務職員に追い払われたという。

彼が現れたことで、流出画像の「美令ではないか？」の少女は「美令だった」と確定してしまった。

和奈ら以外のクラスメイトは、陰で噂を楽しみながら美令を腫れ物扱いしている。転校当初のように、休み時間になると他クラスの生徒が教室の外から美令の顔を見物しにくる。

学校の空気がゴシップを語っていると言っても過言ではなかった。

美令の特別さに、それだけみんな劣等感を抱いていたのかもしれないと、和奈は自分を顧みて思った。自分も芸能活動をあっさり肯定した美令を、つい妬んでしまった。

でも、だからと言って今の状況を楽しむほど人間落ちぶれてはいないのだ。

和奈はゴシップを満喫している生徒らを体育館に並べ、ステージ上から一喝してやりたかった。こんなことで面白がるなんて、あんたたち程度低すぎるんじゃないの。こんなことにしか興味ないの、もっと大人になりなよと。するとみんなも憑《つ》き物《もの》が落ちたかのように冷めて、白麗に平和が戻る。美令も「ありがとう、和奈もガツンと言う時は言うんだね、かっこよかった」なんて言ってくれたりして……。

虚《むな》しい想像は想像のまま、その日も和奈は鬱々《うつうつ》たる気分で登校した。

冬の朝の教室は、スチームで熱せられた独特の暖気が満ちている。暖気は層になっていて、顔は火照《ほて》るほどなのに足元は寒い。窓際の席で、美令と更紗が静かに話をしていた。二人の声は聞こえてこず、教室の後方に固まっている楠木ら女子一軍のグループが相変わらず姦《かしま》しい。

と、彼女らの誰かが素《す》っ頓狂《とんきょう》な声を上げた。

「やば、これAVじゃん」

＊

一月が終わり、二月半ばを過ぎてもまだ、白麗高校内の空気は美令のゴシップ一色だった。関係があった女性たちの素性を検証するサイトの中では、美令は既知の中学生役とは別に、企画物のアダルトビデオの出演者に似ているとされ、一方的に黒判定を下されていた。

あの朝、楠木らのグループが騒いだのは、このサイトを見つけていたのだ。

腹立たしい反面、和奈はその女優は美令ではないと言い切ることもできなかった。落ち着いて考えれば、和奈は美令のことをほとんど知らない。神様や修学旅行の帰途についても謎のままだ。ポスティングというきっかけがなく、美令と距離を置いたまま今に至っていたら、和奈も「ふーん、あの転校生はＡＶで裸を晒していたんだ」という色眼鏡で見ていた。

つまり、その色眼鏡をクラスメイトたちはかけている。

自分なら、その場から逃げ出したくなる。

美令は表面上何も変わらず何も言わない。和奈が見せる動物の可愛い映像や面白い動画にも、普通に笑ってくれる。あまりにも変わらないから、無理をしているのではないかと思わされる。いっそのこと「辛い」と弱音を吐いてくれた方が、安心できる気がした。

夏月に相談しようにも、年明けからメゾン・ノースポール内でもあまり顔を見ないのだった。週末の自炊時に尋ねてみれば、自動車学校に通っているとのことで、雪道での練習ができ、なおかつ混雑する春休みの時期を避けられる今がベストなのだと言う。夏月からは毎度のごとく『イマトモ』のアルバイトのことを尋ねられた。和奈も毎度のごとく変わりないと答えた。実際変わりなかった。アヤミはたった一度の失態で仲間はずれのまま、中学二年になろうとしている。

『アヤミちゃん。言いたいことがあったら、聞くからね』

美令には言えない一言を、アヤミへ送ってみた。

『ありがとう、スピカさん』

アヤミの反応も一言で終わった。

美令は木曜日に海へ行き続け、三月になってしまった。

＊

三月一日は朝から風まじりの雪だった。学校前のバス停から玄関までの一分弱で、和奈のオーバーは真っ白に変わった。生徒たちが雪を踏みしだいて作る細道も、その風になららされて、程なく消えてしまう。一ヶ月時を戻したような天候だった。和奈は故郷の霜原町を思い出した。あそこも荒れるとまれにこんな吹雪になる。

三階に上がると、普段よりもどこか暗い印象の廊下がざわめいていた。二月下旬に行われた後期期末考査の成績優秀者が掲示されている。

和奈は一瞥《いちべつ》して驚いた。たった二点差だが美令が二位だった。美令が転校してくるまで一位を守っていた他クラスの男子生徒が返り咲いていた。

AVの人、と人だかりのどこかから聞こえた。

自分も一つ順位を落としたことなど、和奈はどうでも良くなってしまった。美令のランクダウンは、一連の出来事を面白がる生徒にとって格好の餌だ。彼らはきっとこう思う、首位を明け渡したのは動揺があったからだ、動揺は噂が事実だからだ、やはり枕営業、AVまでやっていた証拠だと。そして頭の中で美令にいかがわしいポーズを取らせ、陵辱するのだ。

それらを一つ一つ叩き割ってやりたいけれど、他人の頭の中は手出しできない。

美令は窓際の自分の席で、いつもと同じく背を伸ばし、黙って窓の外を見ていた。

雪は止まなかった。昼になり、天候はますます荒れた。昼休みの終わりに、すべての部活動の休止を宣告する校内放送が流れた。白麗ブリザード、と誰かが言った。冬、年に一度あるかないかの暴風雪。どんな分野も偏差値五十八程度でしかない白麗高校唯一の名物。

清太と萌芽が、和奈たち三人のいる窓辺にやってきた。萌芽が外を睨んで呟いた。

「これバス止まるかもな」

「去年は一度も止まらんかったじゃん？」清太は楽観している。「さすがに止まらんだろー？」

「数年に一度の暴風雪って言ってるらしいぞ」

「バスが運休になったら、バス通学者はどうするの？」

美令が訊いた。まずは清太が答えた。

「止まる前に授業切り上げんじゃないかなあ。今のところ影響は部活動だけだから、下校時のバスまではセーフって見てるのかも」

萌芽が後を引き取る。「過去に授業中にバス止まったときは、先生が車で送ったって聞いたな。地下鉄の駅とか、歩いて帰れるくらいのところまで」

下校時のホームルームでは、川辺が速やかに帰宅するようにと生徒らに釘を刺した。同様のことを伝える校内放送も追い打ちをかけてきた。教室の窓ガラスの外は、真っ白な板で塞がれているかのように何も見えない。和奈はバス会社のホームページをチェックしてみた。路線によっては運休が発生しつつあった。和奈の利用路線はかろうじて生きているが、石狩市方面へ向かう便は怪しかった。

いったんは教室を出た萌芽と清太が、雪まみれになって戻ってきた。

「みんな並んでて、仮に来ても定員オーバーで乗れそうにないわ」清太が睫毛についた雪をスチームの上で払い落とす。「やっぱ遅れてるし、寒いし。並んでるやつ根性ありすぎ」

「でも並んでないと乗れないよな。バス来たとしてもここからじゃ見えない」

「来たら放送入るだろ」

清太がそう言っている間にも、JR駅方面のバスが到着したとのアナウンスが入った。続けざまに、石狩市役所行きが止まったとも。帰宅のすべを失ったものは教職員に速やかに申し出るようにとの喚起を受け、萌芽が天を仰いだ。「親に連絡するかなあ」

「JR駅方面って、美令ちゃんの路線じゃない?」

更紗に言われ、着席していた美令が立ち上がった。「そうだね、じゃあ行くね」

美令はにこやかにさよならの挨拶をして、教室を後にした。

教室に残ってバスを待つ生徒らが、ひそひそと喋っている。窓の向こうで風が一声唸《うな》った。天井の蛍光灯はすべて点《つ》いているが、奇妙に薄暗かった。

また、雪だらけの生徒が教室に戻ってきた。バスのキャパシティオーバーで次の便に強制繰り下げとなった楠木だった。彼女は仲の良い長谷部の隣に収まると、こちらを気にしながら言った。

「あの東京の人、大村病院行きに乗ったけど大丈夫なのかな」

更紗が楠木を見た。更紗と目が合った楠木は、無言で二度頷いた。本当だ、という頷きだった。

大村病院は石狩市との境近く、札幌市側の住宅地の外れにある。バスはそこで折り返してまた市の中心部へ向かう。市境の川は越えないが、隣市方面路線が壊滅しつつある今、もっとも隣市に迫る路線だった。美令がそれに乗ったのなら、降りてから——どうするつもりだ？　唯一言えることは、美令は海に近づこうとしている。

和奈たちは自然と顔を見合わせた。それぞれの眼差しがそれぞれ一様に、信じられないと言っている。確かに今日は木曜で、美令が新港へ行く曜日だ。だがそれは、何もない平穏な日の習慣だ。この雪は——。

真っ先にスマホを操作し出したのは清太だった。画面の具合からメッセージアプリを開いたと分かる。和奈と他の二人も立ち上げた。『自由行動組』の画面で、今しがたの清太の投稿が読めた。

『汐谷、今どこだ？』

『歩いて行くつもりか？　遭難するぞ』

『川渡る前に引き返してこい』

「三途《さんず》の川《かわ》渡るみたいだな」言葉だけ取れば茶化すようだが、萌芽の声は深刻だった。

「マジかよ、無鉄砲すぎる」

「ちょっと歩いたら、戻ってくるんじゃないかな。だってさ、無理だよ？　普通に」

和奈は明るく言おうと努めた。それでも得体の知れない胸騒ぎに襲われる。萌芽はそれに頷きながら、「普通はな」と付け足した。転校直後から自転車で通い続けた時点で、普通ではないのだ。

「美令ちゃん、変なことを考えてるんじゃないよね」

更紗だった。変なことが何なのか、質《ただ》さなくてももはや共通認識のように分かった。こんな日に海を見に行った、その動機。穿《ほじく》り出された過去、ゴシップ、AV、教室、学校の空気。自らの命を投げ出す的な気分。

「先生に話そう」

言いながらすでに更紗は教室を出ようとしていた。川辺のところに行くつもりなのか。ここで川辺が役に立つビジョンが、和奈には見えなかった。

「藤宮先生にしよう」和奈は百人一首部の顧問を選んだ。「美令、きっと大ごとにしたくないと思う。川辺なら大ごとにする、きっと」

四人で書道準備室に駆け込む。ひっそり本を読んでいた藤宮が、眼鏡の奥の細い目を見開いた。

事情を話すと藤宮はすぐに理解してくれた。車を出すと言う。和奈はついていった。同乗するつもりだった。他の三人も同じくついてきた。

校舎の外へ出た瞬間、和奈はよろけた。体全体が横殴りの冷気に平手打ちされる。髪の毛が根こそぎ持っていかれる。ちぎれそうだ。

それでも一歩踏み出して、はっと身を竦めた。

右の耳の穴に直接雪が飛び込んだのだ。

雪が真横に降る。霜原町でも滅多にない。和奈は耳を押さえた。

藤宮の車は五人乗りだった。ギリギリだ。助手席に清太、後部は萌芽、更紗、和奈の順で乗る。フロントガラスを雪が叩く。二十キロも出していないのに、セダンの車内には甲虫の大群に猛スピードで突っ込んでいくような音が響く。前方を見て和奈は一瞬乗ったのを後悔した。道路が分からない。景色も対向車も信号も白く消えた。ライトをつけているようだが、ボンネットの数メートル先も見えなかった。

「メッセージを読んだ気配はないの?」

藤宮の問いにそれぞれが否を返す。更紗が電話をかけた。出ない。ハンドルに体を近づけ、必死の運転をする藤宮が、「電話、鳴らし続けてね」と言った。

普段なら五分程度の道を、三十分かけて病院に着いた。美令の姿はなかった。バスは終点で立ち往生している。清太が降りてバスに駆け寄り、中の運転手と二言三言交わして戻ってきた。

「やっぱここで降りたって。石狩の方へ歩いてったたって」

その時、電話をかけ続けていた更紗が「美令ちゃん!」と声を上げた。「どこ? 今どこ歩いてるの？」

更紗が切らずにいったん状況を報告する。

「わかんないって。橋は渡ったみたい」

「近くの建物は？　目印になりそうなものは見えるか訊いて。今から向かうから」

藤宮の言葉をそのまま伝えた更紗だが、すぐに首を横に振った。「見えないって」その言葉も終わらぬうちに、「えっ？」と聞き返す。「やめてよ、馬鹿でしょ」

「何？　汐谷なんて？」

「大丈夫って。何とかなるからこのまま海に行くって言ってる」

車内に男子二人の怒号が響く。あほ、ばか、何とかなるか、吹雪舐めんな、そのまま死ぬぞ。藤宮が車を動かす。「橋は渡ったのね、城之内さん、話し続けてて」

橋の周りはいっそうの暴風雪だった。和奈ですら遭遇したことのない猛吹雪だ。先ほどはボンネットの先数メートルの視程だったが、ついにゼロになった。ボンネットすら怪しい。ワイパーがひっきりなしにガラスを拭う。その動きで吹き付けられた雪が薄く広がり、さらに白く凍りついていく。藤宮が舌を打った。

ホワイトアウト。

和奈は震えていた。怖かった。道を外すかもしれない。橋から落ちるかもしれない。もしトラックが近づいてきても絶対分からないし、トラックの運転手もこちらが見えないだろう。先が見えなすぎて、もう停めてくれと藤宮に懇願したかった。美令を捜していないのなら、泣きついていた。和奈は生まれて初めて吹雪の中で死ぬかもしれないと思った。こんな中を、美令は一人で歩いている。

橋を渡り切ったところで、業を煮やしたかのように藤宮がホーンを叩いた。クラクションが吹雪に抗《あらが》うように咆哮《ほうこう》する。更紗がスマホを耳に押し付けた。「こっちからも聞こえる」

「音が近づいたら教えて。他の人は外見て。動く何かがあったら教えて」

もちろん、見えはしない。だが誰一人異を唱えなかった。和奈も目を凝らした。見えない。阻まれている。でも、絶対にいるはずなのだ、あの真っ白の向こうには。

阻んでいるものを打ち破りたい。拳銃でもマシンガンでも、風穴を開けて向こうを見たい。そう和奈が思ったときだった。

藤宮が鳴らしたホーンが更紗のスマホからもはっきり聞こえ、和奈は無数の雪片の先に何らかの存在を捉えた。

「いた！」

和奈の声で車は停まった。歩道側の和奈と清太がまず降りた。吹き溜まりの雪にふくらはぎまで埋もれ、よろけた。清太が美令を呼んだ。すると、返事があった。足を取られたままの和奈の横を、更紗が追い越して行く。和奈は何とか体勢を整え、清太の踏み跡を辿った。

おそらく数メートルも進まないうちに、美令は唐突に現れた。建物や木々の庇護《ひご》がない吹きさらしの中、彼女はへたって座り込んでなどおらず、しっかりと立っていた。頭の上から足先まで雪が付いて、眉やまつ毛は白く凍り付いている。口の周りも白い。吐く息が凍ったのだ。

「来てくれたんだ。大丈夫だって言ったのに」

美令は健常な声で言った。

次の瞬間、美令は尻餅をついていた。更紗が突き飛ばしたのだ。

「だっさ、馬鹿でしょ。死ぬ気だったの？　何それ」猛吹雪の中で、更紗がまくし立てた。

「嫌なことがあったから自暴自棄になってたってわけ？　それでこのざま？　海が何なの。今日海に行かなきゃ死ぬの？　それで遭難しかけて、みんなに迷惑かけて。何なの」更紗の右手が雪を掬《すく》い、そのまま美令にぶつける。「噂が何なの。陰口が何なの。全然気にしませんみたいな顔して、めっちゃ効いてんじゃん。なのに一人で我慢しちゃってさ。修学旅行の帰りもそう。何も話してくれない。それとも何？　逆に効いてるアピール？　私実はこんなに傷ついてますって言いたいの？　私が一番辛いです、不幸ですって言いたいの？　あんなことで？　何も言わないけどこの辛さは分かってってって？　だっさ」

「城之内さん、帰るよ」

藤宮が後ろから更紗の体を抱き抱えた。冷静な声で清太と和奈に命令する。「あなたたちは汐谷さんをお願い」

車のホーンが響いた。車内に残った萌芽が鳴らしていた。その音を頼りに、五人は車に戻った。三十秒ごとに鳴らせと命じて、藤宮は車を降りたことを、和奈は定員オーバーのシートで知った。

車が発進した。シートはそこらじゅう雪だ。後部座席の萌芽は、女子陣に気を遣ってか異常なまでに身を縮めている。更紗は百メートル走をこなした直後のように息を弾ませていた。和奈は呆然《ぼうぜん》とそれらを眺めた。

突然助手席の清太が振り向いて爆笑した。

「汐谷、おまえの顔ひでえな!」

笑いながらスマホで写真を撮り、美令本人に見せる。和奈も横から覗いて思わず吹き出してしまった。

正面から撮られた美令の顔には、奇妙な模様があったのだ。目の周りに放射線状に散る黒いペイント。集中線のようでもあった。それは、美令が慎《つつ》ましやかに塗っていたマスカラの残骸だった。マスカラが吹雪で全部剝げ落ち、目を中心にした周囲に散って凍りついたというわけだ。

自分の顔を見て一瞬絶句した美令も、次には笑った。

更紗は少し微笑んで、俯いた。

藤宮の車が白麗高校に着いたとき、和奈はほっとして脱力した。

誰も死ななかった。本当に良かった。

それだけでもう、半分勝ちだ。

白麗高校は金曜日臨時休校になった。暴風雪は夜中《よるじゅう》荒れ狂い、ようやく鎮まったのは翌日だった。

「ねえねえ、こないだ配信になった米津《よねづ》の曲だけどさ?」

次の月曜朝、更紗が近づいたのは楠木だった。その日更紗は、美令にそっぽを向いた。

和奈

猛吹雪の日の一部始終を聞いた夏月は、夕食後のお茶を飲みながら、まず言った。

「位置情報共有アプリでも入れとけば」

「そういうんじゃなくて」

それは一週間以上前に過ぎ去ったことだ。美令はあの後きちんと藤宮や和奈たちに迷惑をかけたことを詫び、身なりを整えてタクシーで家に帰った。風邪や顔の凍傷を心配したが、結局学校は一日も休まなかった。

遭難未遂事件は、醜聞で噂話のおもちゃにされた美令の立ち位置をより厳しくするだろうと和奈は想像していたが、その予想は外れた。一番あれこれ言いそうな楠木らが表立っては何も言わなかったためだ。

理由ははっきりしていた。修学旅行以来フリーアドレス化した更紗が、その立ち位置を最大限有効活用したのだ。

――米津の曲さ、聴けば聴くほどエモくない？　泣ける。

――やっぱ更紗もそう思う？　いいよね。

吹雪が明けてからの更紗は、和奈たちより楠木らに積極的に話しかけている。それは結果的に彼女らの話題をコントロールし、美令を揶揄する隙を与えないことに成功していた。必然、美令と更紗の会話は減った。まったく話さないわけではないが、とにかく更紗からは美令に声をかけない。和奈が気になっているのはそれであった。

「あの日、更紗は美令に激怒したの」

「うん、聞いた」

「それも相まって、あれから二人がギクシャクしてるみたいで」

「そうなんだ」

「美令は今週の木曜も海に行ったみたいなんだよね」

「木曜は雪だっけ。でも先週みたいな嵐じゃないから全然いけるでしょ」

「かもしれないけど、更紗は何だかムカついたみたいで。先週あんなことがあったのに当てつけみたいって」

「ふーん」

「何、その顔」

夏月がなぜだかにやにやしたので意図を質すと、いっそうの、喜色満面といった顔でこう言われた。

「和奈、本当に友達ムーブしてるんだね」

以前、学校の友達は戦略だと言ったくせにと、いくばくかの不服を覚えつつ、同時に友達の存在を夏月に認めてもらえたようで、嬉しくもあった。和奈は照れ隠しに自分のお茶を無理に飲み干した。

「あんまり拗《こじ》れるようだったら、また言って。あ、そうそう。今日試験だったんだ」

およそ二ヶ月間、食事を取る時刻がまちまちだった夏月だが、無事に運転免許を取得していた。真新しい免許証を見せてもらう。十七歳の今の自分には絶対に持ち得ないもの。大人の証明書のようだった。思わずため息が出た。免許証の中で夏月は、目を大きく開くでなく、顎を無理に引くでもなく、自然な表情で前を見ていた。こんなふうに、構えずに何かを見ることが自分にはあるだろうかと、和奈は思わずにいられなかった。自分はどうしても構えてしまう。よく見られたいと思ってしまう。そう思いながら見る景色は、どんな風に映るのか。ちゃんと正しく見えているのか。

和奈は食堂のカレンダーに目を移した。三月十日、土曜日。暴風雪の日から明日で十日だ。雪しか降らなかった空が、霙《みぞれ》や雨を落とし始めている。もうじき春休みが来て、二年が終わる。二年八組は解体されて、新しい巣で最後の一年間を過ごす。

翌日の日曜日、和奈は自室で無為に過ごした。テレビをつけ、震災と鎮魂の特集番組をBGMのように流しながら、ベッドの上で来年度のことをぼんやり考えていると、思いがけず聞き慣れたフレーズが耳に飛び込んできた。

『今私は、宮城県多賀城《たがじょう》市にある末の松山に来ています』

女性アナウンサーが一本の松の前で中継していた。

『契りきな かたみに袖を しぼりつつ 末の松山 浪こさじとは』有名なこの和歌に歌われた末の松山が、この松になります』

下の句かるたのルールでは、上の句は知らなくても問題ない。なので和奈は『末の松山浪こさじとは』の上の句もうろ覚えだったし、もとより本物の松があるなんて思ってもみなかった。

どんな大津波も越えられない松だと、アナウンサーは紹介していた。

そういえば更紗が得意な札だったなと、思考は更紗、加えて美令へと移行する。あの二人の微妙な空気は、吹雪の日の更紗の激怒から生まれた。どうしてあの時に限って更紗は怒ったのか。更紗は怒るよりも安堵《あんど》で涙しそうなタイプだと、和奈は勝手に思っていた。

——私実はこんなに傷ついてますって言いたいの？ 私が一番辛いです、不幸ですって言いたいの？ あんなことで？

あんなことでと、更紗は言った。ＡＶに出演していたと確定的に陰口を叩かれ、そういう類《たぐい》の想像をされるだなんて、自分がされたらたまらないと思うのに。

結局自分は、美令のことも更紗のこともよく分かっていないのだと、和奈はがっくりと肩を落とした。

その晩、『イマトモ』のトークルームにアヤミの投稿があった。

『私はそんなに悪いことをしたのか、一年経った今も考える』

『災害で死んだ人と、病気で死んだ人と、命の重さに差があるのかとか。若くして死んだ人と、歳をとって死んだ人と、命の価値は違うのかとかも、考える』

『でも、あの子に「私の方が辛かった」って言われたら、きっとそうなんだろうと思ってしまう。そうなんだろうって思ったら、もう、反論できない』

『あの子のお父さんは、本当に、突然だったみたいだから』

『本当は仲良くしたいんだけど、ムカつかせてしまった』

『同じ星座で同じ星が好きなのに』

写真が投稿された。ぼやけた画像だった。濃い青、群青《ぐんじょう》に近い青が机に載っている。ノートかクリアファイルのようだ。

アヤミはすぐに投稿を消してしまった。


「だったら、三人でバイトしてよ。雪解けからは猫の手も借りたいくらいなんだし。私、免許とった記念にちょっと帰ろうと思ってるの。乗せてあげるから」

夏月がとんでもない提案をしてきた。春休みに美令と更紗と和奈で農作業を手伝えと言うのだ。和奈の祖母の家でもある夏月の実家は、霜原町開墾当初から続く農家である。小麦、蕎麦《そば》、ビート、ジャガイモ、スナップエンドウ、アスパラガス、トマトその他野菜を、約二十五ヘクタールの農地で育てている。

春前から農家は忙しくなることを、知らない和奈ではない。とはいえ、素人の高校生がアルバイトでできる作業も限られる。やらされるのは十中八九ビートの間引き作業だ。和奈と夏月も小学生の頃から手伝わされていた。

「あの作業を美令たちに？」

「無我の境地で間引いてたら、余計なこともそのうち消えて、自然に話せるかもよ」

「二人がなんて言うかな。一応提案してみるけど。ところで夏月は、運転上手い感じなの？」

「上手いかどうかは私が判断することじゃないけれど、好きか嫌いかでいえば好きかな。目まぐるしく変化する目の前の状況に、自分の技術と判断力で対応するゲームだね」

　いささか怖くなる発言であった。「安全第一だよ」

　バイトの話を切り出す時は、和奈も多少の決意が必要だった。二人、特に美令は農作業なんて泥臭いバイトから一番遠いタイプである。エキストラとはいえ、中学生で映画に出た人だ。高額ではなかっただろうが、ギャラだってきっともらった。

　いっそスルーしてくれと念じながら話をしたが、二人からは興味を持たれてしまった。

「農作業？　え、すごい」

「やったことない。やらせてもらえるの？　やりたい」

　何がすごいんだ、全然すごくない、やらなくていい、安くこき使われるだけという和奈の忠告も二人は聞かなかった。とりわけ、美令が乗り気だった。農作業はもちろんのこと、家庭菜園の経験もないから、ぜひ経験してみたいと言う。

「農家って親戚にいないの。そういう土地に泊まったこともない。働いてみたいな」

　そんなわけで、二人はバイトを受け入れた。美令は親の許しが必要で、なおかつ曜日の調整も要《い》るとの条件付きであり、更紗の方は美令の反応を気にしつつではあったが、とにかく二人は食いついたのだ。

「霜原町なんて、本当何もないよ。行ったらびっくりするよ。楽しいバイトでもないし。従姉が札幌から車出してくれるって言ってるけど、今月免許取ったばかりだし」

「行きたいなあ。頑張って親に頼んでみる。キタキツネ、見られるかな?」

「私はシマエナガちゃんがいいな」

「霜原町って、海がないんだよね?」

美令はそんなことも確認してきた。

「ないない。前にも言ったとおりだよ。町の九十パーセントは森林だよ。グーグルアースで見たらびっくりするよ」

「そう。ありがとう」

「どうしてそんなことを?」

「親に訊かれるから」

「海があるかを?」

和奈は首を傾げてしまった。

＊

アルバイトは美令の都合と摺《す》り合わせて、三月末の月曜日朝出発、水曜日夕方帰還の強行軍となった。

札幌駅北口のレンタカー屋で夏月は車を借り、そのまま北口にやってきた美令と更紗を拾って出発した。和奈はナビを頑張るつもりで助手席に座ったが、夏月はルート判断はもちろん、ハンドルさばきやギア操作も、免許取り立てとは思えぬ安定感だった。ハンドルに齧《かじ》り付くこともなく、注意を怠らずに同乗者との会話も自然にこなす。札幌北のインターチェンジから高速に乗る頃には、後部座席の美令と更紗はすっかりリラックスした雰囲気だった。

「霜原町まで四時間弱ってところかな。休憩は一度取るつもりだけど、必要だったら適宜声をかけて。もちろん寝ても構わない」

寝ても構わないと言いつつ、夏月自身は時々どうでもいいことを喋る。

「両親と祖母がいるけど、全然気を遣う必要ない。ただの田舎の中年夫婦と後期高齢者だから」

「祖父は十年前まで霜原町の町長をやってた。もう他界したけどね。祖母は踊りの師匠。ただし町内限定。盆踊《ぼんおど》りの講師みたいなものだね。盆踊りの講師が市井《しせい》にいるかどうかは知らない」

「和奈の家の北海道犬、可愛いよ。ヤマトっていうの。今年十歳だったっけ。もういいおじいちゃん犬だね」

「ヤマトはいい子だよ。辛いことがあったら撫でに行ってた」

「犬には人間の感情を読み取って共感する能力があるからね。人間同士も楽しそうな人の近くにいたら楽しい気分になるとか、イライラしている人を見たらこっちもストレス溜《た》まるとかあるでしょ？　こういうのを情動伝染っていう。犬は対人間でもそれをやれるわけ。飼い主にストレス負荷がかかると犬の心拍数も同期して上がったりする。恐怖のにおいを嗅ぎ取ることもできると言われている」

喋ることで運転のリズムを作っているようだった。

途中、一度道の駅で休憩を取った時、美令と更紗は夏月をべた褒めした。

「運転すごく上手いじゃん。運動神経良さそう」

更紗が褒めれば美令も「複数のタスクを同時にこなせる人って感じ。かっこいいね」と羨望を隠しもしない。

「夏月さん入れてみんなで写真撮りたいね」

「うん、どこか景観のいいところで撮ろうよ」

「いい匂いしない？　涼しげでイメージぴったりの」

「美令ちゃん、それそれ。私もそう思ってた」

「メッセージのアドレス、交換してくれるかな」

ギクシャクしていた二人だが、夏月という共通の話題を前に、早くも元通りの気配である。もはや同じ推しを褒め称え合って盛り上がるオタク二人だ。

「従姉妹同士なんだけど似てないんだよね」

和奈は自嘲した。年齢がさほど離れていない従姉と、和奈はいつも比べられてきた。夏月へ宛てられる褒め言葉は、和奈には宛てられたためしがない。両者を知る親戚はあまりに当たり前に二人を比べて「似ていないね」と笑う。そう言われるたび、和奈は夏月みたいになりたいという気持ちを膨らませてきた。同じように家を出て、同じように札幌の高校へ進学をし、同じ大学を目指す。そうすれば「夏月ちゃんみたいだね」と言われるかもしれないと夢見て。

「私も妹とはあまり似ていないよ。妹の方が体格いいの。でもゲームばっかりしてる。フィジカルエリートの資質がある人は、運動したらいいよね」

更紗が慰めのつもりなのだろう言葉をくれた。

北上すればするほど、季節は冬に戻っていく。当たり前に雪が残る高速脇に、美令と更紗は目を丸くしていた。

「あれは何ですか、夏月さん」

美令が高速の横に広がる田畑を指で示した。

「さっきから気になって。ところどころ模様が描いてあるんです」

「あれは融雪剤。道南の早いところだと二月半ばすぎくらいからかな、畑に撒く。正直、今の時期撒いているのは遅いくらいだよ。もう土作りしているところもあるでしょ」

「綺麗な渦巻きに見えます。螺旋《らせん》というか」

「広い土地を効率的に黒くしなければならないからね、そうなるね」

「なるほど、敷地全体を一筆書きの要領で撒いていくんですね」

「そうそう」

美令は雪の上に撒かれた融雪剤が気に入ったようで、電車で窓に齧り付く子どものように眺めている。何がそんなに面白いのか、和奈にはその感覚が分からずこっそり首を傾げてしまった。

高速を降りて二級河川にかかる橋を渡っているとき、五頭のエゾシカを見た。美令と更紗が高い声を上げげた。気を利かせた夏月がスピードを落とし、二人はスマートフォンで写真を撮った。

「鹿ってあんなに大きいんだ」

昔、子どものころに住んでいた奈良で見た鹿は、もっと可愛らしいサイズだったと、美令らしくもなく興奮して言った。

免許取得十年選手ですというドライビングで、霜原町の夏月の実家、和奈にとっては祖母の家に到着した。伯父伯母《おじおば》が玄関に現れ、「来てくれてありがとう」「いやー助かるわあ」と歓待した。祖母は出てこなかった。さりげなく伯母に尋ねたところ、少しだけ体調が思わしくなく、部屋で寝ているとのことだった。

ちらし寿司のお昼を食べてから、アルバイトとなった。三人とも動きやすい服装だったので、そのままビニールハウスに連れていかれる。間口が約五、六メートル、長さ約三、四十メートルのハウス内には、中央の通路を挟んで、左右にビートの苗が並べられており、その苗の上を大きなスノコ状の作業台が橋渡しするように設置されている。作業内容は和奈の予想どおりビートの間引きだった。

美令と更紗は入り口に突っ立ったままだ。その彼女たちに夏月がプラスチックの丸ざると、小さな精密鋏《せいみつばさみ》一本をそれぞれ手渡した。

「このハウスにあるのはビートの苗。砂糖の原料になる甜菜《てんさい》ね。近くで見てもらったら分かるけれど、苗は小さな正六角形の枠の中から双葉を出しています。一つの枠の中で複数芽が出ているから、一番元気に育ちそうなのを残して、あとはカットしてしまう。あのすのこの橋に乗りながらね。それがここでのバイト内容なの。簡単で力もいらない。ここらの子は小学生でやる」

「では、あの橋は、作業の進捗に合わせて動かしていくんですね。最終的には向こう端まで行き着くと」

美令の確認に、夏月は頷いた。「理解が早くて嬉しい。では始めよう。今日はどこまで行けるかな」

右の台に和奈と更紗、左の台には美令と夏月が乗り、地味な作業が始まった。「これを残していい？」「切るのは根元でいいんですね」「切ったのはこのざるに入れるんだよね？捨てちゃうの？」最初のうちは、細かな確認をしてきた美令と更紗だったが、すぐに作業に没頭する。何も難しいことはないから、訊くこともろくにないのだ。夏月はイヤホンで音楽を聴き出した。四人は台の上から身を乗り出してペーパーポットの芽を比べて吟味し、たった一つを選別し続けた。最も優れた一つだけを。

一時間ごとの休憩を挟み、作業は黙々と進んだ。手元にばかり集中していると、視界が狭まってくる。目の疲れを感じてしばし閉じれば、瞼《まぶた》の裏に蜂《はち》の巣《す》状のペーパーポットが浮かぶ。確実に視力を落としているなと思う。次第にため息が多くなる。作業は簡単なだけに退屈で、労力以上の疲弊《ひへい》を感じさせる。けれども、誰一人手を止めないのは、手を止めればそれだけ終わりが先になるとわかっているからだ。

夕方五時を回り、夏月が今日の作業の終了を告げた。すのこの位置で進捗度を確認すると、四割程度の達成率といったところだった。ビニールハウスの外に出れば夕暮れの風は冷たく、広々とした農地の果てを堰《せ》き止める低くなだらかな丘に、オレンジの太陽が隠れようとしている。

美令と更紗が足を止めた。丘はまだ雪を残し、落ちゆく太陽はその丘のてっぺんに生える裸の木々を、シルエットにして映し出していた。子どものころ——それこそまだ恋も知らず、進学のことなんて考えもせず、霜原町がひどく田舎だとすら意識していなかったころ、和奈はよく友達と丘に登った。丘に登ってどうするかではなく、登ることそのものを楽しんだ。登ったところで海など見えない、高さを測れば五十メートルもないだろう丘一つで十分満足だったのだ。

「私、ここ好き」

更紗が白い息とともに呟いた。和奈は耳を疑い、聞き返した。

「本当に？　こんな田舎町を？　何もないよ？」

故郷に情を感じないとは言わない。でも突き詰めたなら、自分のそれは情というより宿命に対する諦めではないかと和奈は思う。好きとか嫌いとかいうよりも、ここに生まれてしまったから切っても切り離せないというだけだ。しみじみと好きだと言われるなんて思ってもいなかった。

「どんなところが好きなの？」

夏月が尋ねた。更紗から言葉を選ぶ気配がした。

「日が山に沈むのが、綺麗だからです」

実家に戻ってもよかったが、和奈も祖母の家に厄介になることにした。美令と更紗を残して帰るのはいかがなものかと思われたし、もとより祖母の家は第二の実家みたいなものである。夕食の後、大きな和室に三つ布団を敷き、更紗、美令、和奈の順番にお風呂をいただいた。

　和奈が入浴を済ませて部屋に戻ってくると、更紗はトイレなのだろう、姿がなかった。美令は一人でスマートフォンを見ていた。

　引き戸を背にしていた美令の顔は窺えなかった。けれども和室の空気が、ひどく張り詰めていた。美令はすぐさまスマホをスリープさせた。

「おかえり、和奈」

「いいお湯だったー、労働の後のひとっ風呂は最高だね」

　何事もなかったかのような美令に、和奈も合わせた。だが和奈は初めて、一瞬だが美令が見ていたスマホの画面を捉えていた。

　細い女の背が見えた気がした。

　はっきりではない。

　もしかしてそれが神様？　なんて、訊けるわけもなかった。


　翌日も朝から同じ間引き作業をした。美令と更紗の手際は昨日よりもさらによくなり、ビニールハウスの端に到達したのは午後四時前だった。それからは宴会だった。空いているビニールハウスに移動すれば、バーベキューコンロと折り畳み椅子がすでにセットされており、紙皿を手渡された。塩胡椒《しおこしょう》と大量のニンニクで下味をつけた手羽先が、網の上でいい色に焼けていき、食欲を強烈にそそる香りが立つ。

「お疲れさま。おばちゃん老眼だから、ああいう細かい作業が辛くてね。助かったわあ」

「あの上に座ると、膝痛えんだよな」

夏月の両親は、まだまだ元気そうに見える笑顔でそう言い、和奈たちの働きをなくてはならないものと評価してくれた。

「和奈」美令が話しかけてきた。「ありがとう。とてもいい時間を過ごせた。私、農作業好きかもしれない。性分に合ってる気がする」

「ウッソでしょ。美令が？」

「ビートってどんな作物なんだろう。収穫もやってみたいと思っちゃった。またお手伝いの機会があったらいいな」

そう言って、美令はふと遠い目をした。

その目を見ればやはり、昨夜のことは訊けなかった。

和室の電気を消してしばらくすると、隣の布団の更紗が起き上がった気配がした。暗がりを静かに動き、窓辺に寄ると、少しだけカーテンに隙間を空ける。眠れないのか、話しかけようかと和奈が迷っていると、美令が先んじた。

「どうしたの？」

美令の声は夜にふさわしく絶妙に潜められていた。修学旅行の新幹線内でしつこい旧友と対峙《たいじ》したときも、和奈は彼女の発声の巧みさに驚いたのだ。彼女の気遣いは、唯一狸《たぬき》寝入《ねい》りを決め込んでいる自分へのものだと思ったので、和奈はすぐさま身を起こした。

「起きてたんだ、二人とも」更紗が大きな目を一層大きくしている。「何でもないんだ、ここはどんなふうに星が見えるのかなって思っただけ」

「札幌とは比べ物にならないくらい、よく見えるよ」

言いながら、田舎自慢みたいだなと和奈は思ってしまった。実際田舎だ。星が見える理由は暗く空気が澄んでいるからだ。

「でも、外は寒いから出ない方がいい。今の時期は夜なら氷点下になってるかも」

「マジ？　もうじき四月なのに？　やば」

和奈の発言は更紗を震え上がらせるに十分だった。更紗はそそくさと窓から離れて布団に下半身を潜らせ、話題を夏月に移した。

「明日、また夏月さんが送ってくれるんだよね」

「うん。札幌駅北口までになっちゃうけど」

「十分ありがたいよ。北口なら地下鉄すぐだし」

「夏月さんといえば、前にも言ったけれど、すごくいい香りがするよね」美令が思い出したように言った。「冷たい風みたいな、爽《さわ》やかでスーッとする香り。和奈も似た香りがするけれど……」

更紗からもその話題には興味がありますという視線を感じ、和奈は腹を括った。枕元に畳んである衣類の中から、祖母の匂い袋を手に取る。

「これ。お祖母ちゃんがくれたんだ。夏月も同じものを持ってる」

「なるほど匂い袋か。お香のお店で売ってるやつだね。小さくて可愛いね」手渡すと、美令は品よく香りを確かめた。「お祖母さんの手作りだったんだ。素敵だね。いいなあ」

「そう？　田舎臭くない？」

「そんなことない。そんなことしてくれるお祖母さん、滅多にいないよ」美令は断言した。

「うちなら絶対にしない。すごくいいよ」

「実は、私と夏月の匂い袋はまったく同じものなんだ。でも実際に持って使っていると、私は私の匂いになるし、夏月は夏月の匂いになる」和奈は布団の中で膝を立て、それを両腕で抱いた。「本当は、小さな頃から、私は夏月の匂いの方が好きだった。夏月の匂いが良かった。夏月みたいな匂いにならないかなって、ずっと思ってた」また血管内をめぐる幻の針が、内側からちくちくと和奈を刺した。「でも、駄目なんだ。どうしてもあの匂いにはならない」

「そっか」

更紗が一人で何かに納得したようだったので、和奈は「何？」と訊いた。

すると更紗は、「怒らないでね」と前置きをしてから、こう言った。

「私ね、和奈ちゃんのにおいがちょっと苦手だったんだ」

「えっ、そうだったの」

さすがにショックを受けた和奈だが、更紗はすぐさまフォローした。

「悪いにおいじゃないの。ただ、海の香りみたいだなって最初に思ったの。海そのもののにおいじゃもちろんなくて、海を連想させるというか、海に吹くそよ風というか……」

美令から匂い袋をそっと返される。美令の手つきは、生まれたての鳥の雛《ひな》を巣に戻すようだった。帰ってきた匂い袋を、和奈はあらためて嗅いでみた。海を意識したことはなかったが、言われてみれば微かにマリン系と呼ばれる香りに通じるものがあるかもしれない。たくさんの日差しと水。そんなイメージだ。

更紗が顔を俯けた。

「私ね、海が駄目なの。においを嗅いだだけで具合が悪くなる。修学旅行の時ね、具合が悪くなったでしょ。あれね、海のにおいのせいだったの。水上バスに乗ったら海の……磯《いそ》のにおいが染み付いていた」更紗は両手で顔を覆ってしまった。「私、海を見ることもできない。近づくのも無理。一年のときも、だから神恵内村に行けなかった。お母さんや先生も行かなくていいって。だから甘えちゃった。頑張って行けたら……一度でも行って大丈夫だって思えたら、きっと前に進めると思うのに、逆にやっぱり無理だったたって記憶ばかりが私の上に積み重なっていくの。昔はこんなじゃなかったのに……私、小さな頃は海が好きだったんだよ。家族みんなで、お父さんとも一緒に海に行って楽しかったこと、今でも覚えてるのにね」

更紗は泣き声を立てなかった。だから泣いているかどうかは分からなかった。美令が何も言わずに更紗の布団の端に手をやった。

更紗は覆った手の中から、美令に言った。

「雪の日のこと、ごめんね。怒って。あんなキレ方、するべきじゃなかった」

「私を心配してくれたんでしょ。いいよ、気にしていない」

「それもあるけど、私、嫌いなの。海のにおいと同じくらい、自分が世界で一番かわいそうみたいな顔する人が」

美令は弁解も弁明もしなかった。「うん、そっか。そうだよね、そういう人はウザいよね」

「でもごめん、今の私の方がウザいね、美令ちゃんと和奈ちゃんにしてみれば」更紗は一度息を吐いて呼吸を整え、美令を見つめた。「美令ちゃんや和奈ちゃんにだって、あるんでしょ、辛いことの一つや二つ。こんなふうにみっともなく言わないだけで。美令ちゃんが修学旅行の時に飛行機に乗らなかったのも、訳があるんでしょ？　和奈ちゃんが神様って言ってたけど……」

布団の上で、美令はちらりと和奈を見た。

和奈は慌てて、

「違う。噂話したわけじゃないよ。ただ、神様が関係あるんじゃないかって言った時に、更紗がそばにいて……」

と弁明をする。更紗も、

「和奈ちゃんの言うことは本当だよ。私、別に何も聞いていない」

と庇ってくれた。

「大丈夫、分かってる」

そう言い、美令は居住まいを正した。

「更紗には言ってなかったね」

——私、神様の見張り番してるの。

「私ね。神様の見張り番してるんだ」

ふたたび、同じ言葉を耳にする。和奈は固唾《かたず》を飲んだ。何も知らない、話してくれない、美令の神様。修学旅行の復路、急に別行動を取った理由。どうして海を見に行くのか。そして昨夜のスマホの画面。

「……それが美令ちゃんの秘密なんだね」

更紗の確認に、美令は頷いた。

「それ、うちらに話すのは難しい？」

「……そうだね」

「私、海が駄目って告白したよ。それでも話せない？」

この辺が更紗の強みだと、和奈は身を固くしたままで聞く。自分は訊きたくても訊けない。訊いたら負けのような気がしてしまうから。

「ごめんね」

揺るぎない否を込めた「ごめんね」に、更紗は笑って理解を示した。

「こっちこそごめんね。私もどうして海が駄目なのか言ってないもんね。それは……やっぱ今は無理かな。あーあ。私、わがまま言ったね。秘密の共有が絆《きずな》の証とか、そんな小学生みたいなこと思ってないから」

「うん、分かってる」

「でもね、美令ちゃん。もし美令ちゃんがいつか何かを話したいと思ったときが来たら、いつでも聞くからね。話す相手はいないなんて思わないで。私を思い出してくれたら嬉しい」

「わ、私も」

和奈も口を挟んだ。ここは譲れない。自分だってずっと気にはしているのだから。

「ありがとう、頼もしいな」

「あはは、なんか変な雰囲気になっちゃったね、ごめんね。和奈ちゃん、話変えて」

「え、私？」

「じゃあ、私が別の話をしていい？　さっき更紗の話を聞いていて、何となく思ったこと」

　語り部を買って出たのは当の美令だった。更紗が力強く美令を促す。

「もちろんいいよ。美令ちゃんが話したいと思ったことを話してよ。私もそれを聞きたい」

　美令は頷いて、また姿勢を正した。

「夏月さん、行きの車の中で、犬には人間の感情を読み取って共感する能力があると言っていたよね。恐怖のにおいを嗅ぎ取れるとも言っていた」

　夏月の四方山話《よもやまばなし》を、美令は真面目に聞いていたらしい。和奈は話半分で聞き流してしまっていた。美令は続ける。

「人ってつい比べちゃうよね。悲しみや痛みの強さや大きさを測って、自分や他と比較してしまう。ペットが死ぬより人が死ぬ方が悲しいとか、年寄りが死ぬより若い人が死ぬ方が悲惨とか、死なれるよりも生きて介護が続く方が辛いとか。共感するつもりで自分だったらって考えてみても、やっぱりあなたの状況より自分の経験の方が辛かった、だから大したことないって判断に行ってしまったり。より強くて大きな悲しみが他の人にあったと

して も、本人の悲しい気持ちが消えてなくなるわけではないのにね」

自《おの》ずと聞き入ってしまう美令の語り口に耳を傾けながら、和奈はペーパーポットの中で芽吹《めぶ》いていたビートの若緑を思い出していた。正六角形の中に芽吹く双葉を並べ比べて、どれが一番強く鮮やかかを勝手に選別し、ジャッジメントし、一つ以外を切り取って捨てた。

あれと同じことを、私たちは日常的にしている。

「でも、きっと犬はそうじゃないんだよね。察した悲しみや辛さを、そのまま受け止める。痛みがどの程度なのか、他の誰かよりも強いのか激しいのかなんて全部どうでもいい。ただ誰かが悲しんでいるから悲しい、悲しいから寄り添う、それだけ。単純だよね。でも、だからこそ人は犬に癒やされるのかな。人間も、そうなれたらいいのにね。どうしてなれないのかな」

「そうだね。なかなかなれないよね」

更紗は吐息した。和奈も頷く。「難しい」

「なんで比べちゃうのかな」

「犬ってすごいね」

「うちら、人間だから難しいのかな」

和奈は『イマトモ』のアヤミのことを思い出していた。あの子が今ここにいたら、なんて言うだろう？　今の美令の言葉を最も鋭敏に受け取るのはアヤミではないか。この会話をそのまま『イマトモ』に転載してみたかった。

「ねえ、ところでさ。寝る前に例のトークルームチェックしたんだけど、赤羽くんが写真送ってくれてたんだよ」

今度は更紗が話を変えた。暗がりの中、眩しさを堪えて和奈もスマホを見てみると、白黒の富士山の絵が投稿されている。一見墨絵のようだが、コメントを読めば、どうやらグラウンドに融雪剤を撒く野球部に乱入して描かせてもらったものらしい。つまりは、雪の上に黒い融雪剤を撒いて描いた富士山ということだ。『白麗の雪舟と呼んでくれ』などと本人は自信満々である。

「ここでも融雪剤アートじゃん」

「知らなかった。グラウンドを使う部はそんなこともしてたんだ」

「え、上手くない？　なんかショック」

エプロン姿でピースサインをしている自撮りと、リーフ模様のラテアートもあった。

「青木くんのお家でアルバイトしてるんだ」

「青木くんの弟さんって、北高に合格したんだってね」

「まじで？　すごい」

「ラテアートもちゃんと綺麗にできてる」

「美味しそう」

「案外赤羽くん画伯なのかも」

「でもこれ、アルバイトというより、青木くん家のカフェに遊びに行っているだけに見える」

美令の指摘はもっともだ。もっともなのだが、何よりも問題は。

「てか、あいつらがカフェでうちらが農作業って、なんかおかしくない？」

和奈が思ったままを言うと、美令と更紗は大笑いした。明るくて煌めくような笑い声につられ、和奈も笑った。

だがふいに、和奈は水に沈んだのだった。時々、ふとしたときにイメージする情景に突然取り込まれた。真っ暗な海の底から水面を見上げている自分。

美令と更紗には何かがある。ポジティブなものだけではないにせよ、確実に自分にはない『特別』を持っている。

二人は水面の上のきらきらした場所にいる。

針が刺してくる。容赦なく。

和奈たちが受け取った報酬は二万円だった。「泊まりでやってもらったのに、少なくてごめんね」と手渡された給金に、和奈たちの誰もが文句を言わなかった。

美令は封筒ごと大事にバッグにしまい込んで呟いた。

「これ、使えないな」

帰りがけ、祖母が部屋から出てきて見送ってくれた。二泊三日の間、和奈たちの前にほとんど姿を見せなかった祖母は、静脈が浮き出た皺だらけの手で、美令と更紗に匂い袋を握らせた。

「これね、作ったの。よかったらもらってくれる？」

「お祖母ちゃん、ちょっとやめてよ」

和奈は祖母の行為を恥じた。祖母はよかれと思っているのだろうけれど、匂い袋も霜原祭りやら霜原踊りやらと同じで、地元の人間だけがありがたがる古いしがらみの一つでしかない。そんな年寄りくさいものが、霜原町にゆかりのない若者に喜ばれるわけはないと思ったのだ。

だが、美令と更紗は嬉しそうにそれを受け取った。

「これが和奈も持っている匂い袋ですね。ありがとうございます」

「私はどんな香りになるんだろう。お婆ちゃん、大事にします」

祖母は二人に目を細め、言った。「和奈の友達になってくれて、本当に、本当に、ありがとうね」

美令と更紗を無事札幌駅北口に降ろし、レンタカーの返却手続きを完了させると、夏月の表情が一瞬弛緩したように見えた。

安堵したのだ。夏月もあれで気を張っていたのだと分かる。

「さ、我々も北極に帰ろう」

メゾン・ノースポールまでは、歩いて十分くらいだ。和奈は歩き出した夏月の少し後ろをついていく。

「美令ちゃんと更紗ちゃん、いい子じゃん。和奈が友達ムーブしたくなるのもこれは納得」

やりたいと言ったことを、二人とも二日間でこなしていた。夏月を含めてみんなで写真を撮ること、夏月とメッセージアプリのアドレスを交換すること。

「うん、いい子だよ。二人とも。二人とも、すごく特別」

きっと二人は、夏月と自分を比べただろう。夏月も二人と自分を比べているだろう。和奈は自分のすぐ足元に視線を落とした。

「特別ね。ま、そうかもね。匂い袋も喜んでくれたしね。お祖母ちゃんも、あれは作り甲斐があったろうな」

コンビニの前を通りすぎる。夏月のズボンとスニーカーの隙間から覗くくるぶしが、白かった。

「夏月だったら」

夏月が肩越しに和奈を振り返った。「何？　言いたいことでもある？」

「夏月だったら、二人のことも分かるのかな」

夏月は失笑した。

「なんで笑うの」

「ごめん、でも笑うでしょ」

「笑わないで」なぜ笑われるのか分からず、和奈は不満を面《おもて》に出す。「馬鹿にしないで」

比較されるのは仕方なくても、嗤《わら》われるのは我慢ならない。

「だからごめんって」

「夏月は分からないってことが分からないんだね」

「和奈は甘ちゃんだなあ」

「甘ちゃんじゃない。私だってちゃんと考えてる」

夏月はからかう者の顔つきだ。「そんなに彼女たちが気になるなら、一度同じ景色を見てみれば？　私ならそうする」

「海に行けってこと？」

「甘ちゃんだなあ」夏月は繰り返した。「来月から受験生なのに」

「甘えてない。っていうか、考えたくなかったのに、受験のことは」

「気をつけた方がいいよ、すぐセンターだから」

「えー、やだやだ」

「来年の今頃は、和奈も大学生になる準備してるね」

大学生というワードが和奈に上を向かせる。ネオン、街路灯、建物の窓から漏れる灯りで、夜空はぼんやり濁っている。

来年の今頃、自分はどうなっているんだろう。和奈は一年後の自分に話しかけた。どうしている？ 大学には受かった？ どんな一年間だった？ 楽しかった？

神様の見張り番の話は聞けた？

「和奈。人の秘密は借金みたいなものだよ。連帯保証人になる覚悟はある？」

夏月は前を向いたままで言った。

「ないなら、知る資格もないんだよ」

美令

リビングから話し声が聞こえる。さっき、母に電話が来ていた。

春休み中、母はもう四回も助かると言った。休みの間はあなたが家にいるから助かるというニュアンスだった。あなたが田舎町に出かけていたときは大変だった、無事に帰って来て良かったとも言われた。実際、大変そうではあった。元アナウンサーの語り口はどんなときも完璧で、自分は間違えていないと主張する。

助け合うのが家族であり、一緒にいなければ助け合えないのだとも言った。嬉しさは分かち合い、辛さも少しずつ負担する。家族は一緒にいなくては駄目、子どものうちは親から離れてはならないというのが、長く受け継がれてきた汐谷の家訓なのだと。あなたは特別だから、なおのことそれがいいと。

通話の気配が途絶えた。スマートフォンを片手に持ったまま、母が部屋に顔を覗かせる。

「今の電話、お父さんだったの。転勤になるって」

何度聞いたかしれない言葉だった。

「東京に戻るのですって」

嬉しそうな母の顔を久しぶりに見た。母は急に若返ったみたいだ。

「偉くなるのよ。だからもう引っ越しは終わり。あなたの転校も最後。良かった。お父さん、今まで本当に」母はそこで急に声を詰まらせた。「大変だったから。美令も分かるでしょう?　お父さん、あなたのことを心配して……あなたのために別の街にしてもらったことだってあったんだから。肩身狭かったと思うわ。帰ってきたらおめでとうって言ってあげてね。お父さんは家を買うって。これからは決まったおうちができるの。初めての家族のおうちよ」

「いつ」

短く問う。

「札幌は九月いっぱい。学校にも言わないとね。美令はどんなお家がいい？　お庭の広さとか、部屋の向きとか、あなたも希望があるなら、お父さんにちゃんと言うのよ」

潤んだ目を拭いて、母はさらに饒舌《じょうぜつ》になる。

「お母さん、電話しながらカレンダーを確認したんだけれど、九月の末はちょうど土日だったの。思えば車の長旅もいいものよね、周りを気にすることもない。来るときは青森で一泊したけれど、今度はどこに泊まりましょうか。新幹線の時刻も見ておかないと。ねえ美令、うんとゆったりした車を借りてって、二人でお父さんにお願いしましょう。いっそキャンピングカーなんてどうかしら？」

無言でいると、母はレバーハンドルを半分押し回し、出て行きかけて留まった。

「転校ばかりであなたも大変だったわね」

「そうだね」

「でも、一人で暮らさなくて良かったのよ」

「そうかな」

「人はね、一人では生きていけないの」母の口調は父の口調に似ていた。「昔の人を考えてみると分かるわ。一人でなんて誰も暮らしていなかった。家族で力を合わせて狩りをし、漁をしたから生き延びられたの。一人でも生きていけると考えるのは、傲慢よ」

両親の口調は、時々お経のように聞こえる。

「転校のこと、一緒にアルバイトをしたお友達にも、伝えてしまっていいわよ。流れる話じゃないようだから」

「そう」

「あなたにお友達ができたなんてね、でも大丈夫？」

「大丈夫って？」

「無理しているんじゃないの？」

母は今度こそ出ていった。

――嫌だなあ。美令と一緒に卒業したいよ。

――もし、お父さんにそんな話が出たら、早めに教えてよね。心の準備するから。

去年の和奈の言葉が、鼓膜の内側を震わせる。

あれを聞いた時、和奈に言う日が来るのかと考えた。次に、来たとして言うかどうかを考えた。

やっぱり卒業までは持たなかったという落胆。

和奈。更紗。二人には告げた方がいいのか。

でも、告げてどうする。告げれば彼女たちとの時間に『転校』が侵食する。愉快でもない話題に時間を取られるのは惜しい。神様のことだって訊かれるだろう。最後なのだから秘密を話してほしいと言われたら。何より告げて何かするわけでもない。だったら黙っていてもいいのでは。

それとも、友達なら何かするのか？　何を？　例えば？

孤立無援の戦火の中に、彼女たちは飛び込んでくるというのか？　まさか。

窓を開けて下を見た。十八階の高さから見下ろす車や街路樹は、ジオラマじみていた。アスファルトは雪解けに濡れていて、タイヤが水を蹴《け》散《ち》らす音がここまで届く。和奈の祖母からもらった匂い袋を、そっと鼻先に近づけた。

冷たい砂の匂いがした。

「……九月に北が真っ暗、か」

『パート・オブ・ユア・ワールド』のメロディが口をついた。どうせ誰にも聞こえていない。だってここは砂漠だ。

和奈

その日、生徒ロビーから中庭に抜ける扉の施錠が解かれた。四月第三週月曜日のことだ。

昼休みにさっそく中庭に出て弁当を食べた一人が、赤羽清太だった。

『中庭解禁日は、みんなで一緒に昼飯食おうぜ』

清太はトークルームを使って誘いをかけてきた。

『三年になってからクラスバラバラになったからさ、たまにはみんなで近況を語り合いたい』

自由行動組の五人は噴水まで出てみた。しかし、清太以外は生徒ロビーにとんぼ返りした。まだ外で弁当を広げるには微妙な気温で、また水を涸《か》らして久しい噴水は、端的に言って汚かったのだ。

一人頑張った清太も、やはり寒さと寂しさがあったのだろう、猛烈な勢いで弁当をかっこんでロビーに帰ってきた。

「廊下の窓からめっちゃ見られたわ。みんな暇だな」

「そりゃそうだろ。無理して食うまでしなくても」

「あの噴水、どうするんだろうね。このまま遺跡化するのかな」

更紗が発した遺跡という単語に、和奈は美令を横目で見る。転校当初からしばらく、美令はそれこそどんな遺跡にも負けない観光名所だった。忘れかけていたその事実を、新入生たちが思い出させる。

生徒ロビーの丸テーブルで弁当を広げる美令を、そこらにいる生徒たちは眺める。特に新一年生は、かなり無遠慮に注目する。あの人誰、例の三年生じゃないという囁きも聞こえてくる。制服の真新しさよりも視線の留まらせ方で学年が分かる。

美令は涼しい顔のままで、シュウマイを口に運んだ。

冬休み前に提出した進路希望調査書の内容をもとに、白麗高校三年生はクラス替えがなされた。青木萌芽が一組、城之内更紗が三組、赤羽清太が八組。汐谷美令は二組。

そして松島和奈も美令と同じ二組だった。

自由行動組五人のうち、四人までが理系クラスに編成されたことに、一人文系クラスに離された清太は不満が残っているようで、「俺も理系にすればよかった」などと繰り返し、こうして五人で旧交を温めようとする。自由行動組の付き合いが続くのは和奈も歓迎だったので、それについては何も言うことはない。

美令とまた同じクラスになれたのは、嬉しいことだった。時に劣等感を刺激されるとしても、彼女にはそれだけの魅力がある。

和奈は、始業式の日に新しい教室の中で美令を見つけるや、歓喜のあまり即座に言った。

——また一緒になれてよかった。結局美令も、国立理系志望で出してたんだ。

その時美令は、どこか気まずそうにこう答えたのだった。

——本当を言うと、どこでもよかったの。

特に決めていない、考えていないから。そんなふうに美令は答えたのだ。あの美令が。

そんなことってあるだろうかと、和奈は愕然《がくぜん》とした。三年次からは授業内容も理系と文系で違ってくる。明確に受験に関わる。受験に関わるというのはイコール将来にも関わる。なのに進路や志望を決めていないだなんて。ホワイトイルミネーションを見に行った時に、行けたらいいなと思っているところがないわけじゃないと言っていたが、そこはどうでもいいのか？　よく考えたらあれも美令にしたら煮え切らない答えではあったけれど。

そんな思いを、美令はある程度読み取っていたのだろう。彼女は和奈をこう言って納得させた。

——足りない分は、自分で勉強すればいいことだから。

もしも文系、または他の分野に乗り換えるとしても、自分の努力で何とかする自信はあるということだ。そう言われれば和奈も、渋々ながら受け入れるしかなかった。

「でさ、萌芽と城之内は早朝課外どうなんよ？　受験に役立ちそうなん？」

清太が訊いた早朝課外とは、白麗高校で実施している受験生用の課外講習のことである。

去年、白麗高校から国立へ進学した現役生の八割は、課外講習を受講していた。授業前の早朝に一コマ実施され、曜日で科目が異なる。萌芽と更紗は数学と理科の選択科目を受講していた。

先日和奈は、受講を終えた萌芽と更紗が、並んで教室の方へ歩いてくるのを見てしまった。見てしまった瞬間、心臓が雑巾《ぞうきん》と化して第三者に絞られたような、嫌な感じになった。二人は何というか、お似合いだったのだ。

「青木くんって、もう受験先を決めているんでしょう？」

更紗が萌芽に尋ねた。萌芽はサンドイッチの最後の一口を飲み込んでから、それに答えた。

「北大の保健学科」

「本当？　てことは、看護師志望？」

「ん？」

きょとんとなった萌芽だが、次に彼はあっさりと置き去りにされた。新一年生二人がテーブルに近づき声をかけてきたためだ。

「すいません、先輩」中学校から遠征してきたような初々しい男子生徒二人は、美令に声をかけた。「今日の放課後、同好会を見学したいんですが、いいですか」

百人一首部の部長——正確には同好会会長だが——和奈を差し置いてだ。

「会長はこちらにいるの」

美令が隣に座る和奈に右手を向ける。

「あ、すいません」

同じことを繰り返した二人に、和奈は歓迎すると答えた。

「あの二人が入部したら、部も安泰じゃね？」

清太が言えば、萌芽も続く。「あんまりヤバそうだったら、俺らが掛け持ちで入部届だけ出しとくかって話してたけど、全然杞憂《きゆう》だったな。どう、百人一首って面白い？」

「まだ全部の札は読めないけど、取っていると時間を忘れられるよね」

「藤宮先生が、歌にまつわるいろんなことを教えてくれるのも楽しいよ」

「藤宮って暗くて地味っぽいけど、いい先生なんかな。ブリザードの時も車出してくれたしな。授業受けてみたかったな」

「担任持ってないよな。一年の副担だっけ」

「私も最初、御百度参りしてそうな先生って思ってたけど、意外に歳の離れたお姉さんみあるよね。ね、美令ちゃん」

美令と更紗は新年度を機に、入部届を出してくれた。これもまた新年度を機に下級生二人が退部してしまったことを、彼女らなりに気遣ってくれたのだろうと、和奈は受け止めている。美令ははなから幽霊部員枠に片足を突っ込んでおり、部活動に参加する曜日は月曜から水曜まで、しかも五時を過ぎると先に帰宅してしまうのだが、それでも書道室には大きすぎるほどの存在感だ。

いったんは同好会に格下げとなったが、すでに二人の一年生女子が入部しており、来月からはまた部に返り咲く。先ほどの二人が入部すれば、美令と更紗がいなくても五人以上の要件は満たすこととなる。

「今後も部は続けるの？」

萌芽が訊いた。美令と更紗は顔を見合わせ、それぞれ頷いた。

「続けるよ。せっかく入部したんだし」

「私も。書道室に行けば美令ちゃんと和奈ちゃんといられるもんね」

役目を果たしたとばかりに二人が退部しないかを案じていた和奈は、その答えに胸を撫で下ろした。

新年度になり、白麗生らの美令への陰口は綺麗に消えたわけではないものの、陰口の急先鋒だった楠木らはかなりトーンダウンした。クラス替えに伴うグループ解体に加え、顔の広い更紗が彼女たちとも上手く付き合い続けているからだろう。実は新一年生が美令を見る目には、下世話な好奇より純粋な羨望が強い。

先ほどの二人だって、きっと美令がいるからこそ見学に来る。会長の自分がいるのに、二人は美令だけを見て話した。

美令といるとどうしてもそうなるのだ。自分はその他大勢の、価値のない人間だと突きつけられる。

もしかして、隣にいるのは場違いと思われていたりするのだろうか。だとしたら悲しいし、何より不本意だ。私だって……。

俯き加減になった和奈をよそに、清太はテーブルの中央でスマホの画面を見せた。

「だからさ女子もさ、この垢《アカ》フォローしてよ。俺、投稿用アカウント作ったわけ。最初が萌芽の写真ってのが先行き怪しいけどさ。いい感じにバズりてー。有名になりてー」

「なってどうすんだよ」

「そんなことなってから考えるわ。あとさ、ちょっと早いけど、夏休みみんなでどっか行かね？」

「マジで早すぎるだろ」

「学校祭は八月の末？」

訊いたのは美令だった。萌芽がすぐさま答える。

「そう。八月の末っていうか九月の頭っていうか。今年は八月三十一日、九月一日の二日間だったはず。そういや汐谷が転校してきたのって、去年の学校祭の前だったたな」

「懐かしいね。あのころは美令ちゃんとこんなふうにお喋りするなんて、思わなかった」

「城之内さ、東京の人とか言ってたじゃん」

「ごめんね、美令ちゃん」

「ううん、別に。学校祭の後の九月って、何かあった？」美令はその後を気にしているようだ。「修学旅行みたいなイベントとか」

「修学旅行はさすがにないよ。もう行ったろ」

「宿泊がある行事って、三年になるとないよね」

「そのころになると、受験モードなんじゃね」

「うちらついに受験生になっちゃったんだよね。あと一年の命」

受験というワードが出た瞬間、美令の目が逸らされた。和奈はその先を追わなかった。どこか別の先へ向けたという逸らし方ではなく、どこでもない虚空を眺め出したという感じだったからだ。

あたかも、今の話題は自分に関係ないと言わんばかりの距離感。

「さすがに美令ちゃんはもう転校しないよね？」

更紗の言葉で、美令の目がこちらに戻った。その目に和奈ははっとした。虚を衝《つ》かれた者の目だったのだ。更紗が慌てふためく。

「え、やだやだ。するの？　嘘でしょ？」

整った顔が小さく横に振られたので、和奈は思わず安堵の息を吐いた。

「受験生を転校させる親ってなかなかいねーだろ」

「だよな」

男子たちはあっさりと話をまとめてしまった。

生徒ロビーの人の動きが慌ただしくなり、予鈴が鳴る気配が校舎に満ちる。

席を立った美令が、自分の体で目隠しをしながら、スマートフォンを見たようだった。

例のアプリだと、和奈は直感した。神様の見張り番だ。偶然見えた誰かの後ろ姿を、和奈は忘れてはいない。あれは誰だったのか。訊けるはずもない。

――連帯保証人になる覚悟はある？

覚悟はない、わけじゃない。

和奈はランチボックスを小さなトートにしまい、自分も『イマトモ』のトークルームを覗いた。

クラスメイトの悪口、教師への文句、学校行事への不安、いくつかある中学生たちの呟きの中、アヤミのアイコンの吹き出しを一つ見つけた。

『今日の給食も一人』

『イマトモ』での和奈の担当は、新年度から中学二年生ルームになった。アヤミもそちらに引っ越し、ぽつぽつと独り言のような投稿を続けている。それで和奈は、クラス替えの後もトラブル相手と同じクラスになったらしいことを知った。

『仕方ない。クラス替えって私の好きになるものじゃない』

『あの日に戻ってやり直せるなら、私は泣かない』

『でも、だとしたら、その涙はどこに行くんだろうなって』

アヤミの呟きをあしらいながら、彼女に伝えたいと思った春休みの夜のことを、和奈は自分の中でこねくり回した。しかし、それはうまく形にはならず、ますます歪になっていくようだ。和奈の他は、相変わらずフォビドゥンが時々現れて、聞き役になっている。


生徒ロビーで声をかけてきた二人の新一年生、穂村《ほむら》と渡辺《わたなべ》は、入部届を携えて見学に来た。聞けば、中学校でもクラブ活動で百人一首を楽しんでいたという。すでに入部済みの鈴木《すずき》と田中《たなか》を加えて、一年生同士での対戦も喜んでこなしてくれた。一戦終わってすぐ、彼らは入部届を藤宮に提出した。

「木曜日はお休みなんですか？」

穂村が確認してきた。

「うん。今年からそうした」

答えながら和奈は、横目で美令を見た。木曜日を休みにしたのは、美令が不在だからというたった一つの理由による。清太と萌芽は始業式から自転車で登校してきており、『奇行の人』とまで呼ばれた例の習慣は再開されていた。

「それって先輩がどっか行くからですか？」

田中が胸の前に垂らした自分の長い三つ編みを撫でながら訊いた。美令の習慣は、新一年生の間でも噂になっているようだ。

「田中さんは木曜も活動したい？」

藤宮が口を挟んできた。田中は「いえ、一日休みがある方が楽です」とあっさり退《ひ》く。田中は腰まである長い髪を後ろで一本の三つ編みにしている。まるで蛇をぶら下げているみたいだ。逆に鈴木は運動部員のようなショートカットだ。二人は次の対戦に向けて、札を並べ始めた。

「人シリーズむずいよね」

「俺、みその札好きです」

「みそぎぞ？」

「乙女は？」

一年生たちは早くも打ち解けだした。

「和奈ちゃん」更紗が小さな声で話しかけてきた。「和奈ちゃんって、志望校決まってるの？」

随分と唐突な問いだった。

「へ？　なんで？」

「青木くんが知りたいんじゃないかなって思って。決まってるなら教えてあげたら？」

「え？」知らず声が半音高くなった。「青木くんが？」脳のスクリーンに萌芽と更紗の二人が映る。「なんで私？」お似合いだと思ってしまった二人。心臓が雑巾になる。ねじれてスパイラルする。

「青木くんって和奈ちゃんのこと好きなんじゃないかな。和奈ちゃんもでしょ？」

更紗の囁きは焼き石鍋の石みたいだった。放り込まれたそれで、和奈の心は動揺に沸騰《ふっとう》してしまった。

「え、なんで？　違う、違う。そんなわけないじゃん、なんで？　え？」

恋愛なんて幼稚なものは、中学で卒業した、そう思って白麗では過ごしてきた。

「てか、むしろ更紗の方が……」

青木くんとお似合いだよ。

その言葉はどうしても出てこなかった。

「あれ？　ごめん、違ってた？　私の勘違いかな。自信、はちゃめちゃにあったのに」

更紗はあっさり引いた。

藤宮が一枚目の空札を読み上げた。いくつかの注意が去っていき、和奈は自分が一年生たちに様子を窺われていたと気づく。美令は一人で慌てふためいた和奈を最後までスルーした。歴然たる大人に見えた。

「美令、今週の木曜も行くよね？」

部活の後、美令と更紗と三人で生徒玄関へ向かいながら、和奈は確認した。

「大雨が降っていなかったら」

「私も一緒に行きたい。いい？」

「わー」更紗が大きく目を開いた。「和奈ちゃんも海に行ってみるの？　すごい」

美令は釘を刺してきた。

「海って言っても、手前までだよ？　一度写真を見せたことあるでしょ。新港の手前から見るだけなの。それ以外は何もしていない。面白くないと思うよ」

そばまで行って、波打ち際で遊んでいるのを期待しているのなら、期待外れだと言いたかったのだろう。もちろんそんなことは問わない和奈だ。

同じ景色をまず見てみたいと和奈は思う。それが見られたら、連帯保証人になる覚悟もより決まると思う。一つの自信にもなるとも。美令だって一目置くだろう。

もしも自分を選べるなら、美令の隣に立てる自分を選ぶ。それには何より自信が必要不可欠なのだった。

「お願い、いいでしょ。邪魔しないから」

お願い、お願いと和奈が言い続けると、美令はようやく頷いた。

「本当に、邪魔はしないでね」

和奈

同じ景色を見てみるんだ。

和奈は緊張しながら一組に入った。早朝課外を終えて自席に座った萌芽に近づく。

木曜日の美令は、清太から自転車を借り受けて海へと向かっている。美令と一緒に自転車を漕ぐとなれば、萌芽から借りるしかない。

教室の誰もが、萌芽に話しかける自分を見ている気がした。

「あの、青木くん。お願いなんだけど」

萌芽は眼鏡の角度を整えながら、机の横に立った和奈を見上げてきた。

「何？」

和奈は一気に言った。

「木曜日の放課後、自転車を貸してほしい。美令と一緒に海に行ってみたいから。青木くん、部活でしょ。終わるの七時過ぎ？　その頃までには戻ってくるようにするから」

萌芽は驚きを隠さなかった。

「松島さんも行くの？　マジで？　大丈夫？」

「大丈夫って、どうして」

「風強いよ。俺の自転車アシストないんだ。まあ清太のもないっちゃないけど」

「でも、最初は美令も、青木くんの自転車借りたよね。それで見えるところまで行けてた。気をつけて乗るから。お願い」

予鈴のチャイムが鳴った。三年から担任になった数学教師の林《はやし》は、本鈴の一分前には教室に入ってくる。

「今日帰ったら、タイヤの空気確認しとく」

萌芽は了承してくれた。


木曜日の放課後。駐輪場で萌芽は、弓道場の方角を振り返って言った。

「六月が最後の大会だから、冬より遅くまで練習しているけれど、それでも七時半には俺ら帰るから」

「分かった。それまでには戻るよ」

「和奈ちゃん、美令ちゃん、気をつけてね」

更紗は大丈夫だろうかという顔だ。和奈が乗った萌芽の自転車は、慣れないフラットハンドルだ。それでも彼らの心配を振り切るように出発する。

美令を先頭に車道の端を行く。美令がこちらを気にしているのが分かる。ちらちらと後方を窺う美令に、その必要はないと、和奈はワンブロックほど進んだあたりで声を張り上げた。

「美令、大丈夫。ついていってるよ」

「ハンドル、慣れてきた？」

「大丈夫、行ける。ぐずぐずしてると、追い越しちゃうよ」

美令の笑い声が流れてくる。

幸いにも空は晴れ、気温も季節を一ヶ月先取りしたように暖かい。ペダルを一漕ぎするごとにハンドルの違和感は薄れていく。霜原町で乗っていたママチャリが、いかに前に進みづらいものだったかが実感される。

これなら案外すぐに海まで行けるのではないか。和奈は快調に漕ぎ進め――程なく息が切れてきた。

住宅地を過ぎ、畑や空き地などが現れ出したとはいえ、まだ市境の川も渡っていない。遮るもののない場所には風が強く吹く。スカートが捲《まく》れるが、片手で押さえるとバランスが危うくなる。和奈は中にスパッツを穿《は》いていなかった。

「きっつ」

サドルから腰を上げ、体重をかけてやたら重いペダルを踏み込む。和奈の太腿《ふともも》はとっくに強張《こわば》り、痛みを訴え出している。これなら自転車を捨て、マラソン感覚でゆっくり走った方がマシなのではないか。向かい風の中、美令はスピードを落とさない。しっかりとハンドルを握り、肘を胸元に折りたたんで、前傾姿勢を取っている。競技自転車などで見るフォームに近い。天頂と繋がっているかのようないつもの姿勢ではないが、機能的な美しさがあった。

その背中が少しずつ離れていく。

「美令、美令」

和奈は必死に叫んだ。美令の自転車のスピードが緩み、止まる。

「美令、速いね。鍛え方が違う」

毎週乗っているとこうなるのかと、ついスカートに隠れた太腿に注目してしまう。美令は自分の腿を平手で軽く叩いてみせた。

「黄金の太腿って言って」

「勿体ないよ、スタイルいいのに。太くなるなんて嫌じゃない？」

いったん自転車を降り、押しながら歩くことにする。美令の背で彼女の髪が風になぶられている。

「風すごくない？」

「橋のあたりはもっとだよ。新港の手前も結構吹いている」

「えー、マジで」

片手で前髪を整えようとしたら、自転車が傾《かし》いでしまい、和奈はひやりとした。

「そうだ、美令って一人っ子だよね。お姉さんはいないよね」

「いないけれど、急にどうして？」

「疲労を雑談で紛らわせようという魂胆」

後ろ姿の美令が笑った。和奈は畳み掛けた。

「お父さんはゼネコンに勤めてるんだよね。お母さんはどんな人？」

和奈の頭には、修学旅行の際に漏れ聞いた女性の声と、春休みの夜に偶然目にしたスマホの中の細い後ろ姿がある。声は中年女性の印象を受けたが、もっと若いかもしれないし、逆かもしれない。声と後ろ姿が同一人物なのかも分からない。あれらを美令の母親と決め込むつもりもないが、尋ねるくらいはいいだろう。

美令の答えは至って単純だった。「普通の人だと思う」

「美人？」

「どうかな」

「美令はお母さん似？」

「うーん」

「うちの母親三十九歳なんだけど、美令のところは？」

「若いね。私の母はもっと上。今年四十五歳」

「ずっとお父さんとお母さんと三人暮らしなの？」

すると、美令の歩みがほんの一瞬止まった。

「美令、どうかした？」

「和奈は神様のことを訊きたいのかな？」

振り向いた美令は鮮やかなまでの笑顔である。見事に看破された和奈は、慌てて話題を変えた。

「じゃあさ、卒業までに何かしたいことある？　受験勉強以外で、何か、そうだな、卒業旅行とか考えてる？」

またも、美令の歩調に刹那の静止が入り込む。

――さすがに美令ちゃんはもう転校しないよね？

後ろ姿の美令の顔は窺い知れない。でも和奈は、あの時と同じだと思った。虚を衝かれたがゆえのストップ。

胸が騒ぐ。美令は振り向かず答えもしないまま、サドルに跨《また》がった。

「そろそろ行こう」

「えっ、待って。もう？」

「時間は有限なわけ」

美令は本当に乗って漕ぎ出してしまった。

歩いて休憩したはずなのに、ふた漕ぎくらいでもう和奈の太腿は不満を訴え始めた。心臓や肺も悲鳴を上げる。もともと和奈は体育が苦手なのである。

交差点を美令が右に折れた。ますます風が強くなる。

無理無理無理無理。苦しい。今脈拍どれくらい？　限界。死ぬ。死にたくない。

市境の川を越える橋がようやく視界に入る。美令が離れていく。

「おぎゃー！　無理！」

和奈は自転車を降りた。橋に差し掛かっていた美令は、そのまま渡り切ってしまった。

ついに置いて行かれたと思ったが、これ以上はとても漕げなかった。

橋を渡り切った先で、美令が止まってこちらを見ている。

「和奈、大丈夫？」

ようやく美令のところまで辿り着いた。美令はまるで平然としている。髪やスカートも風に吹かれているのだが、和奈のように乱れてはいなかった。

なんで。

美令は何も悪くないのに、つい和奈は恨めしい目を向けてしまった。

「行ける？」

「……ゆっくりなら」

美令の顔が曇った。「ゆっくり行くと間に合わなくなる」

「そんなに急がなきゃ駄目?」

「時間は有限」

和奈は何度か深呼吸をして息を整え、もう一度自転車に乗った。橋は渡った。風が吹き荒《すさ》ぶ区域は過ぎたはずだと、自分を励ました。

けれども、結局和奈は石狩市の新興住宅地を抜けられずに止まってしまった。三度目のストップともなると、もう走り出せなかった。和奈は自転車のスタンドを立てて、その場にしゃがみ込んだ。

「……ごめん、美令。もう無理。限界。てか、限界も突破した」

「どうする? 帰る?」

「うーん」

美令と同じ景色を見たいのは山々だが、体力の限界だ。あの風の道を自転車通学している萌芽らは、男子だからできるのだ。そういえば石狩市からくる女子生徒のほとんどはバス通学だ。

ブレザーの下のブラウスが、肌に張り付いて気持ち悪かった。

「はあ。休みたい」

弱音を吐くと、美令はあっさり和奈を捨てた。

「じゃあ、和奈はこの辺で少し休んでから帰ったら。私は行くね」

「一人で行っちゃうの？」

「だって七時半までに戻らないと。何があるかは分からないから、七時までにはと思っておきたいし」

「美令は大丈夫なの？　キツくない？　私ここまででも、めっちゃ辛い。地獄を見た。なのに行くの？」

「キツいよ。じゃあ、行くね」

「なんで行くの？」

まったく当たり前のように、水が上から下に流れるように、和奈は訊いていた。なんで行くのか。キツいと認めているのに。

「じゃあね」美令はペダルに足をかけた。「この近くに青木くんの家のカフェがあるから、そこで一休みしたらいいかも」

美令がずっと先で角を曲がったのを見届け、汗が引いたところで、和奈はのろのろと立ち上がった。夕方で、下校する児童生徒の姿もそれなりにある。道端で泥酔者のように休んでいる女子高生は、奇異の目で見られる対象だった。ふと、今何時だろうとスマホを見ると、四時四十五分だった。二時間もあれば、さすがに白麗高校には帰れるだろう。自転車を押して歩いたって、大丈夫だ。

和奈はフラットハンドルを握りしめた。

「あのう、大丈夫ですか？」

詰襟姿の少年に話しかけられた。短髪で清潔感のある顔立ちは、少し幼さを残しているようで、中学生なのか高校生なのかは判然としなかった。

「具合が悪いんですか？」

少年は和奈を気遣いながら、たびたび自転車に視線を送った。女子高校生が男子が乗るタイプの自転車を押していることが、不思議だという顔である。

「大丈夫です、すいません」

和奈はよろよろと自転車に乗った。


風が強ければ降りて押し、和奈は無理をせずゆっくりと白麗高校へ戻った。ゆっくりとなら問題なく進めた。行きは自分にはオーバーペースだったようだ。

帰りながら和奈は考えた。どうして美令は海へ行くのだろう？　新港の海はコンクリートに阻まれている海だ。手を伸ばしても容易には触れられない。あの風に逆らって、あれほどキツいのを我慢してまで行って、遠くから見るだけ。

六時過ぎに和奈は白麗高校に着いた。駐輪場の所定の位置に萌芽の自転車を停め、鍵をかけて、その鍵を下足入れに戻しておく。

下足入れを閉めた瞬間、和奈は猛烈な敗北感に襲われた。

情けない。一から十まで無駄な時間だった。美令は呆れただろうな。自分でも呆れてるくらいだし。恥ずかしいところ見せちゃったな。

和奈はすのこの上にしゃがんだ。

でも、あの風ならみんな無理じゃないの。私が特別ヘタレってわけじゃない。

自分への言い訳を積み重ねながら、和奈はしゃがんだ姿勢で、履いているスニーカーの爪先に視線を落とした。

あまり汚れていなかった。

――和奈は甘ちゃんだなあ。

間引きバイトから帰ってきた夜の夏月の失笑が、一人きりの生徒玄関に響き渡った。

――甘ちゃんだなあ。

和奈は右手の拳《こぶし》で、汚れなかったスニーカーの爪先を叩いた。

駄目だ、こんなのは。

こんなの、まるでそこらの平凡な女子じゃないか。どこにでもいる名もなきモブと同じ。

それでいいのか？　いいわけない。

やってみたけど無理でした、なら、誰だってやれる。

和奈は立ち上がった。スカートについた埃を払う。

——もし私が海の見える街に生まれて、毎日のように海を見て育ったとしたら、きっと、今とは違う私になってたって。

そうだ、これだ。過去の私だってこう言ってる。美令は週一で行けてる。遠いけど、行こうと思えば行ける距離に海はある。ここはぎりぎり海の見える街なんだ。最初から自分のペースで走るならきっと行ける。

もう一度頑張ってみよう。

今とは違う、私が想定する私になるんだ。甘ちゃんだなんて言わせない。

萌芽

「兄ちゃん、女子にチャリンコ貸したの？」

帰宅するなり大我に訊かれて、萌芽はびっくりした。

「なんで知ってんの？」

「やっぱあの人そうなんだ。あの人が東京から来て毎週海に通ってる人？　でも聞いてた話と雰囲気違ったな。映画に出たことある感じじゃなかった。なんかもっと普通だった」

「俺が貸したのは、元々白麗にいたやつだよ。東京から来た子と一緒に自分も行きたいって頼まれたから貸した。で、なんで知ってんの？」

「その人、一人で道端でバテてた」

萌芽は吹き出しかけて、すぐに心配になる。

「大丈夫だったか？」

鍵は返却されていたのだから、大したことはないのだろうが。

「あの人、彼女？」

「え？」

「な訳ないか。早く着替えてきなよ。兄ちゃん待ってたんだよ。夕飯、今日生姜《しょうが》焼きだよ」

豚肉の生姜焼きのいい匂いは、玄関まで漂って来ていた。萌芽と大我兄弟の大好物だ。

翌日の金曜日、早朝課外講習を終えた萌芽は、更紗と教室まで移動した。

「青木くんは成績いいからいいよね」

「いや、数科目尖《とが》ってるだけ。他がヤバい」

「でも二次試験で稼げそう。北大の保健学科だよね。看護師目指してるの、意外だったな」

先日の生徒ロビーでの勘違いを、更紗は蒸し返した。タイミングを逸して訂正しないままだったことを思い出し、萌芽は正しい情報を伝える。

「いや、専攻は理学療法学にしようと思ってる。昔テニス肘で世話になったから」

「なんだ、そっちだったの」

「城之内は？　私立の理系って女子では割といないよな」

「んー、志望してるだけだからね。本当は国立行けたらいいんだけど、教科増えちゃうのがなあ」

学びたいことは定まっているが、現状の成績や得意不得意科目を鑑みて私大ルートを選んだといったニュアンスが、更紗の言葉にはあった。

「家のためにも国立の方がいいことは分かってるんだよね。行けそうな国公立があれば、志望とは多少違ってもそっちにすべきかなとか」

「城之内も国立視野に入れてみたら？」

更紗のその言葉は、萌芽をほんのり安心させた。更紗は市営住宅に住んでいると聞いた。母子家庭で、母親が働いているという話も小耳に挟んだことがある。

そんな相手が、家のことを考えて進学先を妥協するかもしれないと言っている。

つまり、家庭の事情で将来の夢を諦めるのも、ありふれた判断なのだ――。

萌芽の理学療法士は、実は妥協の結果だった。成績、家の経済状況、卒業後の就職実績、そういう点を加味し、萌芽は幼い頃からの夢である天文学者を諦めた。学者になれるほどの学力はおそらくない。大学院まで行く学費は百パーセントない。仮に大学院を修了しても、その後、安定して稼げる就職先が見つかるかどうか。萌芽の家には借金がある。昔、叔母《おば》に金を貸したらトンズラされたのである。借金取りが押しかけてきて、幼かった萌芽と大我にもその事実が知れた。

受験は夢や目標への第一歩とは限らない。萌芽の受験は、なりたかった自分との訣別《けつべつ》だった。

だから、自分と似た境遇の誰かが、自分の好きに進路を決められているとは思いたくなかった。安心したのはそのせいだ。

己の考えの身勝手さに気づいた萌芽は、安心を萎れさせて一人凹《へこ》んだ。

そんなことなどつゆ知らずなのだろう、更紗は昨日海を目指した美令と和奈のことを話し出した。

「和奈ちゃんも初めて自転車で行ったわけでしょ？　美令ちゃんはいつもの道だろうけれど、和奈ちゃんは行けたのかなあ。トークルームでも、特に何も言ってなかった。もう、なんで？　教えてくれたっていいのにね。こっちは心配してたのに。写真とか撮ったなら、送ってほしかったよね」

「ああ、それは行けなかったらしいよ」

「なんで知ってるの？　あれー、怪しいなあ」

「違う、たまたまだよ。あいつどうやらうちの近くでリタイアしたっぽくてさ」

弟が萌芽の自転車を押して歩く和奈を目撃したことを話すと、更紗は笑った。

「そうなんだ、和奈ちゃん大変だったんだね。今日は筋肉痛かな」

その和奈の姿が、生徒が行き来する向こうに見えた。更紗も気づいて手を振る。

「なんか怖い顔してない?」

更紗が呟いた。

更紗の言うとおりだった。萌芽は眼鏡の位置を調節しながら、こちらに近づいてくる和奈を二度見した。それほど切迫感に満ち満ちた、一世一代の決意を漲らせた顔だった。

「和奈ちゃん、昨日はお疲れ様。どうしたの、怖いよ顔」

和奈は更紗の言葉を、唇を横に引いただけの作り笑いで受け流し、萌芽に詰め寄った。

「お願い。もう一度だけ自転車を貸して。今日貸して。七時までには戻るから」

「んで、鍵がないと」萌芽の隣で、清太が鼻の付け根に皺を寄せた。「トークルーム見ろよ。松島からメッセージ、入ってるんじゃね?」

「入ってる。ちょっと遅くなりそう、ごめんなさい……六時三十六分の投稿だ」

「どこから送ってんだそれ」

「分かるわけない」

とりあえず萌芽も『部活終わった。早く自転車返してくれ』と投稿した。

グーグルマップで美令に教えられた目的地ポイントをチェックし、本気で昨日のリベンジをするつもりだったのだろう和奈は、戻ると言った時間に戻らなかった。晴れた一日で、風は穏やかだった。条件は昨日よりもいいはずだ。

午後七時過ぎに弓道部の練習を終え、下足入れを見てみれば、貸した自転車の鍵がまだ返っていなかった。帰宅の足を奪われた形の萌芽は、やむなく生徒ロビーでグレープフルーツジュースを飲みながら待つことにした。生徒ロビーは廊下を挟んで玄関の向かいである。静かであれば物音も聞こえる。下足入れの蓋の開閉音も、気をつけていれば聞こえるはずだった。

なぜか清太も一緒に待ってくれた。

「おまえは帰れよ。ここから家まで長旅なんだろ」

「萌芽は松島と二人きりがいいのか?」

「じゃあ、いろ」

待つ時間は遅々として進まなかった。遅くまで練習していた野球部が、続いて男子バスケ部の連中が生徒玄関にわらわらとやってきては、わらわらと校舎を出ていく。バスケ部のキャプテンで三年の小沼《おぬま》が、居残る二人に気づいて声をかけてきた。

「赤羽と青木じゃん。なんで残ってんの?」

「訳ありなんだわ」

「八時になったら見回りくるぞ」

賑やかな男子連中が去ってしまうと、薄暗い生徒ロビーは一段と静かになる。萌芽は丸テーブルを挟んで座る清太と、取り止めのない話をするしかない。

「松島ってさあ、なんで急に汐谷の真似し出したんだ？」

清太の疑問は大抵素直だ。

「松島なりに考えるところがあったんじゃないか」

「昨日バテてすぐ今日って、割と無理じゃね」

「根性あるのかないのか、よく分かんないな」

「めっちゃ意識してるよな、汐谷のこと。仲はいいと思うけどさ」

「だからこそ、汐谷のことを理解したいのかもな。二年のクラスで最初に友達っぽくなったの、彼女だから」

「そもそもなんで一緒にポスティングやるって手を挙げたんだろうな」

「さあ」

和奈に限らず、女子のことは、萌芽には謎だらけだ。彼女たちは自分たち男子には知覚できない色が見えているみたいだ。

話に区切りがつくごとにトークルームを確認していたら、先ほどの萌芽の投稿に更紗が反応していた。

『和奈ちゃん、大丈夫？　何かあったんじゃないよね？』

『もう暗いよ。男子、捜しに行けない？』

更紗の投稿を見て、やにわに萌芽も心配になった。

「何かあったのかな」

単に遅くなっているだけと思っていたが、日はとっくに落ちているのだ。橋の付近は原野で人気《ひとけ》がない。飲んだばかりのジュースの酸味と苦味が、胃の中で変に強まっていくような感覚に、萌芽は顔をしかめた。

『松島、おまえどこにいる？』

投稿に返事はなかった。既読の数からして、更紗しか見ていないようである。

ますます胃の中が酸っぱくて苦い。萌芽はすでに自転車を貸したことを後悔していた。

一秒ごとに頭の中の想像が不穏さを増していく。

「先生に相談すっか？」

「汐谷の時みたいに？　あの百人一首部の先生に？」

「いるかな。百人一首部、部長いないんじゃ今日は早々に終わったんじゃね。城之内も帰ってるみたいだし」

最悪だ。萌芽はまだ少し残っているジュースのパックをゴミ箱に叩き捨てた。

どうして自転車を貸したんだろう。貸さなきゃよかった。貸さなければ、彼女は危ない目に遭わないですんだのに。海を見にいくなんて、そもそも馬鹿げてる。日も暮れたこんな時間に一人で自転車を漕ぐ彼女。原野、畑、灯りが消えたユニットハウス、人気のない場所は結構ある。自動車の往来は絶えないが、それはそれで違う心配が生まれる。事故ったんじゃないか。路肩に寄った車に引っ掛けられたんじゃないか。とにかく貸したのは軽率だった。

萌芽はロビーの席を立った。

「清太、チャリ貸してくれ」

「どうすんだ」

「迎えに行ってみる」

時刻は七時四十五分になった。和奈が遅くなりそうとのメッセージを投稿して、ほぼ一時間だ。もう黙って待っていられなかった。萌芽は清太が手にしている自転車の鍵をひったくり、外履きを突っ掛けた。

玄関を出てすぐ足が止まる。

昇降口のすぐそこに、自転車を押す和奈がいた。今戻ってきたのだ。

和奈はすぐに萌芽に気づいて、しょぼくれていた眉をますますしょぼくれさせた。

「……ごめん、遅くなって」

「ほんとだよ」萌芽は思わず怒鳴った。

「何やってたんだよ」

怒鳴りながら萌芽は、和奈の姿を頭のてっぺんから爪先まで検分していた。どこか汚れていないか。転んだんじゃないか。怪我をしていないか。泣いたあとはないか。疲れてぐったりしてはいるが、事故や事件を思わせる痕跡《こんせき》はなかった。そのことにひどくほっとすると、心配は化学変化のようにさらなる怒りに変わった。

「おまえさ、何時に戻るって言って出たんだよ」

清太が能天気な調子で「遅かったじゃん、おかえり。無事かあ？」と声をかけた。「松島。萌芽めっちゃ心配してたんだぞ。萌芽、よかったな」

和奈は首の骨が折れたかのように俯いている。

「心配してくれてたんだ、ごめん」

「そりゃするよ。しないとでも思ったのかよ」

「気にしてないかと思った」

「なんでだよ、するに決まってんだろ。七時に戻るって言ったなら、守れよ」

「だって、着かなかったんだもん」

「はあ？」

「まあまあ、萌芽くん。どうどう」清太がしゃしゃり出てくる。「でさ、今日は無事リベンジできたんか？」

和奈は音を立てて息を吸い込み、もっと音を立てて息を吐いた。吐くと同時に、和奈の体はしぼんで小さくなった。

小さくなった和奈が、かぶりを振った。

「今日も無理だったのか？」

「頑張ったんだよ。だからこんなに遅くなったの。でも、昨日よりもずっと辛かった。昨日の今日で太腿は痛いし、川の周りはやっぱ風あったし。息を吸っても苦しくて、喉が破れたみたいに痛くて、血の味がして」

「『走れメロス』かよ」

「それでも、昨日と同じところでは止まれないって思って、頑張って漕いで……時々休んだし歩いたりもしたけど、頑張ったんだよ。本当に死ぬかと思った」

「どこまで行ったんだ」

「新港の手前の、すごく大きな公園」

住宅地から農地へと変わる辺りに、人工池を有する広大な公園があるのだった。でも、手前というほどではない。踏破率は七割程度だ。

「そこで休んでたら、日が暮れちゃったから……帰らなきゃ青木くんが困るから、そこでメッセージ打って仕方なく戻ったの」

「もう二度と止めろよ、こんなこと。俺もう自転車は貸さない」

俯く和奈は、了承も拒絶も表明せずにいた。萌芽は舌打ちした。

「清太も貸すなよ」

「え、俺も？　汐谷困らね？」

「汐谷に貸すなとは言ってない。ただ松島には貸すな」

和奈がそこで顔を上げた。その顔は、不服とか、不満とか、不公平とか、そういう意に沿わない事態に直面した人間のそれだった。その顔に向かって萌芽は断じた。

「汐谷にできることが松島にできるとは限らない。たったそれだけのことなんだよ。あいつは特別できる奴で、おまえには無理。もう分かったろ。これから何遍やったところで、おまえは海になんて行けっこない」

これからどんなに頑張ったところで、おまえは学者になれっこない。

八つ当たりみたいだと萌芽が思ったと同時に、和奈も喚《わめ》いた。

「そんなの分かってる！」

萌芽は女の子のこめかみに青筋が立つのを初めて目にした。

「美令が特別なのは分かってる。私は普通で、何か一つこれだけは負けないっていう才能もなくて、尖ってないって、毎日毎秒思い知らされてる。でも、それ認めたら負けだとも思ってる。自分は自分が思ってるほど平凡じゃない、もっとできるって自分を奮い立たせることのどこが悪いの？　それって向上心じゃないの？　どうして美令と私は違うって言い切れるの？　おんなじ高校生なのに私にはできないって決めつけるの？」

　青筋の盛り上がりが最高潮に達した。血管が弾けると萌芽が恐れた瞬間、和奈の目から涙がこぼれた。

「価値のない存在だなんて思いたくないよ。この世の中の大多数、つまらないその他大勢なんて嫌だ。どんなに足掻いても自分は名もなきモブキャラ止まり、みんなの心に残ることも、すごいって言われることも一生ないなんて、そんな惨めなことない。そうはなりたくないの、そんな人生、意味がない」

　少し遠くで、クラクションが二度鳴った。校舎の周りの白樺がざわめく。葉擦れの音は、冬には聞かなかった。もう、緑の季節になろうとしているのだ。

「私だって人と違うって認められたい。美令みたいに見られたい。いてもいなくても同じなら、私、なんで生きているのか分からない」

　でも彼女には、この葉擦れの音は、きっと聞こえていないんだろう。

「松島って、嫌なやつだったんだな」

　こんな言葉は投げつけるべきではないのかもしれない。しかし萌芽は言わずにはおれなかった。

「人を馬鹿にするのもいい加減にしろよ」

　潤む目が驚きに固まり、涙が止まった。和奈は傷ついたという顔をしていた。

「まあまあ。萌芽くんもまあ、ここは一つ眼鏡を拭いたらどうっすか？　ね？　松島も自転車も無事だったことだし」

清太が後ろから首に腕をかけてきて、萌芽は仰《の》け反《ぞ》らされた。眼鏡も取られる。だがそれで、萌芽の頭にのぼった血はいくらか冷めた。清太は和奈に話しかけ続けた。

「松島、バスの時間は？　下宿の夜ごはんって何時まで？　大丈夫？」

「八時まで……」

「あー、じゃあ今日はカップラ？　ドンマイ。また来週元気に会おうぜ。なんかあったらさ、トークルームにでも愚痴ってよ。俺はちゃんと読むし、レスするしさ」

和奈は自転車のスタンドを押し込むように立てた。

「自転車、ありがとうございました」

そう言うと、和奈はいったん校舎の中へ入り、程なく鞄《かばん》を抱えて出てきて、萌芽らの目を避けるようにバス停へと歩き去った。

バス停の和奈がバスに拾われるのを玄関前から見届けて、清太が言った。

「松島、かわいそうだったな」

「かわいそう？」

「だってそうだろ。あいつ、モブが嫌なんだろ。モブって惨めな奴らだって思ってるんだろ」

「だから失礼なんだろ」

平凡を蔑《さげす》むことは、私は世の中の大多数を見下していますという所信表明だ。彼女は自分を貶《おとし》めながら、同時に萌芽や清太、クラスメイト、そこいらの全員に、おまえは生きる価値がないと言ったのだ。

だから、確かに清太は一理ある。和奈はかわいそうだ。ああやって泣いても、決して慰められることはない。励まされることもない。彼女の嘆きを聞いたその他大勢は、彼女がこちらを軽んじていることを知るだろう。慰めや励ましの言葉をかけたところで、こちらを転じる彼女には響かないと気づくだろう。彼女は自分で自分を孤独にしている。

惜しいな。根っこはきっといい奴なのにな。初めて会った時の彼女は、いい感じだった。柔らかで純真そうでいい香りがして、俺の不注意にぷりぷりせずに、気さくに封筒を拾ってくれた。あれでいいのにな。

萌芽は返却された自転車を見つめる。「あいつ、思い詰めてそうだった」

「いやー、単に疲れたせいもあるんじゃね。海までは普通にキツいわな。ああ白麗ってあの海に近い高校ね、なんて古今東西誰も言わねえ。てことは、汐谷やっぱ相当すげえよ。覚えてるか？　萌芽。あの吹雪の日にも、汐谷は行こうとしたじゃん。それで俺らが救出したわけだけど」

「忘れるかよ」

「あの時、汐谷のマスカラ剝げてたろ」

「うん」

「あれさ、綺麗に放射線状だったんだよな」

「で？」

「分からん？　汐谷はあのブリザードの中で、真っ直ぐ前を見てたんよ」

清太の指摘はひどく腑に落ちた。汐谷はそれほど明確なのだ。こう言っちゃなんだが、和奈とは意志がまるで違う。

「てかさあ、萌芽もさ、疲れてんのか？」

「は？」

「なんか、おまえも八つ当たりみたいだったんよな」

萌芽は無言で眼鏡の位置を整えた。行こっかと、清太は駐輪場へ歩き出した。萌芽は自転車を押す。

「八つ当たりは置いとくとしてさ。月曜日は、おまえが先に松島に話しかけろよ」

「なんで」

「俺の見立てでは、彼女はああいうメンタルイベントの後、自分からは話しかけられないタイプだわ。間違いなく閉じこもるね。でもあれ多分、おまえが話しかけたら、ソッコーでごめんって言うと思うわ。そして仲直りハッピーエンド」

「そうかな」

「絶対だわ。俺が保証するわ」清太はあっけらかんと笑った。「まじで仲直りしろよ。そんで、夏休みはみんなで遊びに行こうぜ」

「自由行動組で？」

「海に行かね？　石狩でもいいし、もっと足延ばしてもいい」

「いいな」

萌芽は頭上でさわさわと揺れる白樺の葉擦れを聞く。あの緑がもっと深く濃くなる季節、五人で海に行く。夏に海。呆れるほどありきたりだ。そこらへんにいくらでも転がっている。

でも、そんなありきたりを、俺たちはずっと忘れないんだろう。

和奈

疲れた体を引きずり、泣き腫らした顔でメゾン・ノースポールに帰ってみれば、夏月は不在だった。

運転免許を取得して、いっときの忙しさは去ったはずなのに、新学期になってからはまた、夏月の姿をあまり見ない。

——松島って、嫌なやつだったんだな。

人の言葉であれほど衝撃を受けたことはなかった。中学時代、森に手酷い振られ方をしたことなど、笑い話に思えてしまうほどだ。夏月に話せば萌芽のことも的確なサジェスチョンがもらえたのにと、和奈は空腹を抱えてベッドに体育座りする。夕食は食べ損ねてしまったが、特別食べたくもなかった。どん底だと思った。

どこにいるのかと所在を問うメッセージを夏月に送ってみれば、週末を利用して実家に帰っていると返信があった。

『お祖母ちゃんの調子が良くないから』

夏月が帰ってくるのは日曜の夜になると言う。


学校のない土曜日、和奈は朝ご飯の後部屋に閉じこもり、『イマトモ』のトークルームを眺めて過ごした。

『今週も、誰とも話さなかった』

午前十時ごろ、アヤミが一言だけ投稿した。

その投稿は、しばらく読むことができた。けれどもそのうち、削除された。

バイトを辞めようと、和奈は考えている。理由はいくらでもつけられる。受験生になったから、バイト代が雀《すずめ》の涙だから、つまらないから。

唯一後ろ髪を引かれるとしたら、アヤミのことだった。

アヤミがまた一言投稿する。

『本当に一年間、誰とも喋らないかも』

まあ、喋らなくても死なないしと、和奈はスマホをベッドに放った。

後ろ髪引かれるし、何かをやり残した気もするけれど、もう何もかも忘れたい。昨日の挫折も萌芽の言葉も全部消してなかったことにしたい。なんなら春休みに戻ってやり直したい――。

和奈は飛びつくようにスマホを拾い上げた。春休みの夜、アヤミが今ここにいたらと思った瞬間があったのだった。

あの夜、美令が語ったことをそのまま投稿してみようか。的外れかもしれないが、どこか掠っているような気もする。でも自分の言葉だったらどうだろうか。自信はない。

アヤミは人のいない時間帯を探っているようだった。一言投稿し、既読の数字をチェックして古い呟きは消し、また数字を見るために投稿する、そんな感じだった。

『もしかしたら来年も一人ぼっちかもしれない』

他の利用者の呟きに、それは画面の外に流れた。

和奈は『イマトモ』を眺め続けた。

土曜の日が暮れていく。

＊

ベッドの上で寝てしまっていた。つけっぱなしの電気を消しても部屋が薄明るい。午前四時半。日の出の時刻はまだだが、空は白み始めているようだ。

スマホを見て和奈は仰天した。アヤミがちょうど投稿したタイミングだったのだ。もしかして一晩中起きて、投稿したり消したりしていたのか。

『友達なんていなくても、乗り切れる気がする』

画面を遡ると、夜中のアヤミの呟きがちゃんと残っていた。

『一年生の一年間も耐えられた』

『言いたいことはあるけど』

『あの子とゲームの話をしてみたい』

『黙っていてもクラスの誰も困らないなら、私はそれだけの人間なんだろう』

壁打ちみたいな投稿は、レスポンスを望んでいないようにも見える。今も、思いを文章にするだけで気を済ませていそうだ。

責任のないアルバイトだ。ここで出しゃばらなくても誰も責めない。今までやり過ごしてきたことを、無理に変える必要はない……。

一つ、投稿が消えた。既読の数字が増えたのに気づいたからだとしたら、自分はかなり邪魔者ということだ。和奈はログアウトしようと、画面をタップしかけた。

これで『イマトモ』のバイトも最後になるのか。海を見に行けなかった苦さと共に、これも苦い思い出化して終わるのか。伝えてみたいと思ったこと一つも伝えられずに。

だとしたら、私って本当に駄目だな。

和奈は画面を見つめる。文字入力欄に打ち込みを始める。この文章を打ち終わる前にアヤミ自身がチャットから消えてしまったら、仕方がないと諦める。

『友達がいなくても乗り切れるかもだけど、それでも私は、アヤミちゃんに友達ができたらいいなと思ってる』

投稿のマークをタップしたとたん、和奈は後悔に襲われた。こんな言葉、自分ならかけてほしいか、かなり微妙だった。

カーテンの向こうは、また少し明るくなったようだ。

『どうしてですか？　スピカさん』

アヤミが返信してくれた。和奈の心臓がばくばくと打ち、指先どころか手全体が震える。

この会話が、アヤミとの最後の会話になるかもしれないという思いが、心臓の鼓動を激しくさせた。

『私の従姉が言うには、学校はチーム戦仕様だからだけど』

続きを入力するのに時間がかかった。指が震えるせいで、スワイプの角度がずれる。

『私もアヤミちゃんほどじゃないけど、去年の今ごろは一人でいて、でも今は数は少ないけれど大事にしたい友達はいて』

何を伝えたいんだと和奈は頭を振った。もうどん底のくせに格好つけて、アヤミちゃんに少しでも良く思われたいと思ってる。

和奈はカーテンを開けた。部屋の暗がりが一気に消える。

『春休みに、アヤミちゃんのことを思い出したの。その時のこと、話していいかな』

既読がつく。それから『はい』と短い返事。

『気に入らなかったら、途中でログアウトしていいから』

既読。

『あのね、犬には能力があって』

夏月が言っていた専門用語は忘れてしまった。出だしからつまずいたが、和奈は続きを打ち続けた。

『人の感情を本当に察知できるんだって。人同士でも分かる時あるでしょ。怖がっている人と一緒にいたら自分も怖くなるとか、嬉しいと自分も嬉しいとか。それの用語は忘れちゃった。ごめん。とにかく悲しいとか嬉しいとか、犬って分かるみたい。恐怖のにおいも嗅げるらしい』

既読。

——人ってつい比べちゃうよね。悲しみや痛みの強さや大きさを測って、自分や他と比較してしまう。

『ここからは私の友達が言ったことなんだけど、人ってなんでか比べちゃうよねって。成績や見た目だけじゃなく、どっちがすごいかとか、辛いかとか、悲しいかとかも。それで、私の方がって思いがちなところある』

既読がついた後、ぽつりと投稿があった。

『分かる気がします』

通じた。和奈の指に力が入る。

『自分は四十度の熱を我慢してるのに、三十七度の微熱で死にそうって言ってる人見て、ムカつくのとかも。その微熱人間が、俺が一番辛いんだから俺を一番に診察してくれって騒いだら、何こいつっていう感じ』

『それはムカつくかも』

『ペットが死ぬより、人が死ぬ方が悲しいとか』

『お祖父さんが死ぬよりお父さんが死ぬ方が悲しい、より若いから、みたいな論理ですね』

『そうそう、それ』

『分かります。私がそうされたから』

『そうだよね。でも、アヤミちゃんの悲しみはそのままだよね。もっと辛くて悲しい人がいるんだから、あなたはまだマシなんだよとか、悲しむのはおかしいよとか言われたって、アヤミちゃんの悲しい気持ちが消えてなくなるわけじゃないよね』

だから、アヤミは辛かったのだ。アヤミの悲しみを平凡だとジャッジメントしたいつかの自分の未熟さが、今さら和奈《さいな》を苛む。

『犬は感じとった誰かの悲しいや辛いを、そのまま悲しいんだな、辛いんだなって受け止める。誰かと比べて、どちらがどうとか、判断しようとしない。アヤミちゃんが悲しんでいたら、その悲しみに寄り添うだけ。だから癒やされるんじゃないかって、そんな感じのことを友達は言ったんだ』

『犬、好きです。猫も好きだけど。鳥も好き』

『私を癒やせ、ってごねたいわけじゃなくて、何ていうか、そういうふうに人間も振る舞えたら平和だよねって話だと思うんだけど』

既読が付く。

『なんで比べちゃうのかな。比べるだけじゃなくて、判断までしちゃうのかな』

アヤミに話しかけているというより、自問自答しているふうになってきた。このトークにどう収拾がつくのか和奈自身見失いかけた次の瞬間、アヤミが呟いた。

『世界で一番辛い目に遭った人だけが、辛いわけではない』

あの夜、アヤミがここにいたら何て言うだろうかと和奈は考えた。

その答えがこれで、美令が言いたかった核の部分もきっとこれなのだ。

『スピカさん。ありがとうございます。話してくれて』

アヤミのレスポンスがもう一つ続いた。

『スピカさんが羨ましいです。スピカさんの友達みたいな人と、私も友達になれたらいいなって思いました』

ああ、やっぱり。和奈は思わず微笑んだ。アヤミも美令には参っちゃうわけだ。

『私の友達、すごいんだよ』

まだアヤミはログアウトしていない。

『そばにいたら、特別だなって心から思うよ。東京から来た転校生なんだ。綺麗で頭も良くて、映画に出たことだってあるの。もう一人の友達も、可愛くて特別。二人にはね、なんか秘密まであるみたい。それについては話してもらえないけど。私、頼りないのかな。自転車でもバテちゃったし。こいつに保証人なんて無理だって思われてんだろうな。ごめん、何のことか分かんないよね』

美令と更紗の顔を和奈は思い浮かべている。春休みの夜、楽しそうに笑う二人のすぐ隣で、水中に没した自分がいた。

『正直二人が羨ましいんだよね。彼女たちはいろんなものを持ってる。一緒にいたら私も特別になれるんじゃないかと思った時期もあったけど……やっぱり違うんだ。それが本当に悔しい。私には何もない。容姿も才能も平々凡々。秘密の傷すらない』

やめておけ、これ以上恥を晒すなという声が、和奈の内側からしたかもしれない。和奈の指は止まらなかった。自動書記のように指は勝手にスワイプして、文章を作り出していく。

『秀でていたいと思うのってそんなに変かな。エキストラより主役になりたいよね。主役の人を隅っこで拍手するだけの役回りなんて嫌だよね』

霜原町でかけられ続けてきた言葉が、和奈の耳の奥で再生される。夏月ちゃんは頭がいいのにね。夏月ちゃんは美人なのにね。夏月ちゃんと全然似ていないね。

どんなに努力してもやすやすと上をいく人がいる。自分は神に選ばれなかったと思い知らされる。そんな屈辱の日々の積み重ねが自分の人生なんて。

『でも一昨日《おととい》モブなんて嫌だって言ったら、めっちゃひどいこと言われた。その人だけには、嫌われたくなかったのに』

『その人のことを、スピカさんは好きなんですか？』

青木萌芽。入学式の日、生徒玄関で出会った。こちらがうっかりぶつかったのに向こうから謝ってくれた。詫びる物腰も誠実だった。まじまじと顔を見てしまった。誰よりかっこいいわけではなかったけれど、この顔はきっと十年見続けても飽きないと思った。

『好きなのかな。でも、女子が男子に騒がしくしてるのとか、男子が女子の誰が可愛いって値踏みしてんのとか、ありがちな恋愛系のムーブ、私、好きじゃないんだよね。当たり前すぎて頭悪そうで』

『その人も、特別な人なんですか？』

『どうだろう。二人の友達ほどにはすごい感じはしないけど、まるっきり普通ではないのかも。弓道で全国行ったことあるし……』

その時突然、和奈は気づいてしまった。

自分の投稿に付く既読者数が増えている。

アヤミの吹き出しが画面に生まれる。

『スピカさんは、誰もが認める特別な人だから、好きになったり友達になったりするんですか？』

アヤミの他にもう一人、この会話を見ている人がいる。こんな朝早くに誰だ？　今の時間起きているのなんて、ぱっと思いつくのは——農家だ。農家ならもう作業に出る時間だ。この時期、うちならホワイトアスパラガスの収穫をやっている。あの作業は早朝にやる。

アヤミは続ける。

『他の誰もがつまんない普通の人だと言ったとしても、自分にとっては特別なんだって胸張れる人のことを、友達って言うんじゃないんですか』

和奈は返せなかった。

『私の親も、どこにでもいる会社員とパートで、スピカさんから見たらつまんない普通の人かもしれないけれど、お互い特別だから結婚して夫婦になったんじゃないかなって思います』

混乱が和奈を襲う。自分が誰とトークしているのかわからなくなる。相手はアヤミなのか。なんだこの夏月臭は。

しかし、吹き出しのアイコンは間違いなくアヤミなのである。

ということは、今までもアヤミはこういう子だったのだ。ずっと気づかずに、こちらが平凡な子だと身勝手にも決めつけていただけだった。クラスで無視されて一人ぼっちでいるその内側には、和奈にはないものを隠し持っていた。

『ていうか、誰もがすごいって褒め称える人を好きになるのは、むしろ当たり前じゃないですか？　分かりやす過ぎませんか？　何の変哲もない人を好きになる方が、逆にすごくないですか？』

惨めだ。

『みんなの特別にはなれなくても、誰かの特別には誰だってなれると思います。みんなの特別にしか価値がないって思うなら仕方ないですけど』

和奈は手のひらで顔を覆った。

『私にとって、スピカさんも特別なんです。「イマトモ」で私の話を最初に聞いてくれたのは、スピカさんだったから』

これが本当の情けなさなのだと、和奈は打ちひしがれ、納得した。こんな私が連帯保証人に選ばれるわけはなかった。

アヤミが今それを教えてくれた。

この子になんと言えばいいんだろう。しかし、何をどう言っても、受け取った言葉以上のものは返せない。和奈はそのことに軽く絶望しながら、心を込めて文字を打った。

『アヤミちゃん、ありがとう』

面と向かい、声に出して言いたかったけれど、それは叶わない。

『私も、今夜話せてよかったです。もう朝ですね』

トークが幕を閉じようとしたその時、ずっと口を挟まずにいた人物が投稿した。

『情動伝染です』

『他者の感情を察知して自分も同様の感情になることを、情動伝染と言います』

発言者のニックネームはフォビドゥンだった。

和奈の筋肉痛は、日曜日の夜もまだ残っていた。その痛みを確かめるように、和奈はあえて部屋で体を動かした。

途中まではあったが、海への道を実際に漕いでみて、和奈には分かったことがある。道中とても辛かった。辛ければ自転車はいつでも漕ぐのをやめられた。現に自分はそうした。

写真で美令に見せてもらった景観は、あの辛さを押してまで行くほどのものではまったくない。少なくとも和奈にはそれほどの価値を感じられなかった。

だとしたら、美令の目的は、あの景観を眺めることではない。

海に行くことそのものが、目的なんじゃないか。

だから、体がきつくても、日暮れが早い時期も、ホワイトアウトの日ですら、御百度を踏むみたいに目指し続けているのではないか。

もちろん、推測でしかないけれども。

月曜日、和奈は心を決めて登校した。

早朝課外を終えて廊下を歩いてくる萌芽に、和奈は歩み寄った。少し眠そうな顔をしている萌芽は、和奈を見つけて「あ」という口の形を作った。

「青木くん、おはよう」

「おはよう、松島さん。あの、金曜日のことだけど」

「金曜日はごめんなさい」

和奈は萌芽に頭を下げた。

自分から謝ろうと決めていた。

萌芽はびっくりしている。和奈はその萌芽の顔を見つめた。彼がこんなにびっくりするのは、珍しいことだった。彼の驚きは『松島和奈は自分からは謝れない人物だ』という彼の評価を、和奈に教えた。だから結構落ち込み、同時に少し可笑《おか》しくなった。

そうだよね、仕方ない。さすが、人を見る目ある。

眼鏡をかけていてもやっぱり見飽きない顔だと思うと、ちょっとだけ頬が緩んだ。

そうしたら、萌芽も笑った。

和奈

ゴールデンウィークに、夏月はまたレンタカーで霜原町に帰った。

夏月に話を聞くと、祖母の具合はさらに悪くなったらしく、とうとう旭川市の病院に入院したという。

『イマトモ』に現れるフォビドゥンは夏月じゃないかとは推理しているが、忙しく動き回る夏月とはタイミングが合わず、切り出せない。

連休中のひっそり閑とした食堂でカップラーメンを食べ終え、和奈は『イマトモ』にログインした。

『ポッチャマが好きだって言っていた。私も好きだから嬉しい』

『お姉さんがいるみたい。どんなお姉さんなんだろう?』

アヤミが独り言を呟いていた。

アヤミはまだクラスで一人のようだが、今日も話さなかったというような暗く投げやりな投稿はしなくなっていた。代わりにトラブル相手の少女のことをよく語るようになった。

英単語テストで褒められていた。

音楽の時間に吹いたリコーダーがとても上手だった。

体育のバレーボールで、難しい球を拾ってくれた。

相手のいいところだけを和奈に伝えてくるアヤミに、匂い袋を持ってもらいたくなる。

彼女は一体どんな香りを生むのかと、純粋に興味が湧く。きっと夏月と似通った香りになるように思う。

和奈は自分の匂い袋を手に取った。春休み、和奈も新しいものをもらっていた。その香りを嗅いで、ふとひらめいた。

そうだ、学校祭がある。

美令と同じでなくても、自分ができることを。白麗高校を卒業するまで、和奈はせめて自分の最善を尽くそうと決めたのだった。

匂い袋の助けを借りて思い至ったのは、百人一首部部長としての自分だった。大会にも出ず、ただ内輪で遊びのような札の取り合いだけをしてきたけれども、一度くらい下の句かるたに真面目に向き合う場を作るのも、部長の務めではないか。今までやったことはないが、学校祭で部活発表をしてみたらどうか。申請すればおそらく書道室を借りられる。今年の学校祭は八月三十一日と九月一日だ。それを最後に、引退しようと。

連休明け、和奈は部員たちに相談した。提案はありがたいことに受け入れられた。美令と更紗のほか、新一年生たちも乗り気だ。

「どんな研究発表をするの？」

当然の質問を投げかけてきたのは美令だった。

「それはまだなんだ。どんな発表をしたらいいかな。何か意見はある？」

読み札を手にした藤宮は、少し離れた場所の椅子に座ったまま、何も言わない。こちらの話は全部聞こえているはずだが、涼しい顔つきは、生徒の主体性に任せると宣言しているようである。

美令は木札を一つ一つ並べながら、しみじみと言った。

「下の句かるたは北海道独特のものだよね。それを分かりやすく紹介するのでも面白いと思う。私も最初はこれ、びっくりした。持っていた百人一首のイメージと全然違ったから。木でできている上、崩し字。下の句しか使わないルールも驚いた。対戦中も賑やかだよね。粛々と取るという感じではない」

「美令ちゃんは、普通の百人一首はやるの？」

更紗に問われた美令は「嗜《たしな》み程度には」と答えた。

戸がノックされた。藤宮の「どうぞ、入って」の声で顔を見せたのは、一年生の男子生徒だった。一年生にしては老けた印象だが、スレたところを感じさせない雰囲気があり、和奈は好感を持った。見学したいと言う。

秋元《あきもと》と名乗った見学者を横に一戦こなすことにする。三年生三人対一年生四人の変則対決だ。美令と更紗も、かなり札を取れるようになった。一年生たちもなかなかの腕前である。

最後までもつれたが、なんとか和奈たちは三年生の面目を保つことに成功する。秋元は目を輝かせ、やりたそうだ。迷わず次は彼も交えて、四対四の構図となった。秋元はまったくの初心者ではなかった。床を叩き、木札を飛ばしてなかなかの気合だ。

秋元はその場で入部届を書いてくれた。一年生が誰も退部しなければ、三年生が引退しても五人が残ることになる。部の体裁を保って存続することができる。

その秋元が研究発表のことを聞いて、「おのおの自分の好きな歌を一首選んで解説するのはどうですか」と一つ案を出してくれた。和奈はそれを気に入った。美令や更紗、一年生たちも賛成した。

「全体的な発表と個人発表をセットにするのは？」

「普通の百人一首と下の句かるたの実物を置いておくとか」

「実演コーナーがあってもいいかも」

午後五時になり、先に帰る美令が立ち上がった。

「いつもカーペットを片付けなくてごめんね」

「気にしないで、美令。大した手間でもないから」

「全然関係ないんですけど、先輩のお宅ってペット飼ってたりします？」

鈴木がスクールバッグを持った美令に声をかけた。田中が突っ込む。「本当に全然関係ないな」

「だって六匹も生まれちゃったんだもん。今、うちに子猫がいるんですよ。里親探していて」

美令はゆったりとかぶりを振った。

「うちはすぐ引っ越しするから何も飼っていない」

美令の横顔が一瞬陰ったように見えた。

「そっかー。和奈先輩と更紗先輩のところはどうですか？ ていうか」打ち解けてくると鈴木は見かけによらず饒舌な生徒だった。「先輩たちってなんかこう、いい香りしますよね。三人とも同じようで違う香りがする」

「それ」田中も同意し、芳香を吸い込むような仕草をした。「みんな爽やかなんだけど、更紗先輩はふわっと華やかで軽くて、和奈先輩は落ち着く感じ」

「美令先輩は神秘的だよね」

「分かる。ちょっと他にない香り」

「俺は田舎のお祖母ちゃんを思い出しました」

「は？ 何言ってんの秋元くん」

新入部員の失言を鈴木と田中が猛烈な勢いで糾弾する。美令は退室していった。

五月の札幌は、午後七時を過ぎても真っ暗にはならない。車窓を過ぎゆく街並みはぼんやりと暮れている。

和奈は帰途のバスの中で、考えに沈む。アヤミと思いがけず語り合って以降、バスに乗るとなぜか物思いにふけるようになった。

考えるのはたいてい、自分と美令や更紗、夏月のことだ。彼女たちを見つめ、自分との差異を凝視する。するとたちまち心もとなくなる。和奈は無重力の暗闇に浮いている気分になる。

考えれば考えるほど、自分には何もない。

バス独特の振動を感じながらひっそり目を閉じると、和奈のまなうらには美令が初めて教室にやってきた夏の終わりが広がっていく。

美令という『特別』と一緒にいられる『特別な自分』でありたかった。

——スピカさんは、誰もが認める特別な人だから、好きになったり友達になったりするんですか?

アヤミの言葉が和奈の胸を抉《えぐ》る。

美令が転校してくるまで、和奈はクラスで一人だった。一人の理由を、孤高だからだと思っていた。孤独ではなく孤高なのだと。恋愛とかおしゃれとかSNSとか、当たり前の楽しみには興味ないとそっぽを向いて、必死で私はあなたたちとは違うと主張していた。

でも、恋愛とかおしゃれとかSNSとかで盛り上がれたら、それはそれできっと楽しい。本当は私だってバズって注目を浴びたい。おしゃれして可愛くなりたい。モテてチヤホヤされたい。

逃げていたんだな。和奈は最近ようやくそれを認められるようになった。同じ土俵《どひょう》に飛び込んだら負けると分かっていたから逃げただけ。戦わなければ敗北もないという理論。

実際一度、霜原町で手ひどく敗れている。美令と更紗なら絶対にしない欺瞞《ぎまん》だ。だから和奈はひたすら二人が羨ましい。『神様の見張り番』をしているという美令。海が駄目なのだと打ち明けた更紗。抱えているその秘密すら羨ましい。それほどに自分には何もない。

何もないのに、二人は百人一首部に入ってくれた。

——他の誰もがつまんない普通の人だと言ったとしても、自分にとっては特別なんだって胸張れる人のことを、友達って言うんじゃないんですか。

私は彼女たちに胸を張らせることができるのか。今もこれからも、十年後も。

バスが地下鉄駅に着く。和奈は他の乗客の流れの一部となって、歩道に降りた。街路樹の根元の草が伸びつつある。青いにおいが微かに嗅ぎ取れる。なんとなく空を見上げた。スピカを探してみる。乙女座の星なのに、スピカが春の星なのはなぜだろう。

夜になりきっていない空には、星など一つも見えなかった。

メゾン・ノースポールに帰ると、夏月が段ボール箱を抱えて管理人の白井夫妻の部屋を訪ねようとしているところだった。

「何それ？」

「うちのホワイトアスパラ」

対応に出てきた白井さんに、実家から貰い受けてきたと、夏月は説明した。

「今朝、私が収穫しました」

「えっ、君は農学部だったっけ」

「理学部です」

「そうだったよね。とにかく産地直送だね。ありがとう」

「今年は出来がいいです。みずみずしくて、味が濃いです。お寿司でも何でも甘い甘い言う食レポは好みじゃないんですけど、これは本当に甘みを感じます。根元のところはピーラーで削いで召し上がってください」

和奈の家でホワイトアスパラガスを手掛けるようになったのは、五年前からだ。夏月の家ではさらにその二年前から栽培している。ビニールハウスの中に遮光シートで覆ったドームを入れ子のように作って、その中で育てる。昔は土を被せて光合成を遮断する培土栽培法が主流だったと、和奈は耳にしたことがあるが、霜原町の農家で現在も培土栽培法で育てている家は、一軒もない。

夏月は美令や更紗にもホワイトアスパラを持ってきていた。

翌日、夏月は授業が終わる時間目掛けて、白麗高校にレンタカーで現れた。久しぶりに夏月の顔を見た美令と更紗は、華々しく喜んだ。

「できるだけ早く食べてね。なんなら今日食べて。美令ちゃんと更紗ちゃんがお料理して。

簡単で美味しいのは、マヨネーズソテー。カレー粉を振っても合うよ。美味しかったらメッセージくれたら嬉しい」

夏月はビニール袋に入れたホワイトアスパラを、二人に手渡した。

「美味しいって言葉を伝えたら、親も喜ぶと思うんだ」

「やっぱり生産者さんはそうなんですか？」

生真面目な美令の質問に、夏月はさらに大真面目な顔で頷いた。

「そう。これはね、去年の通信簿だから」

「去年の、何ですか？」

「いいアスパラガスを収穫するには、その年の気候条件はもちろんのこと、いかに地下茎に養分を蓄えさせられるかも大きな勝負どころなわけ。去年、どれだけいい土を作れたか、どれだけ良い環境をアスパラに与えられたかというのが、今収穫期になってようやく分かる。農業ってね、過去の通信簿を受け取り続ける仕事なの」

夏月のその言葉に、和奈ははっと顔を上げた。高校に進学するまで、和奈にとって農業は生活の一部だった。両親の働きも間近で見ていて、それなりに農業については知っていたつもりだった。だのに、過去の通信簿を受け取り続ける仕事だなど、今の今まで思ったこともなかった。

美令たちも興味深げに夏月の話を聞いている。

「通信簿ですか？」

「アスパラ畑って見たことありません」

「トラクターで収穫するんですか？」

「ハウス栽培だよ」

更紗がしみじみと言った。

「春休みにもらったお金、勿体なくて使えていないんだ。霜原町に、もう一度行きたいな」

「私も。アルバイトじゃなくていい、お金はいらないから、もう一度お手伝いしたい」

美令も大事そうにアスパラの袋を見つめた。

夏月の肌は、いくぶん日に焼けたようだった。祖母の見舞いのたびに、実家の農作業も手伝っているらしかった。

＊

六月上旬に前期中間考査が行われた。

後日、張り出された成績優秀者の総合上位三十傑に、和奈の名前はなかった。

登校してすぐ、和奈はその掲示を、脳に現実を焼き付けるように見た。

美令は受けた科目すべてで一位だ。結局、一位の座を明け渡したのはたった一度だけだった。百人一首部にも入り、毎週木曜の自転車漕ぎも欠かしていないというのに。課外講習組の萌芽と更紗の名前も見つけた。二人は成績を上げている。萌芽の弓道部は全国大会に駒を進められなかったが、この成績を見る限り悔いを残して引きずっているということはないのだろう。

悔しかった。

何の根拠もないのに明日も生きられると思うように、自分はできるんじゃないかという気がしていた。

――汐谷にできることが松島にできるとは限らない。

あの言葉の意味を、和奈は心を血みどろにして嚙み締める。私はできない。最善を尽くそうと決めたけれど、私の想定していた最善では、もう上位三十傑には入らない。萌芽と更紗は早朝課外を取っている。私は取らなかった。早朝課外なんて取らなくても何とかなるんじゃないかと楽観していたから。もっと言えば、夏期講習も取るつもりがなかった。あの二人は取るだろう。

また、自分の甘えを和奈は見つけた。

上等だ。見つけたんならただじゃおかない。私はこのまま彼らに置いて行かれたくないわけ。だったら甘えをとっ捕まえて燃料に変える。

そう思った途端、自問が始まった。前に進むって、どの方向へ？　志望は？　理学部？　本当に行きたい？　もし夏月がいなくても、私は理学部って言う？　ああ、またこんなんだ。ぐるぐるする——。

唐突に、ホワイトアスパラガスを抱える美令と更紗の姿が、それから過去の通信簿と言った夏月の声が、和奈の心に思い浮かんだ。続いて、夏月の話には続きがあるのではないかという気がした。夏月の言動に不足を覚えたのは、生まれて初めてだった。

教室や廊下の開け放たれた窓から、外の空気が入り込む。夏草の匂いがした。校舎周辺に生い茂った草の刈り込み作業が、この時間から行われているのだ。

「おはよう、どうした？　鬼みたいな顔で考え込んでさ」

清太だった。乱れた癖毛を片手で押さえ、夏服への切り替えを前に、既にブレザーを脱いで小脇に抱えている。今日も自転車で来たのだ。

「今回も成績落ちちゃったなって。鬼ってひどいな。赤羽くんはテストどうだった？　上がった？」

「は？　松島って母ちゃんみたいだな」不躾《ぶしつけ》な問いにも、清太は笑って流してくれた。

「おまえよりは全然悪いわ。多分百人くらい間に入ってるんじゃね。いや、百五十人くらいか？　まー何とかなるっしょ」

「夏期講習、取る？」

「取るよ。親うるせーし。松島は取らんの？　余裕じゃん」

「いや」和奈は宣言する。「今年は取る」

　ざわめきが一段増し、集団が廊下に流れてくる。廊下の奥の講義室Aで行われていた早朝課外講習が終わったようだ。こちらへやってくる更紗の姿が見えた。萌芽もいる。

「あ、萌芽だ」清太が元気に手を振った。「萌芽、ちょっとちょっと。城之内も」それから教室の中を窺うように体をひねる。「汐谷来てっかな、あ、いる」

　通りすがった女子生徒が「汐谷ちゃん、呼ばれてるよ」と美令に声をかけてくれた。美令は微笑んでその生徒に礼を言い、廊下へ出てきた。そこらの生徒たちの視線が容赦なくこちらに注がれるのを感じ、和奈は清太を質した。

「どうしたの？　赤羽くん」

「あのさ、ちょっと早いかもだけど、テストも終わったことだし。てか終わるの待ってたわけ」清太は小学校四年生のような笑顔だ。「四月から言ってるけど、夏休み、俺ら自由行動組で遊びに行かね？」

　最後の夏休み、一度くらいはこのメンツで遊ぼうぜと清太が言う声に被さるように、チャイムが鳴った。

「日程と行き先決めとこうぜ。なー、俺ら高校生活最後じゃん？　高校生の夏休みってもうないわけじゃん？　講習だけだと息が詰まるぜ。どこがいっかな。やっぱ海かな。山でもいい。でもやっぱ海かな。海水浴。ビーチ。どう?」

更紗が顔を強張らせた。

「おまえ、それ女子に言うか」

萌芽が突っ込み、清太が反駁《はんばく》した。「俺は別に下心ない」

「夏休み、どこかに行くのは賛成。楽しみだな。でも、ビーチはちょっと」

言ったのは更紗ではなく美令だった。

「ごめんね。私、海では遊べないんだ」

更紗

墓地は海から離れた山間にある。

更紗は水が入った手桶《ておけ》を運びながら、風を肺に深く入れた。海の香りはしない。かわりに和奈の祖母からもらった匂い袋の香りが薄く匂った。更紗はもらったそれに細い紐を編んでつけ、お守りのように首から下げている。

母は花を、妹の瑠璃は柄杓《ひしゃく》とお供物《くもつ》を持っている。お盆の初日、墓地には大勢の人が来ていた。その墓参り客を、太陽がぎらぎらと容赦しないとばかりに照らす。

蝉はうるさく、墓参の人々の話し声もそこここでするのに、あの日以降訪れる墓地はいつでも沈鬱《ちんうつ》だ。

一年ぶりの父方の墓は、昔のままだった。初めて見たときから、この墓は古びていた。他の親戚が訪れた痕跡はまだない。更紗たちは周辺も含めて墓を綺麗に掃除した。それから母は墓石に水を少しだけかけた。更紗と瑠璃はかけなかった。車ごと海にのまれて死んだのだから、もう水なんてまっぴらごめんではないかと思うからだ。

「暑い」

瑠璃がぼやいた。機嫌が悪そうだ。墓参りのとき、瑠璃は決まって更紗ら家族に当たる。あの日のことを、更紗はあまり思い出さない。自分がそれほど強い人間ではないと自覚している更紗は、あえて苦行に身を投じるような真似はしないのだ。

去年の今頃は、こんなふうに思い出さないようにする自分に、何の疑いも抱かなかった。けれども今は少し違う。このままでいいのかと訴えかける声が遠くから聞こえる。

更紗は墓を背に海の方へと振り向いた。この街から離れたのを機に、あの日に負った痛みに向き合わずに七年過ごして、高校三年生になってしまった。昔、高校野球をテレビで見て、ずいぶんお兄ちゃんだなと思っていた彼らは、もう同世代なのだ。来年からは年下になる。びっくりする、私自身は何も変わらず、変わることができず、氷山の中に閉じこもり、ひたすら海が駄目だから看護師にもなれないと俯いているのに。

「さ、行こうか。新幹線に遅れちゃう」

母は更紗と瑠璃を促した。父方の親戚の家を回ることはしない。

母娘三人は仙台《せんだい》駅へと向かった。


新幹線に乗っても、瑠璃の機嫌は直らなかった。窓側の席でぷりぷりとしていて、母が買った駅弁にも手をつけず、ポテトチップスを齧り、ジュースばかり飲む。

「せっかくの夏休みなのに、こんなことで時間潰したくなかった」

「また始まった。こんなことなんて言わないの。お墓参りでしょ。お父さんのお墓よ」

「参ったって何にもならない。お父さんが死ぬ前だってお墓参りしてたんでしょ。ご利益ゼロじゃん」

北海道へ向けて走る新幹線の中で、瑠璃は母に嚙み付いている。いつものお盆の風物詩だ。これでも去年くらいからいくぶん声量を落とすようになった。車両の中には他にも家族連れがおり、幼子が唐突に声を上げるなどしている。瑠璃だけが悪目立ちしないのはよかった。新青森《しんあおもり》に着くころには落ち着く。更紗は目を瞑った。三列シートの窓側が瑠璃、真ん中が母親である。通路側の更紗は母親を防波堤にすることができる。

「お祖父ちゃんのいる札幌なんかに引っ越したから、こんなに手間がかかるの。新幹線代だって高いのにさ。そんなお金があるなら、ゲーム買ってほしかった」

「ゲームはお祖父ちゃんたちに買ってもらったでしょう」

「旅行に行きたかった。美味しいものだって食べたい。クラスのみんなはもっと楽しいところに旅行に行ってる。大阪とか沖縄とか。海外に行く子だっているんだよ。ハワイとか。お墓なんてどうでもいい。来年から止めようよ」

「そんなわがまま言うならここで降りなさい」

「本当にそうしたらお母さんが一番困るくせに」

ポテトチップの袋が握りつぶされる音がして、窓際から反抗的な気配がこちらへと向けられた。

「うちが家族で楽しいところに行けないのって、お姉ちゃんのせいでしょ。沖縄やハワイなんて、絶対無理だよね。海メインじゃん」

ああ、始まった。今年もこれだと更紗は瞼に力を込めた。去年とまったく同じ導入だ。

瑠璃はさらに言い募る。

「なんでお姉ちゃんだけそうなの。悲劇のヒロイン気取り？　普段は気にしないみたいな顔で明るいJK気取ってんのにさ。病院に行くのも、やめたくせに。もう大丈夫とか言って」

母が声のトーンをいっそう落とした。「お姉ちゃんはお母さんと一緒に安置所まで行ったから。瑠璃はお家で待ってたでしょ」

「でもお母さんは海平気じゃん。私だってあの日のにおいは嗅いでるけど大丈夫。あの日のは普通の海とは違うって頭で分かってるから」

目を閉じた時だけ見える暗闇に、過去が浮かび上がった。

知らない小学校、知らない体育館、青いシート。そこに飽和する潮と泥と油と命が腐っていく臭気——死臭を体内に取り込むことの壮絶な嫌悪感。あそこにはお父さんがいた。他の人たちだって誰かのお父さんやお母さんだった。お祖父さん、お祖母さん、子ども、友達だったはずだ。普通の善良な存在だったはずなのに、まるで邪悪なものを忌避するように、彼らの体から発せられる彼らの一部を拒絶してしまった。その自己嫌悪。

よみがえった記憶が神経を刺激したのか、今はもうここにないはずのにおいが鼻腔《びこう》の奥に満ちてきて、更紗は匂い袋を服の上から手で押さえた。

「お姉ちゃんのことを悪く言わないの。二人きりの姉妹なのに」

「新幹線も絶対窓際に座らない。寝たふりして外見ようとしない。海見えるからだよね。普段は強いふりしてるくせに、一番傷ついているのは私ですみたいな切り札ひけらかされると、ほんと腹立つんだよね。そういう子、クラスにもいる。たかがお祖父ちゃん死んだくらいでメソメソメソメソ。大したことないのに自分が一番辛いって顔して超ムカついた。ずっとぼっちでいたくせに、二年になってなんか明るくなってきて、たまに話しかけてもくる。図々しくない？」

ああやっぱり、私の苦しみは誰にも分からない。あの日を共有した妹にすら分からない。だったら、私も妹の苦しみは分かっていないのだ。更紗はそう達観しながらも、わだかまりを募らせる。どうして毎年墓参りをするたびに瑠璃は怒るのか。嫌なことを思い出すからか。ならそれは、家族みんながそうではないのか。一番傷ついているのはおまえじゃないのだから、傷ついた顔をする資格はないと、なぜジャッジメントするのか、何を根拠に。

——ただ誰かが悲しんでいるから悲しい、悲しいから寄り添う、それだけ。

どうして人は犬になれないのだろう?

車内アナウンスが盛岡《もりおか》到着を告げる。人がわずかに入れ替わり、瑠璃はしばし黙ったが、また当たり散らし始めた。

「海に行きたかったのに、お姉ちゃんのせいで連れて行ってもらえない」

ごめんねと謝って場を流すのが正解だと、更紗は分かっていた。瑠璃も更紗が謝るのを待っている節があった。ましてや新幹線の中で人目もある。ことを収めるのが最優先だ。私は姉だ、大人にならなければならない……でも言えなかった。

更紗はスマホを手にしてメッセージアプリを眺め出した。『自由行動組』のログを少しだけ遡ると、それが出てくる。

『海、マジでダメ?』

『うん。ごめん』

『水着にならんくてもいいし、写真も嫌なら撮らない。ビーチで遊ぶだけ』

『ごめんね。でも本当に無理なの。もし海に遊びに行くなら、私を置いて楽しんできて』

自分の投稿かと勘違いしそうだが、海を頑《かたく》なに拒んだのは美令だった。

驚きは今も消えない。毎週木曜日のことを考えれば、喜んで誘いに乗りそうなのに。遊びに行くという部分がNGなのだろうか。海では遊べないと言っていた。

以前聞いた、神様の見張り番という秘密にも関わるのだろうか。

遊べないという言葉には、悲しい感じがどうしたってつきまとう。

春休み以降も、美令は何も話してはくれなかったし、更紗もそれを迫りはしなかった。

他人行儀にも思える美令の態度に不満がないとは言わないが、どんなに仲の良い友達同士でも、秘密はあっていい。

ただ、もしも、その秘密の部分で友達が苦しんでいるとしたら、せめて力になりたいと思う。更紗の不満は、教えてくれない水くささにというよりは、自身の無力さに向かっていた。

それに、美令が本当に海で遊べない何らかの事情があるとしても、真っ先にそれを口にしたのは、自分への気遣いに他ならないと更紗は受け取った。すでに海が駄目だと情けなくも表明している更紗に、それをもう一度言わせまいと、美令が体を張ってくれたのだ。

いずれにせよ、海行きを望んでいた清太の気持ちには、水を差してしまった。そばで聞いていた萌芽も、がっかりしたかもしれない。

けれども彼らは何も言わずに呑んでくれた。和奈に至っては、海以外のところがいい、混んでいる、日に焼けたくないと調子を合わせてくれた。

夏休み、いつもの五人で一度だけ集まった時の思い出は、更紗の頬を知らず綻ばせる。夏期講習の合間を縫って、カラオケで歌った。美令は素晴らしく上手で、意外にも清太が聴かせた。和奈も筋が良かった。人前に慣れて開き直ることさえできれば、瞬く間に上手くなるタイプだ。最近和奈はちょっと変わったように見える。去年の今頃は「私はみんなと違ってガツガツするタイプじゃないんで」とばかりに境界線を自ら引いていたが、それがいつの間にかなくなり、いろんなことを素直に頑張っている。人は頑張り方で人となりが見える。和奈は純真で一途《いちず》なところが素通しになった。

カラオケの後はカフェで大いに話した。清太と萌芽の引退試合の話、夏休み中に行われた予備校の模擬試験の話、共通の友人の恋愛話、迫り来る学校祭の話、それから受験の話。卒業旅行の話。

学校祭の話題では楽しそうにしていた美令なのに、受験や卒業旅行の話になると注意が逸れた。

それまでも更紗は、受験の話題で美令の目が遠くを眺めるものになることに気づいていた。

その後、藻岩山《もいわやま》に登って札幌の夜景を見た。いつもは早めに帰宅する美令も、その日は珍しく最後まで付き合った。

——写真撮ろうぜ！

——誰かに撮ってもらう？

——和奈ちゃん、もっとこっち。

人気観光地のベストポジションは長く占領できない。大慌てで撮った写真の中の顔は、自撮りの顔よりはイケてなかったが、カメラロールで一番気に入りの写真を教えてくれと言われたら、迷わずそれを選ぶ。

楽しい一日だった。

でも、更紗は本当は海に行きたかったのだ。友達と一緒に行くなら、カラオケや夜景見物ではなく海が良かった。行けないけれども、行きたかった。

そして、もう一つ。

夜景見物を終えて乗り込んだ下りのロープウェイの中で、美令に問うた。

——美令ちゃん、お父さんから何か言われてる？

その時、更紗は自分でもそれと分かるほど神経を張り詰めさせて答えを待ってしまった。

美令は首を横に振るだけだった。

根拠は何もない。強いて言うならば、四月に生徒ロビーで尋ねた時と同じ挙動が、奇妙に引っかかるだけ。しかし更紗はあの美令の態度で、逆に父親から何か言われているのではと直感したのだった。だとしたら、美令は転校するのではないか。随分前から予告されていたのではないか。思えば年度替わりから九月を気にしていた。その別れを、美令らしくもなく切り出せずにいるのでは。

あの美令にも末の松山はあるのか。

「なんで私だけこんな思いしなきゃいけないの」

思い出を瑠璃の声が破った。瑠璃は苛立ち紛れなのか、椅子の背もたれに体を荒く預けた。ジョイント部分が軋《きし》んだ。更紗はふと、修学旅行で乗った新幹線での一コマを思い出した。美令が他校の女子高生に放った否をだ。あのとき更紗は、目を瞑りながら全部聞いていた。彼女は明確に自分の意思を表明していた。何かを切り出せないでいる美令よりもずっと好ましい姿だった。あの美令が好きだ。

そして、意思は自分にもある。

「いい加減《かげん》にして、瑠璃」

更紗は短く言った。

「自分が一番辛いと思ってるのは、みんなそうだよ。瑠璃はもっとひどい災害が起きたら、辛くなくなるの？」

荒れる瑠璃に注意をしたのは、初めてだった。

瑠璃は驚いている。反発はなかった。トンネルに入る。瑠璃は黙ったままだ。そのトンネルを抜けてようやく、絞り出すように「ごめんなさい」と言った。

背を丸めて下を向く瑠璃を見て、どうして墓参りになると機嫌が悪くなるのかが分かった気がした。妹は父が死んだときの自分が嫌なのだ。幼稚園の年長だった瑠璃は、泣いて怯えるばかりだった。多分、何一つできない役立たずだったと、当時の自分を思い出すのだ。

「ごめんね、瑠璃」やっぱり謝ってしまった。「瑠璃の辛さを否定するつもりはないんだ」

応えはなかった。それからは、瑠璃は眠っているかのように静かだった。

更紗は自分のリュックから英単語帳を取り出した。英単語を十個ほど覚えられたところで、また考える。今、受験勉強をしたのはなぜなのか、看護師の夢は諦めたはずなのに。

諦めたっていいと許してくれる声がする。反面、諦めたら一生このままだと叱責《しっせき》する声もする。以前の更紗は、どちらかというと許しの方に耳を傾けようとしてきた。だが今は、叱責の方をより聞きたい。転機は修学旅行のあの日、自分たちの予定を放り投げてくれた四人と一緒に歩いてからだ。

例えば瑠璃はずっとこのままかもしれない。それを駄目だと言うつもりは、更紗にはない。けれども、自分が自分の痛みにどう向き合うかは別問題だ。

私はずっとこのまま過ごしたいのか。打ち明けたところで誰にも自分の痛みは分かるまいと背を向けて。話せばいいというものでもないし、理解を求めているつもりもないけれど、何かあると仄《ほの》めかせだけをして、何も悪くない人たちに気を遣わせ、でもどうせあなたたちには理解できないでしょうと口をつぐみ、一人で嘆くのか。何があったかを知っている祖父母には憐《あわ》れまれ、気の毒だと甘やかされるのを当然と受け入れ、閉じこもるのか。嫌だ。

誰も理解できないなんてことは分かっている。私の海への想いなど、他人にとってはどうでもいいことだ。美令と和奈だけには味方になってほしいけれど、彼女たちだってそっぽを向くかもしれない。

でも、そうだとしても、私は、やっぱり変わりたい。誰一人味方がいなくなったとしても、氷山を壊して外に出たい。

そして、もし叶うならば、氷山を打ち破った姿を美令に見てほしい。もしも彼女が口に出せない秘密を抱えて途方に暮れているのなら、私がそれを打破する呼び水になりたい。

自分を買い被りすぎかもしれないけれど。

更紗は英単語帳をしまい、ノートを取り出した。百人一首部は学校祭で研究発表を行う。部員各人が好きな歌を選んで解説展示を作るコーナーがある。

新幹線が速度を落とし始める。八戸《はちのへ》に着く前、更紗はその一首を決めた。

和奈

学校祭の前日の木曜日に、和奈は更紗と共に書道準備室へ行った。

顧問の藤宮に呼び出されたのである。

書道室を使っての研究発表の準備は着々と進んでいた。昨日は展示物の印刷を済ませた。今日は休部日だが、和奈と藤宮で研究発表を貼る掲示ボードを設営する予定だった。

放課後に準備室を訪れると、藤宮は薄い顔に微笑を浮かべ、準備室内の小さなソファを手で示した。

「かけて」

ソファの前のテーブルには、A3用紙を貼り合わせた更紗個人の研究発表が、半分広げられていた。すべて広げれば畳一畳ほどにはなるだろうか。更紗は昨日、部員の誰より早くにそれを仕上げて、藤宮に提出していた。

「城之内さんの発表について、意見を聞かなければならないと思ったの。城之内さん本人と、部長である松島さんにもね」

更紗は顎を引いた。藤宮は腕組みをし、二人を順に見た。

「私は、城之内さんの発表は、難しいと思う。これを見たら、城之内さんを嫌に思う人がきっと出てくるはずだから。城之内さんにそんなつもりがなくてもね。悪い発表とは思わない。むしろ逆。でも、もしも誰にも嫌に思われたくない、穏便に卒業まで過ごしたいのなら、この発表は冒険だと思う」

更紗は藤宮に逆らわなかった。「そうかもしれません」

「城之内さんは、きっと覚悟をしてこれを書いたのだろうから、意見を聞くというよりは意思を確認したい。あなたは構わない？」

「構いません」

更紗は即答した。

藤宮の矛先は次に和奈に向けられた。

「松島さんは、この発表を読んだ？」

「まだです」

「では、今目を通して。その上で、部長として意見と判断を聞かせてちょうだい」

和奈は言われたとおり、その場で更紗の研究発表を広げて見た。

読み終わるのに、ずいぶん時間がかかってしまった。和奈はひどく動揺した。穏便に卒業まで過ごしたいのならという言葉の意味が、読んで分かった。連帯保証人の単語もちらついた。

だが、藤宮への答えは躊躇《ちゅうちょ》しなかった。

「私は、これは発表すべきだと思います」

「そう。でも一応言っておくけれど」藤宮のひじきみたいに小さな目が、悲しみを帯びたように和奈には見えた。「高校でだって、いじめは起こるかもしれないわよ。苦痛を伴う孤立は容易に起こる。高校生って案外大人じゃない。みんな、まだ幼いんだから」

「和奈ちゃん」

こちらを見る更紗に、和奈は自分を奮い立たせて頷いた。

「更紗が発表したいなら、これはきちんと出さなきゃいけない。これを悪く言う誰かがもしいたら、私が戦う。部長として、更紗を守ります」

「……なるほど、分かりました」

藤宮は腕組みを解いた。

「それでは私も顧問として、あなたたちを守ります。じゃあ掲示ボードを運び入れましょうか」

隣の書道室へ行くと、部活動のない木曜日だというのに、全員が設営のために集まっていた。

「美令、今日海は？」

「今日はこっちが大事。最後だから」

最後と言った美令の声は、和奈の鼓膜をいつまでも揺さぶった。最後。これが最後だ。

掲示ボードを動線を作るように配置し、教室中央には一般的な百人一首と下の句かるたの実物を展示する。窓際前方にはい草のカーペットを敷き、実践コーナーも作った。

部員全員で取り組んだ共同発表を順に貼り、各人の研究発表は教室後方にそれぞれが掲示して、作業は終わった。

一年生五人、三年生三人の選んだ一首たちが、等しく明らかになる。

「おまえ、やっぱみそぎぞ選んだか」

「鈴木と田中は紫式部《むらさきしきぶ》と清少納言《せいしょうなごん》なんだな」

「うちら、相談して合わせたんだよね」

わいわいと発表を眺める一年生も、更紗の掲示の前では言葉をなくしていく。

藤宮がそっと教室を出ていき、部員全員分のジュースを抱えて戻ってきた。

*

学校祭初日の朝。

開場の九時半を前に、和奈は書道室後方の部員らの発表を改めて見つめた。

美令は後鳥羽《ごとば》院の『人もをし 人もうらめし あぢきなく 世を思ふゆゑに 物思ふ身は』

を取り上げていた。なぜこの歌を選んだのか、和奈はしばし考えさせられた。後鳥羽院と同じように、美令も誰かを愛《いと》しくも恨めしくも思ってしまうのか。美令もこの世のことをつまらなくやるせないと鬱々としているのか。そうだとしたらどうしてか。美令に愛しいという感情、恨めしいという感情を向けられる相手がいるなら、それはいったいどんな人なのかと。そして、彼女が見張り番をしている神様に思いを馳せずにはいられなかった。

和奈本人は『天つ風 雲の通ひ路 吹きとぢよ をとめの姿 しばしとどめむ』を選んだ。理由は得意札であり、人気札でもあるからだ。下の句かるたをやる子どもたちは、ほとんどみんなこの札に血道をあげる。もう一つ、選んだ理由がある。それは和奈自身が乙女座だからだ。この歌の札は『乙女』の字がとても読みやすい。子どもには難易度の高い崩し字の札の中で、『乙女』と明朝体のように書かれてあるのは、きっぱりとしていてとりわけ目を引く。和奈は存在感のある乙女の札に憧れ、乙女座を言い訳に自分を重ね合わせてきた。

一年生らも頑張った。穂村、渡辺、鈴木、田中、秋元。真面目にきちんとしたものを貼り出せた。鈴木と田中は紫式部と清少納言の歌を選び、セットで読めば互いに相手のことを漫才のように毒づいているのが分かるという面白い仕掛けになっていた。

しかし何より更紗である。

彼女の発表を前に、和奈は知らずしらず居住まいを正していた。

彼女は末の松山の歌を選んでいた。

『末の松山とは、宮城県多賀城市に実在するクロマツです。どんな大津波が来ても、この松を越えることはないと言われています。そこから、越えようとしても越えられない大きな存在という意味が生まれました。

二〇一一年の東日本大震災の際も、波は松を越えなかったそうです。

あの日、私の父は仕事で多賀城市にいました。海に近い国道四十五号を車で走行していました——』

末の松山という実在の松にフォーカスしつつ、更紗と更紗の家族を襲った出来事を淡々と語り添えながらの解説だった。彼女の文章には恨みも嘆きもなかった。思いの丈的なものを表明しようとしているのではないのだった。にもかかわらず、果てなく広がる海のような彼女の悲しみが見えた。今まで何となく感じ取るだけで、明らかにされてこなかった更紗の過去、トラウマ、弱み、涙、それらがはっきりと影を持って立体化した瞬間だった。

被災以来、海に近づけないでいるとも書かれていた。

長く口をつぐんでいたことを、なぜ表に出す気になったのか。それについては、分からないことだった。藤宮の懸念どおり、この発表を悪く言う人もいるに違いなかった。お涙頂戴だ、同情を欲している、不幸のマウントだと。更紗にそのつもりがなくても、そう思われてしまう。更紗もきっとそれを察しているから、今まで言わなかったのだろう。なのに、こうやって表明した。

たった一つだけ言えるのは、更紗は変わった、あるいは、変わろうとしているということだ。だからこそ、これを書いた。

更紗の発表は、こんな一節で締め括られていた。

『いつかまた、海と仲良くなれたらと願っています。このことが、私にとっての末の松山なのだろうと、この歌に触れるたびに思います』

和奈は百人一首部を創部して良かったと、心の底から思ったのだった。学校祭を区切りにして良かった、研究発表を提案して良かった。自分がこのような発表を手掛けられなかったのは残念だが、それでも本当によかった。

いつの間にか美令が隣にいて、一緒に更紗の発表を眺めていた。美令が打ち明けた。

「私、昨日これを読んだとき、動けなくなったんだ」

「知ってる。美令、石になったみたいだった」

昨日、初めて更紗の発表を目にした美令は、貼り出された掲示の前でしばらく微動だにしなかったのだが、やがて振り向いて、和奈の隣にいた更紗に笑った。清々しい笑顔だった。おかしなことだが和奈は美令の笑顔に、敗れ去った人間の色合いを見た。しのぎを削ってきたライバルに完敗した瞬間のそれ。更紗は誰かを負かすつもりなど毛頭なかったはずだ。だから美令は敗北したというより先を越されたという気分だったのかもしれない。

その気持ちは和奈も分かる。変わりたい、今のつまらない自分を変えたい望みは、和奈の中に捨てきれずあるのだから。同情も慰めも理解も共感も、言葉では表明しなかったかわりに、美令が笑顔で示したのは、ほんの僅かの悔しさ、それから相手へのリスペクト、賞賛だった。変わりたいと望んで一歩踏み出せた相手への敬意を、和奈は見てとった。

「もうすぐ開場だね」

「うん、誰か来てくれるといいな」

九時半を回って学校祭が始まると、書道室は時間帯によって混雑した。在校生よりは一般来場者が目立ち、残念ながらその多くは研究発表が目当てではなく、美令を見にきていた。その人波も最終日の午後には落ち着いた。初日早々に訪れてくれた清太と萌芽は、その後も暇を見ては書道室にやってきて、何度か実践コーナーでサシの対戦をしていた。

二年のクラスで一緒だった楠木と長谷部、東川、それから梅澤は、一日目の午後二時過ぎに姿を見せた。今ちょうど体育館のステージが興味ない感じで、書道室の前を通りかかっただけ、暇だから……いろいろなエクスキューズを匂わせつつも、彼女たちは入室してきて、すぐ出て行ってもよかったのに、きちんと全部の研究発表を見て回った。

彼女たちが退室していくとき、和奈たちは他の来場者にもそうしたように、時間を費やして百人一首部を訪れてくれたことへの礼を述べた。二年生のクラスでは美令を愉快ではないあだ名で呼び、スキャンダル騒動の時は噂話に忙しかった彼女たちだが、こうして相対してみると拍子抜けするほど普通だった。

「意外に面白かったよ。うちは下の句かるたとかやらないからさ」

「会津《あいづ》藩がルーツなんだね」

美令に一声かけたのは楠木だった。

「今度、後鳥羽院のことが書かれた本読んでみる」

美令も普通に返した。「ここの図書室にも新書があったよ」

「そうなんだ、情報ありがとうね」

彼女たちは最後に更紗とやりとりをした。

「私さ、『ちはやふる』読んだことあるけど、いたよね、下の句かるた経験者」

「いるいる」

「映画にもいたっけ？　俳優誰？」

「両手でやる子でしょ。更紗も両手使うの？」

「あはは、無理無理」

更紗はかつて楠木らと一緒にいた時と変わらない愛嬌《あいきょう》を持って、彼女らと話した。彼女たちは更紗にだけ「来て良かったー」と付け加えた。更紗や彼女たちには、女子の明るいカースト上位グループに共通する色彩がある。クラスが替わって離れ離れになっても、そういう色は変わらないのだなと、和奈は彼女たちを見つめた。

気配を感じて振り向くと、藤宮が和奈の背後に立っていた。

「ふーん」微笑む藤宮は、彼女にしては珍しいシニカルな口調で呟いた。「なるほどね。なるへそイエペス」

「え、何ですか？　今何て言いました？」

「いやいや、何も。そうか。時代は変わったのかな」

「先生の時代だって学校祭くらいはありましたよね？」

「もちろんあったよ」

「じゃあ、いいじゃないですか」

「青春だなあって思って」

和奈は反射的に聞き返した。「青春ですか？」今ひとつピンとこない。

「そう。私の大嫌いなね」

もちろん藤宮も冗談なのだろう。和奈とやり取りをする藤宮から、微笑みは絶えなかった。

最後の来場者は、見慣れない制服を着た女の子だった。

細いえんじ色のボウタイを結ぶ制服は、近隣中学校のものではなかった。体格のいい子だった。頭が小さく、胴体が肉厚で、少しだけ太っている部類かもしれない。和奈が笑って会釈すると、律儀に最敬礼を返してきた。

その子は実践コーナーで読み手をしている更紗に目を走らせてから、書道室を見回し、早足で掲示を回って、更紗の発表の前に行き着いた。

　読み手の声が止まった。更紗は中学生をぽかんとした顔で眺めた。中学生は気まずそうな表情で、それでも他よりは時間をかけて発表を読み、和奈が来場のお礼を言うより先に、俯いて立ち去っていった。更紗が読み札を美令に押し付け、追うように出て行った。清太が言った。

「あの子、白麗受験するんかな？　あれ、俺の中学の制服だったわ」

「マジで？　じゃあ城之内の後輩なんじゃね。おまえ、中学一緒だったんだろ」

　更紗はしばらく帰ってこなかった。対戦を終えると清太はフリーダムにカーペットの上に寝そべり、昔、一人しかいない時に和奈がそうしたように、札でドミノ倒しをやり始めた。考えることはみんな一緒だ。

「学校祭終わっちゃうな」

　清太が呟いて、数枚の短いドミノを倒した。

　最後の花火を見るために、和奈たちは書道室を後にした。階段を下り廊下を歩き、玄関で靴を履き替える。生徒たちの大河はやいやいと楽しげなお喋りを水音がわりに、ゆっくりと校庭へ流れていく。

「あ、松島さん、汐谷さん。さっきはどうもね」同じクラスの女子に話しかけられた。書道室の発表にも来てくれた横山《よこやま》だ。「百人一首、案外楽しそうだね。次のお正月にやってみたくなっちゃったな」

「是非是非。下の句かるた面白いよ」

「汐谷さんは容赦なく上手そうだよね」

横山は美令にも話しかけた。美令はそれに気さくに答える。「残念ながら全然なの」

「あらら意外。バシーって全部取っちゃいそうなのに」

近くにいる生徒と、何でもない、毒にも薬にもならない会話をしながら開始を待つ。もし、去年も校庭で見たのだとしたら、誰かに声をかけられたのだろうかと、和奈はとりとめもなく思う。生徒らは、警戒心や腹の探り合いという概念をどこかに置き捨ててしまったみたいだった。

去年は三階の廊下から美令と二人きりで眺めた。あのとき和奈は美令に認められたくて、校庭に群がる生徒たちを凡庸だと見下す態度を取ったのだった。思い出すと羞恥《しゅうち》にも似た感情を覚える。

今年は更紗、清太、萌芽とも一緒だ。

「赤羽くんたちは去年どこら辺で見たの？」

「サッカーゴールの辺りかな」

「去年って正味何分くらいだったっけ」

はらわたに響く音とともに、宵の空に最初の花火が打ち上がった。

大したことのない花火だと、和奈は今年も思う。学校祭という場だからこそ許されるチープさ。空もまだ微妙に薄明るい。なのに見上げてしまう。目が離せない。生徒たちは一発打ち上がるごとに盛り上がりを上乗せしていく。和奈も長く続けと思った。あれが終わらないうちは、学校祭だと。

次の花火を待つ間、たなびく煙までを追いかける。西空の端っこに輝き出した星を一つ見つけた。

次は円形の中心に楕円《だえん》の輪がかかった型物だった。土星だとそこらの子が言う。和奈は思わず歓声を上げた。去年はこんなのは打ち上がらなかった気がする。

始まって数発は、やはり今年も大したことないと思ったのに、いつの間にか和奈は、今年は予算を割いたと確信していた。去年より綺麗だ。大きく美しく派手に見える。みんなもこんなに盛り上がっている。札幌市内の高校でここまですごい花火を打ち上げるところは、白麗だけなんじゃないかとすら思う。

和奈は柄にもなく飛び跳ねたくなる。世界に手を振りたい。

なぜか嬉しく、晴れがましい。無性に自慢したい。自慢するものなんて何一つないのに。みんなに言いたい。見ているか、私たちはここだと。

炸裂《さくれつ》した火花が尾を引いて落ちるしだれ柳の花火に続いて、ハートの型物が上がった。

校庭がどよめく。

まだ。まだだ。もう少し。大丈夫、ほらまた打ち上がった。美令も更紗も夢中で見ている。もう一つ。今度はもっと大きなものを。

でも、花火はごく当たり前の菊一発を最後に、びっくりするほど唐突に途切れてしまった。突然死といった感じだった。花火大会の最後は、とにかく手数だけはこなしますとばかりに、連打を極めて盛り上げを最高潮にするものだが、それが一切なかったのだ。

生徒たちはざわめきながら、宵の空を仰いだり花火師がいる側を見ようとしたりしている。更紗が言った。「あれ、終わり？」その一言を追いかけるように、終了を告げる実行委員のアナウンスが流れ、ざわめきは不満の吐露に変わった。

アナウンスが生徒の退場を促す。繰り返されるそれに不満のボルテージは上がる。一方で素直に出ていく白麗生も少なくなかった。

「あーあ。学校祭も終わりか」

「これから受験一色じゃん」

「まだ九月。九月になったばっか」

「あいつ推薦決まったってマジ？」

先々への焦りと現実逃避の声がそこここで聞こえてくる。まだ九月という声が、違う一角でも上がった。「あと一人」と掛け声をかけるのと同じ節回しで「まだ九月」と喚いている。和奈もこっそり手拍子で便乗する。卒業までまだ半年以上ある。まだ九月。終わりじゃない。まだ一緒にいられる――。

美令が深呼吸して背筋を伸ばした。和奈ははっとした。何かが起きる予感がしたのだ。美令は自由行動組のみんなを振り向いた。

「あのね、実は私……」

「スピカ撮ったどー」

しかし、美令がおそらくは重要なことを言わんとしたその出端《ではな》を、清太の声が挫《くじ》いた。

「ちょっと赤羽くん！」

更紗の口調が珍しく叱責めいたものになったが、清太は構わずスマホ画面をその更紗に見せた。

「ほらこれ、スピカじゃね？　プラネタリウムで見た」

「空しか見えないけど」

「スピカはあっちの方角だよ」

南西の空を指差したのは美令だった。美令の指が示す方角に、そこいらにいた生徒がこぞって視線をやる。清太を怒りかけた更紗ですらそうした。

でも、青白い星は見えなかった。南西の空に光るのは、宵の明星だけだった。

「あれは金星だよなあ」

「じゃあ、見えないってこと？」

「ならこの星なんなんだよ」

「だから何も写ってないって」

「あっちの方になんか光ってたんだよ」

「ねえ、美令。さっき何を言いかけてたの？」

和奈は尋ねた。美令は肩を竦めた。

「流れって大事だよね」

「何のこと？」

「噴水みたいなものなんだ。物事には流れがあって、無理に逆らえば涸れちゃう」

意味が分からなかった。これも美令の謎かけなのか。

「もう、それを言うタイミングじゃないってこと？」

「そういうこと」

「いつ言ってくれるの」

「また今度流れが来たら」

「今度っていつ」

「いつだろう」

「卒業までには話してくれる？」

美令の目に遠くを見てほしくなくて、和奈は固唾を飲んだ。

視線は和奈に留まり続けた。

「赤羽、何写したんだよ、この盗撮魔」

どこからか別のクラスの男子がやってきて、清太にスリーパーホールドの真似事をした。清太が「やられたあ」と大袈裟な苦悶《くもん》の表情を作り、助けを求めるように萌芽へと手を伸ばす。男子たちの一団がその小芝居で大笑いした。場の空気がまた変わった。清太が調子に乗って語り出した。

「日めくりカレンダーにさ、毎日宇宙にまつわる小ネタとか言葉とか書かれてんだけどさ」

「それでさっきスピカ探したのか？」

「それに、めっちゃクールな言葉あってさ。あーこれ、去年も言った」

「ホワイトイルミネーションの時か」

「セザールだかセガールだかって人」

「それ、セーガン博士じゃね？」

と、和奈のスマホに着信が入った。実家からである。滅多にないことだった。

その場で受ける。

それは、祖母が危ないという連絡だった。

＊

メゾン・ノースポールで夏月と少し話した。夏月は帰るつもりだと言った。

「一緒に帰るなら車に乗せる」

和奈も迷わず帰ることにした。間に合うのなら、祖母に匂い袋の礼と、美令と更紗も大事に使っていること、それから、もらった時に取ってしまった幼い態度の詫びを伝えたいと思った。

夏休みに一度見舞った時には、普通の会話しかしなかった。病を得た人間に普段言わない礼や詫びを口にするのは、あなたは近々死にますと告げるようなものだ。そのときの祖母は春休みよりも元気なほどで、とにかくそういう状態ではなかったのだ。

急いで駆けつけたものの、祖母はすでに意識がなかった。

「和奈、制服持ってきてないよね」

白っぽい病院の廊下で夏月がひっそり呟いたのは、駆けつけた日の夜だった。言葉を交わす機会を持てず、祖母は逝った。

「もうすぐ和奈の誕生日なのにね」

和奈は母親の黒のワンピースを借りた。

葬儀は小さい町とは思えぬほど人が集まった。和奈は祖母の顔の広さを今になって思い知らされた。和奈の旧友たちも何人か顔を見せた。彼らは祖母から霜原踊りを教わっていたのだった。新幹線の中ではあれだけ姦しかった彼らは、和奈を見て涙顔で微笑んだ。

「来てくれてありがとう」

声をかけると、「和奈ちゃんのお祖母ちゃんが、和奈ちゃんに会わせてくれたんだね」と言われた。彼らは悲しみながらも和奈への気遣いを見せた。和奈はその思いやりに感謝しながら、もしかしたら一人町を離れた自分を、彼らはいつも案じてくれていたのかも知れないと思った。

葬儀の最後は、参列者総出で霜原踊りを踊った。そういうものなのだ。いたたまれなさとやるせなさ、悲しさと、ほんのひと匙《さじ》程度の愉快さを堪えて夏月を見やると、夏月は誰より完璧に、舞の優雅さを持って踊っていた。

葬儀が終わった後、夏月の母親から和紙の小箱を手渡された。中には封筒が三つあり、それぞれに薄く弱い文字で宛名があった。美令さん、更紗さん、和奈。祖母は手が動くかぎり孫子《まごこ》のための匂い袋を作り続けていたと、夏月の母親は教えてくれた。

九月五日の夜は更けて行った。明日は誕生日だ、誰も覚えてなさげだけれど——和奈は目を閉じた。

夢の中でゆらりと揺れて、和奈は目覚めた。

九月六日

揺れを感じた瞬間、城之内更紗は飛び起きていた。起き抜けなのに心臓がばくばくしている。大丈夫、すぐに収まる。だが、揺れは続くばかりか増幅した。建物が軋み、カーテンレールがかちゃかちゃ鳴って、本棚から本が落ちる音がした。建物が崩れる想像を更紗は必死に頭から追い払う。枕元のスマホを手に取る。日付は替わっている、九月六日、三時八分。

「大丈夫？」

母だった。更紗は足元に気をつけながらベッドを降り、部屋を出た。廊下の電気の下で、壁にとりすがってようやく立つ母がいた。あの日の揺れに似ていた。普通のよくある地震ではなかった。

うねりがようやく鎮まってくる。

「お母さん、瑠璃は」

瑠璃は部屋から出て来なかった。母が「開けるよ」と断りドアノブを回す。瑠璃はベッドの上で身を固くして震えていた。更紗は迷わず中に入り、妹の体を抱きしめた。日頃見ない瑠璃の部屋はやや乱雑で、漫画やゲームが雪崩《なだ》れていた。

「大丈夫だから。一緒に茶の間に行こう？」

瑠璃は素直に頷き、立ち上がった。

テレビをつけると、地震を報じる緊急報道をやっていた。画面に大きく出ている地図は北海道だった。震源は北海道胆振《いぶり》地方。アナウンサーが津波への注意を呼びかけていたが、警報は出ていない。固唾を飲んで見守るうちに、津波の心配はないとなった。

「また揺れる？」

瑠璃が呟いた。母と更紗で妹の体を温めるように両脇に座る。

「余震はあるかもね。でも大丈夫。津波は来ないし、テレビもついている。電灯も」

母がそう言い瑠璃の背を撫でた。更紗は台所の蛇口をひねった。水が出た。スマートフォンが震えた。メッセージが届いたようだった。

「水道も大丈夫みたい」

更紗は冷蔵庫からペットボトルのお茶を出し、コップに注いで瑠璃と母に持っていった。二人とも受け取って口をつけた。大きな余震が来て、三人で耐える。

「じきに朝になる。大丈夫よ。落ち着いてたらまた寝よう。怖かったらお母さんの部屋にくるかい？」

「いいよ、一人で大丈夫」

瑠璃がようやく少し笑った瞬間、突然すべてが見えなくなった。

＊

『こっちも電気消えた！』

青木萌芽のスマートフォンにメッセージが着信した。赤羽清太からだ。地震発生から数えて四つめのメッセージだった。

萌芽の家は地震直後から停電していた。

揺れに驚いて電気をつけようとしても、もうつかなかったのだ。真っ暗の中、カフェの方から物が割れる音を聞きながら手探りで眼鏡をかけ、リビングに行った。あらゆる家電の時刻表示が消えていた。その時清太からメッセージが来た。こちらが停電していることを伝えると、うちは問題ないと返ってきたので、萌芽は停電を一時的なものと早合点した。

そして、地震から十八分後に、清太が住むエリアでも停電が発生したことを知ったのである。

あ、まずいなと思った。一部地域に留まっていた停電がどうやら広範囲に拡大した。だとしたら、詳しいことは分からないが、状況は悪化していると言える。すぐには復旧しないかもしれない。萌芽はスマホのバッテリーを確認した。92%。これからしばらく充電できないかもしれない。でもスマホを使わなければ情報が入ってこない。萌芽の家にあるラジオは、コンセントを使うものだった。

「冷蔵庫どうしよう」

カフェから戻ってきた母親が言った。

萌芽は頭を抱えた。カフェが無事ではないのは音で察していたが、このままでは食材もまるまるだめになる。昨日焼いて冷蔵しているタルトやケーキ類もだ。ただでさえうちは借金を抱えているのに。

「被害、心配だね。あのときも北海道はこんなに大きく揺れなかったのに」

大我がうなだれた。

萌芽はそれで更紗の事情を思い出した。うちのタルトなんかより、あいつは大丈夫なのか？　他のみんなは？

電池のことなど気にしていられず、萌芽はメッセージアプリを立ち上げた。『自由行動組』のトークルームには、すでに清太が投稿していた。

『みんな大丈夫か？　俺は大丈夫』

萌芽も『俺も大丈夫。女子たち、大丈夫？　大丈夫だったらそれだけでも教えて』と投稿した。ネットはまだ問題なく繋がった。美令、和奈、更紗がスマホを見ているかどうか、スマホを見ていたとして、『自由行動組』を思い出してくれるか保証はなかったが、どうか気づいてほしいと願った。

萌芽はスマートフォンを睨んだ。

*

汐谷美令の自宅はマンションの十八階なので、とりわけ揺れが酷かった。壁面は嫌な音を立てて軋み、階下の部屋からは微かに叫び声も聞こえた。

もっとも騒音は自宅内でも発生していた。

両親が発生源へ行ったようだ。美令も素早く起き上がった。髪を軽く整え、ガウンをはおる。

美令が行くと、両親は美令にその場を任せて部屋を出て行った。寝に戻ったのではなく、父は会社関係者に連絡を入れていた。母は物件の隅々をチェックし出した。マンションは賃貸で、十月には明け渡すことが決まっている。何らかの異常があれば、すぐに報告しなければならない。

大きな余震がすぐにあり、その直後に電気が消えた。頭から黒い布を被せられたのかと思った。一瞬、夜間ヘッドライトに驚いて立ち竦む猫みたいに、体の動きが止まった。リビングで両親が何か言った。

暗闇は何より床が見えなくなる。床が見えないと一気に遠近感が失われる。手探りでスイッチまで行き、押す。つかなかった。

美令は注意深く自室に戻り、スマートフォンを置いた場所を両手で探った。触れたそれを立ち上げると、光源になった。懐中電灯を手にした父が部屋を覗いて言った。「美令。お父さん、忙しくなるかもしれない。家のことを頼むぞ」

その言葉に頷きながら、片手でスマートフォンのアイコンをタップした。

美令はメッセージアプリを通して、自分が心配されていることを知った。

＊

松島和奈も地震に飛び起きた。震源地から離れた霜原町でも、震度4の揺れがあったのだった。とはいえ、家族はみんな落ち着き払っていた。飼い犬のヤマトも、少し吠えただけですぐに大人しくなった。物は多少落ちたが、割れたり壊れたりといったことはなかった。それらの片付けも滞りなく終わった。

両親は地震の後の停電にも動じなかった。懐中電灯は実家の至る所にある。ホワイトアスパラガスを育てているので、自身が光源を持っての動きにも慣れていた。

　当初、霜原町にある送電線のどこかが切れたのだろうと、両親は見立てていた。しかし、それを否定したのは祖母の家にいた夏月だった。

「夏月ちゃんがブラックアウトじゃないかって言ってるみたいだ」

　SNSを使って情報収集をした夏月は、停電が北海道全域に及んでいることを知ったという。

「深夜需要だか周波数だか負荷遮断だか言ってるみたいだけど、分かんねえな。まあ、あんだけ揺れたんじゃあ発電所のどっかも止まるだろ」

　父や伯父は夏月による電力談義の理解を放棄したようである。それが分かったところで、電気がつくわけじゃないからだ。

「おまえがこっちにいたのは不幸中の幸いだったな。離れていたら心配だった。祖母ちゃんのおかげだな」

「とんだ誕生日になったわね。とにかく和奈、十八歳おめでとう。受験頑張りなさいよ」

　両親は豪胆にも再び寝室へ行った。

　和奈は眠れなかった。心配は何より更紗だった。揺れや停電、緊急地震速報のアラームなどで、震災当時の記憶が喚起されているのではと気を揉《も》んだ。

　自室に戻った和奈は、スマートフォンをチェックした。『自由行動組』で、清太と萌芽が安否を問うていた。すぐさま自分は無事だと投稿する。それから美令が無事を伝えてきた。一番気を揉んでいた更紗も、投稿があった。

『私も大丈夫。心配ないです』

　ああ良かった、更紗が反応したと、和奈はその場にへたり込むほど安堵した。もちろん、心配ないをそのまま丸呑みするほどアホではない。それでも今は更紗の振る舞いに乗っかろうと腹を括る。

　そうして五人のメンバーは、トークルーム上に集った。

『霜原町も揺れた？』

『揺れたよ。震度４』

『こっちは震度５はあったよ。霜原町もやっぱ停電してるの？』

『従姉が言うには、ブラックアウトじゃないかって』

『従姉って夏月さん？』

『気絶のことじゃないのか、それ？』

　誰も再び眠ろうとはしなかった。真っ暗な中で、夜明けを待っている。自ら光を生み出せない人間は、ひたすら太陽が昇るのを信じて待つしかない。

　夜明けはこんなに待ち遠しいものなのだということを、和奈は初めて知った。

『何してる？』

『充電どう? 俺ヤバそう』

『怖いね。また余震来るよね』

『大丈夫、うちらここにいるよ』

『ねえ、今日って和奈ちゃんのお誕生日じゃなかった?』

更紗が覚えていてくれた。美令もすぐに反応してくれる。

『そうだったね! 和奈おめでとう』

スタンプ付きだ。更紗も『happy birthday』のスタンプを送ってくれる。

『こんな時なのに二人ともありがとう、はちゃめちゃに嬉しい』

和奈は本心からそう投稿した。

『昨夜、誰も覚えてなさげって思ったんだ』

『俺は今覚えた』

『俺も。九月六日なんだな。乙女座か』

『札幌に帰ってきたら、ケーキ食べに行こうね』

心細さの中、誕生日を祝われて、和奈は不覚にも泣きたくなった。

『みんなありがとう』

だがまだ夜明けは訪れない。和奈の誕生日でいっとき盛り上がったトークルームも、またしんみりとなっていく。

『夜明け何時？』

『札幌は5：03になってる』

『六月は三時台だったのに』

『微妙に寒くない？』

『日の出前が一番寒いって言うよね』

『スマホが眩しい』

『俺の親、今、両方出かけたわ』

清太がそう投稿したのは、午前四時にはもう少し間がある時刻だった。

『いつ帰れるか分からんって言って出た。今日の何時に帰れるか分からんじゃなくて、マジでいつ帰れるか分からんって。おまえは一人で飯くらい食えるだろって。公務員も結構大変なんだな。親見てて俺でもやれそうとか思ってすまんかった。でかい災害起こったら、家庭より市民だよな。俺一人になっちゃった』

和奈は驚いた。ついに反省までし出している。あの清太が。

『窓から親見送ってたら、結構いろんな家から車出ていくんだ。あれきっと、うちの親と同じだ。公務員とかインフラとかマスコミとかだ。停電だからこそ動かなきゃならない人たちもいるんだな』

『病院も困ってると思うよ。非常用電源があるだろうけど、電気は絶対に落とせない』

更紗の投稿だ。美令も続いた。『高齢者施設とかもそうだね』

いささかトークルームがしんみりしかけた矢先、

『てか、空見ろ！　早く！』

さっきまで反省していたはずの清太だった。

『今すぐ見ろ！』

どうしたことかと訝りつつ、和奈はカーテンを開けた。窓も開けて、注意深く身を乗り出す。

台風一過のひんやりした風が、和奈の髪を払った。

小麦畑が広がっているはずの風景が、青黒く沈んでいる。いつもの夜ならば、ぽつらぽつらと連なる鄙《ひな》びた電柱の街灯と、畑の向こうの霜原町の中心部付近が、乏しいながらも灯りを放っているのに、今はそれがただの一つもない。

畑を堰き止めるように隆起する丘に目を転じて、和奈は息を呑んだ。

稜線《りょうせん》に生える木々が、影絵になっている。夜空が明るい。

見上げれば天頂まで無数の星が瞬《またた》いていた。

それは真っ暗闇に穿たれた幾多の穴にも見えた。抗う戦士が闇にマシンガンを放った痕跡。

闇を隔てた向こうの、光の世界が見える。

光はあったのだ。上を見るだけでよかった。

体が熱くなる。星空とはこれほどに胸を打つものだった。

和奈は自分が新しくなった気がした。空を見た、それきりなのに、まるで古い細胞を脱ぎ捨て生まれ変わったような感じだった。

たったこれだけのことで、人は生まれ変われる。

そして、今日が誕生日だという巡り合わせを嚙み締めた。

一つ、星が流れた。星座と星座を繫ぐように、星は闇を切り裂いて飛び去る。

流れ星をリアルに見たのは、数年ぶりだった。

願い事はしなかったが、残念ではなかった。自分の願いなんてどうでもよくなるくらい、和奈の気分は広々としていた。自分のことなど後回しでいいから、この世のすべてが平和になればいいとまで思った。

つい先ほどまで、暗い中でスマホの画面だけを見ていて、視界がスマホの大きさになっていた。

本当は、世界はこんなに果てない。

それから和奈は、自由行動組のみんなに思いを馳せた。

ブラックアウトの街は、いつもよりもずっと暗い。だったらきっと、彼らの上にもいつもとは違う夜空がある。五人で見た修学旅行のプラネタリウムが思い出された。あの日は楽しかった。ホワイトアウトの日も思い出す。あの日は雪に阻まれて先が見えなかった。白と黒で正反対だけど、どこか似ている。それから、学校祭の花火の後も星を探した。あのときは清太がスピカを撮ったとか何とか言って……。

今、スピカは見えるのだろうか。

＊

更紗は居間から南向きの狭いベランダに出て空を見た。

四階のベランダから見る街は、実は完全には真っ暗ではない。何かの非常灯やビルの衝突防止灯、車のヘッドライトなどがあるのだ。東側の地平は、なんとなく群青になりかかっている。夜はじきに終わる。

それでも、星が見える。いつもよりも数多く、光が強い。星が発する光の強さは昨日と変わっていないはずなのに、オリオン座の一等星のみならず、三つ星近くの大星雲までこの目で捉えられる。

父が帰ってこなかったあの日も、星を見た。星の光がきっかりしていて、白く縁取りをされているようで、だから更紗はあの日から星空を見るのが好きではなくなった。プラネタリウムで目を瞑ってしまったのは、そういう理由だった。

今、更紗は星空を綺麗だと思って見上げている。

「お姉ちゃん」

瑠璃だった。サンダルを履いてベランダに出てくる。

「お姉ちゃんも星を見てるの？」

「うん。瑠璃はもう大丈夫？　平気？」

更紗は瑠璃も空を見上げられるよう、スペースを作った。瑠璃はそこに収まり、左手でベランダの手すりを摑んだ。

「余震、あるかもよ。大丈夫？」

言うべきではないのかもしれないが、確認はしたかった。瑠璃は頷き「すぐ戻る」と答え、視線を上げた。星を探す目だ。

「今、すごく見えるって、教えられたから」

「誰から？」

「クラスの人。メール来た」

瑠璃は右手にスマホを持ったままだった。メールということは、SNSやメッセージアプリでは繫がっていない相手だ。親しい友達ではないのかもしれない。でも、その子の一言で、瑠璃は星を探そうとしている。

「何の星を探してるの？」

「見つけた」瑠璃がスマホを持った右手を上げ、それを指し示した。「牡牛座《おうしざ》。アルデバランとすばる」

「瑠璃、牡牛座だもんね」

修学旅行でプラネタリウムを見た後に、瑠璃へのお土産にしたクリアファイルも、牡牛座が入ったものにしたのだ。

「メールくれたその子も牡牛座なんだって」

「友達？」

瑠璃は首を横に振った。「嫌いだった」

「なんで？」

「お祖父ちゃんが死んだだけなのに、悲劇のヒロインぶってたから。前にその子のこと、話したことある」

「うん、聞いたね」

新幹線の中で悪口を言っていた子のことだ。

私の方が辛いのに、悲しいのに、我慢しているのにと、瑠璃は腹を立てていたのだろう。

自分をはじめ誰にでも少なからずそういうところはある。春休みのバイトの夜が思い出される。犬になるのは難しい。

「でも、お姉ちゃん、あの時言ってたでしょ。自分が一番辛いと思ってるのは、みんなそうだって」

「うん、言った」

「だから」

「だから、嫌いだった、なの？」

瑠璃は過去形でものを言ったのだ。

更紗の指摘に、瑠璃は「よく考えたら、アヤミ、別に悪い子じゃないみたい」と呟いた。

それから夜空の写真を一枚撮った。

「写真にすると、どうして見えなくなるのかな」

瑠璃はがっかりしたようにそう言い、ベランダを後にした。

上手く撮れていたら、きっとアヤミという子に送ったのだろうと、更紗は思った。

*

美令は自室に戻って窓を開け、窓の下にかがむようにして空を見上げた。

見渡す限り、どこの空にも星が見える。探す必要なんてない。視線を向けた先に必ず星が瞬いている。幾つもだ。やんちゃな子どもが思いっきり撒き散らしたようだ。そして、それらが一面にあるために、夜空にも微かにだが色がある。

美令は星の光で宇宙の蒼《あお》さを知った。

あれはシリウス。プロキオン。沈んでしまった星もある。スピカ。アンタレス。でも地平線の向こうで輝いているのだ。

『自由行動組』のトークルームでやり取りをしていたとき、母が断水しているとドア越しに教えてきた。停電のせいらしかった。引っ越しの準備を始めていたため、備蓄用の水は既に流してしまった。避難所へ行くか給水車に並ぶかしなければならないと、母は元アナウンサーの語り口で言い述べた。

床に座り直し、背筋を伸ばす。もう一度夜空を見る。背筋を伸ばすとき、美令はいつも星と繋がることをイメージする。その星はどれだろう？　一等星ではないかもしれない。名前もないかもしれない。それでもいい。

東京でプラネタリウムを見ながら、美令は密かに、綺麗な星空を見るのはこれが最後かもしれないと思った。

最後にはならなかった。

未来って分からないものだなと思い、新鮮な驚きを覚える。そこいらの小学生ですら知っていそうなことなのに、まるで今初めてその概念に触れたみたいだった。

ほのかな嬉しさを胸にしまって、美令は窓辺を離れた。きっともう眠れない。ならばこの時間を有効に使うべきだと思ったのだ。美令はストレッチを始めた。それからプランク、ピラティス。どんな日でも欠かしたことはなかった。思うようにならないことばかりだが、体形や筋肉は自分でコントロールできる。発声は体幹に左右される。何の意味もないかもしれないが、やめられなかった。勉強もそうだ。やめられなかっただけ。続けていた何かをやめるのは、時に続けるよりも勇気がいる。やめるという変化で、本当に何もかもが潰えてしまいそうに思えるのはなぜだろう？

救急車のサイレンが近づいてくる。マンションから歩いて五分ほどの場所には、総合病院があった。

＊

萌芽はパジャマにジャンパーを引っ掛けて、外に出た。市街地に灯りは一つもない。どこの住宅からも灯りは漏れず、信号機も消えていた。サンダルを突っ掛けた自分の足すら、おぼつかない暗さなのだ。墨の海に浸《つ》かっているみたいだった。

夜空を仰いで、確かにプラネタリウムみたいだと思う。見えすぎて、逆に星座を辿るのが難しい。

肉眼でこんな空が見られるとは思わなかった。

幼いころ、両親に連れて行ってもらったプラネタリウムをきっかけに、萌芽は星々に魅せられた。きらきらしていっぱい光っていて、いくつかを繋げれば物語を彩る物や動物や神様になり、空にあるのに決して落ちてはこない。そして昼間は見えない。見えないけれどある。ナレーションも素晴らしかった。萌芽はそのプログラムの中で大好きな言葉と出会った。


星を見る大人になりたい、自分も新しい星を見つけてみたいと、無邪気に思った。

もうあんな無邪気すぎる夢を持つ年齢ではないけれど、それでも空は見上げたっていい。

萌芽は眼鏡の奥から目を凝らす。どんな仕事をしたって、何歳になったって、星は探してよかったのだ。


理学療法士にだって夜はある。

きっと今日みたいに暗い夜に、新しい星は見つかるのだろう。

トークルームを再び覗く。清太が投稿していた。


『We are made of starstuff』

『日めくりカレンダーにあったセーガンって人の言葉』

——私たちは星の材料でできている。

夢の源となった言葉と、萌芽は再び出会った。

＊

夜が明けても、停電は復旧しなかった。

学校は当面臨時休校となった。和奈はその連絡を担任からの一斉メールで受け取った。

ニュースでは停電の復旧まで一週間程度とも言っている。被害の甚大さは明るくなってはっきりした。犠牲者が出ていた。震源地では土砂崩れが広く発生し、木がなぎ倒され、畑が飲み込まれてしまっている。報道ヘリの空撮映像がその惨《むご》い様を伝えた。

これらの情報を、和奈はテレビで見て知った。

テレビが見られるのは、父が夜明けと共に発電機を回したからである。地震後の停電にも慌てず騒がず、諸連絡を終えたら寝てしまった両親の余裕は、農業用の発電機にあったかと、和奈は得心した。

ならば次は伝達だと、和奈はメディアから得た情報を他の四人に流した。

『何か知りたいことある？　調べるよ』

『スマホの充電どっかでできるかな』

『給水について知りたい』

『電波繋がりづらくなってる。情報ある？』

『萌芽、おまえんち行っていい？　てか行くわ。区役所寄って充電してから行く。タルトを捨てるな！』

夜は問題なくできていた通信に、時間がかかるようになりつつあった。しかし、だからこそ自分がやらなければならないと和奈は思った。充電を気にしているスマホで情報収集は難しい。じっとしていればそのうち復旧するかもしれないし、自己満足に過ぎないとも分かっていたが、和奈はリクエストがあったことや自分だったら教えてほしいことを調べては、トークルームに投稿し続けた。

両親は畑に出た。玄関でヤマトが吠えた。

テレビはつけたままでいた。北海道のローカル局は、ＮＨＫも民放も地震の情報を流し続けている。朝から何度も見た映像に、一つ二つ新しい映像が混じる。避難所からの中継、液状化により傾く住宅、炊き出しの様子、給水施設に並ぶ行列が映る。ポリタンクを持った中年女性が、マンションのエレベーターが止まってしまったから、水を運ぶのが大変だと答えている。生中継だった。

中年女性の背後に映った行列の中、ひどく姿勢正しく立つ少女がいた。

「美令？」

和奈はテレビに齧り付くようにしてその少女を見つめた。

少女の顔ははっきりしない。それこそ彼女は中継画面におけるエキストラだった。主役は中年女性で、相手役はレポーター。なのに目が行く。画面の中の人々も、列に並ぶ少女に気づくと、そこに視線の先を留める。

間違いない、あれは美令だ。

美令の前後に並んでいるのは、老人と若い夫婦で、家族という感じではない。ということは、ビニールの給水袋を持った美令は、一人で水を運ぶのだ。

あの給水袋に水が入ったら、どれだけの重さか。それを持ってマンションの階段を上がるのか。

和奈はいてもたってもいられなくなった。

清太に手伝いを頼めないか。市内で駆けつけられる男子といえば、清太くらいしか思い当たらない。

スマホを手に、まずは美令の意向を尋ねようと、メッセージアプリを見た。

『今、テレビに汐谷映った！　断水してんのか？』

その清太の投稿が、最新だった。和奈はそれに問いかける。

『ていうことはテレビ見てるの？　電気復旧した？』

清太はすぐにレスポンスしてきた。

『近くのおっちゃんが携帯テレビ持ってて、それ一緒に見てた。区役所のスマホ充電スペースに来てる。めっちゃ長蛇の列。三時間待ちとか言われた』

公共機関や携帯電話会社が携帯の無料充電サービスを行っていることは、和奈も情報として流した。

『てか汐谷んちどこ？　中央区のどっかだっけ？　俺、受付済ませたし、三時間待ちだし、水運ぶの手伝うわ。映ってたのって公園だよな？　何公園？』

『美令ちゃん大変なの？　私も手伝えるよ？』

更紗だった。

『ありがとう、でも必要ない』

美令が発言した。彼女の応えは想定内のものだった。

『汐谷って親と住んでるんだっけ？　テレビでは一人っぽかったけど。家族の分も運ぶなら大変だろ』

『何回か並ぶつもりだから、大丈夫だよ。私も暇だし』

美令の言葉からは、普段の彼女には似つかわしくない頑なさが感じられた。

まるで、こちらに来てほしくないとでもいうような。

その気づきが踏み台だった。次に和奈は、いとも簡単に真実に手が届いてしまった。実際、美令は来てほしくないのだ。給水の手助けをすれば、マンションへ、引いては家に行くことになる。

——これで神様を見るの。私の家にいる。

――私、神様の見張り番してるの。

美令にとって神様は、どうしても隠したい存在なのだ。まるで、迷惑者か何かのように。それを知りたい。ずっと知りたくて今日になった。けれども美令には、連帯保証人を選ぶ権利がある。連帯保証人を必要とするかどうかも――和奈は受け入れた。

『了解。美令、給水頑張ってね！』

その場のトークに無理やり幕を下ろすように、和奈はそう投稿した。

海まで一緒に行くと無理をした頃の和奈なら、遠慮しないでと食らいついていた。給水の列に一人並び、重さを堪えて階段を上るのだろうことを考えると、そっとしておくのが気遣いだと割り切れないものがあったのも事実だ。

それでも引いたのは、美令への信頼ゆえだった。

人の厚意が分からない美令ではない。その上で、どうしても家には来てほしくないと言い張るのなら、きっとそれは美令にとって必然の判断なのだ。

秘密を打ち明けてほしいのに打ち明けられず、力になりたいのに一切頼られないのは、寂しく悲しい。しかし、自分の寂しさや悲しさごときで、美令の意を曲げさせてしまうのは、もっと嫌だ。

美令に似合うのは勝者の自由だ。彼女ならきっと私がここまで考えたことも分かってくれる。

『美令ちゃん、無理しないでね。学校で会えるの楽しみにしてるね』

更紗も退いた。

『えー、女子の皆さんは、薄情っすね。なんで？　なんで？』

清太は最初そうぼやいた。だが数分沈黙したのち、

『気が変わったら、いつでもここで言ってくれよ』

と書き残して撤退した。萌芽に何か諭されたのだろう。

『ありがとう』

美令の投稿を最後に、トークは途絶えた。

＊

『ありがとう』と投稿して、美令はスマホをズボンのポケットにしまった。彼らの思いやりを嚙み締める。

もうじき自分が水を受け取る番だった。

二つの給水袋にたっぷり水を入れてもらう。持ってみると、覚悟したより重くなかった。これならあと二往復はできると思ったものの、マンションまでの道のりを歩いているうちにキツくなった。周りは自家用車で来ている人が多い。台車やキャリーバッグを使ってい

る市民もいた。

マンションまでは二ブロックほどである。真昼の札幌は気温が上がり、少し暑さを覚える。一戸建ての住宅から、美味しそうな匂いが漂ってきた。庭先でバーベキューをしている家庭があった。保存できなくなった冷蔵庫の肉を、いっそ食べてしまおうというのだ。

春休みのアルバイトを思い出す。あのときは楽しかった。日々の思い煩いのすべてを、いっとき忘れられた。美令は大きく育つであろう若葉を見つめて、収穫の時を夢想した。先々のことを希望と共に想像するなんて、ここ数年なかったことだった。

マンションの階段は五階置きに袋を置いて休憩した。

ようやく家に着いた。父は早い時間に徒歩で出勤した。会社が手がけている建造物も被害を受けているかもしれないからだ。あてにはできない。昨夜頼まれたとおり、家のことは自分がしなければならない。

母が疲れた顔で現れた。

「すまないわね。でも助かるわ。次はお母さんも手伝おうかな」

細い腕に力こぶを作ってみせた母に、美令は首を横に振った。

「家は空けられないし、お水持って階段ここまで上らなきゃならないんだよ?」

四年前、手術と化学療法を行って、今のところ母の乳がんは再発していない。でも、母の体はすっかり痩せて弱ってしまった。負担はかけられない。

母はすぐに諦めた。

「お父さんもお母さんも、あなたには感謝してるのよ。あなたが大好きなの。だから家族で一緒に乗り越えましょうね。あなたがいて本当に助かる」

美令は頷き、収納を覗いてキャリーバッグを探した。


——私、神様の見張り番してるの。

秘密をちらつかせるようなことをわざと和奈に言った。なぜあんなことを言ったのか、美令自身も分かるようで分からない。でも言うなら彼女だった。海のない町に育ち、海への憧憬《しょうけい》を抱き、中学卒業で家を出ている、そんな彼女の気を引いてみたかったのかもしれない。彼女が謎かけを心に留めて意味を尋ねたそうな顔をしても、答えないでいた。それだけのっぴきならない秘密なのだということだ。知らせたところで、どうせ彼女は助けにならない。

理解ははなから求めていなかった。そんなものは無理だ。世界全人類、理解なんてできやしない。理解できると言ってほしくもない。

理解してほしいという人の気持ちが、美令には分からなかった。自分を理解してくれと願う人は、恐ろしくないのか。理解してもらえさえすれば自分は肯定され受け入れられるはずだと、どうして自惚れられるのか。理解した相手がその上で自分を否定し拒絶するかもしれないのに。そうなったら、もう逃げ場がないのに。

だから私はひとりぼっちだ——美令は砂漠に埋もれる自分を幻視した。

ホワイトアウトの中を進んでいたときも、美令が考えていたのは孤独のことだった。死ぬのは嫌だし死ぬ気もなかったが、このまま行方不明になれば面白いとは思った。ひとりぼっちなら簡単に消えられる。雪の中に消えてそのまま帰らないなんて、誰も、『神様』も予言していない。さぞまごつかせてやれるだろうと思った。

彼らが来てしまって、それは叶わなかった。けれど美令はあの時嬉しかったのだ。だから本当は、彼らを望んでいたのかもしれない。助けてほしかったのかもしれない。そう考えると、自分がまったく弱いみたいで、泣きたくなったけれども。

そういえば、今日も木曜日だ。

二度目の給水はキャリーバッグを使ったが、マンションの階段はどうしようもなかった。美令はキャリーバッグの中から給水袋を出して、一段一段階段を上った。

一度目は五階ごとに取った休みを、今度は取らなかった。休まずにどこまで上り続けられるか試してみようと思った。

自分で自分を拷問しているみたいだった。脚の筋繊維が傷つき切れていくのを痛みで実感する。脚の辛さより美令を苛んだのは給水袋の重みだった。指の腹に食い込み、ちぎり落とそうかと言わんばかりだ。

美令は知らず歌を口ずさんでいた。十八番は『パート・オブ・ユア・ワールド』。好きなのは『民衆の歌』。流行《はや》りの歌は実はあまり得意ではないけれど、あの猛吹雪の翌日に更紗がエモいと言っていた曲はとても気に入った。

階段を上りながら、美令は一人小声で歌い続けた。

美令は十八階のフロアを踏んだ。脚に力が入らず、その場に倒れたが、とにかく十八階のフロアに倒れたのだった。給水袋を離して手を見ると、持ち手が食い込んだ指の腹は、内出血で紫色だった。

それを見て美令は自嘲した。

笑ってしまう。こんなことをして、何が変わる？ 変わらない。疲れただけだ。誰も助けてくれない。あの四人もここへは来ない。私が断ったから。親が人を呼ぶのを嫌がるからそうした。親は人様にお見せするものではないと恥じている。隠すのが家族のためだと思っている。でも断った本当のわけは——。

美令は這いつくばって事実を認めた。打ち明けられないのは、怖いからだ。

先に一歩抜けだした友を見た。彼女はおそらく凄まじい勇気を振り絞って、あの発表を作ってみせた。

フロアをずるようにして家の玄関に辿り着いた。母が出迎えて瞠目《どうもく》する。

「どうしたの、汗だくじゃない」

「お母さん」

美令は壁に寄りかかりそうになる体を、自分自身の意識で支えた。体の中心に一本の細い柱を作る。それに沿って立つ。頭の上を意識する。柱の先と真っ直ぐ上の星を繋ぐ。その星の名前は知らない。見えもしない。だとしても、今このときも星は空を航《わた》っているのだ。

そして――『We are made of starstuff』――私も星の一部。

つられたように居住まいを正した母に告げた。

「お母さん。私、友達を家に呼びたい」

母の顔色が見る間に青ざめた。

和奈

『じゃあ、ハクトウワシってニートみたいなんですね。親ほどの大きさになっても餌を運んでもらう上に、我が物顔に奪って食べるとか』

『人間からはそう見える。でもニートとか子ども部屋なんとかとかじゃないよ。それは人間の尺度。ハクトウワシは親に頼って生きようとか考えてないはず』

アヤミとフォビドゥンがやりとりをしている。近ごろはこんな感じで、いたってのどかなものだ。アヤミはクラスでの苦境を呟かなくなっていた。最近、あの子の当たりが少し柔らかくなったようだとの投稿は、夏休み明けに一度見た。霜原町に帰省していた間には、夜空の写真を見せてもらったと書き込んでいた。クリアファイルの星座のことを話したこともあった。

『イマトモ』のアルバイトは九月末で辞める。

土曜日、和奈は朝食を食べながら、向かいに座るフォビドゥンこと夏月に辞めることを話した。やっぱり夏月がフォビドゥンだった。夏月は「受験だもんね」と理解を示してくれた。

「夏月からしたら、やっぱり私は頼りなかった？　だから見てたの？」

「いや、別に。見るの好きだから見てただけ」

祖母が他界しても大地震が起きても、夏月は変わりなく飄々《ひょうひょう》としている。あの地震から一週間と少し経った。

「だから今日もただただ傍観者なわけ。美令ちゃんのところ、今日だったよね？」

言われて、和奈は途端に緊張を覚えた。箸を置いて頷く。「うん、今日」

今日和奈は、美令の家に行く。更紗も一緒だ。

話したいことがあると美令に言われたのは、学校が再開された日、地震の翌週月曜日だった。話したいことがある、見てほしいものもある、だから一度家に来てもらえないだろうかと、彼女は言った。

神様のことだと和奈はすぐに察した。

和奈と更紗はお邪魔すると約束した。土曜日の午後に決まった。何の用事もない。もう部活もない。

その週の木曜日は、天候も悪くなく、涼しい一日だった。清太も自転車で登校した。なのに美令は、自転車を借りず、海にも行かなかった。清太は呆然としていた。

そして、土曜日がやってきたのだった。

「来てくれてありがとう」

カットソーにジーンズ姿の美令が、JR駅まで和奈たちを出迎えてくれた。

高層マンションの十八階までエレベーターで上る。上昇している間、この高さまで水を持って階段で上った美令のことを和奈は考えた。

部屋に入って驚いた。モデルハウスのような部屋はさっぱりと片付けられていて、リビングの片隅に組み立てられていない段ボール箱があったからだ。明らかに荷造りだった。

「引っ越すの」美令は言った。「転校する。九月いっぱいで」

和奈は言葉を失った。絶対に聞きたくなかった言葉を聞いてしまった。美令の目がしばしば遠くへ行ってしまうたび、虚を衝かれたように動きを止めるたび、予感めいたものを確かに抱いた。だからこそ、ショックだった。抱いた予感があまりに受け入れ難くて、和奈は無意識にそれを否定し続けてきたからだ。

「やっぱり」

どうやら更紗も勘づいていたようだ。美令は驚きをあらわにする。

「言わなかったのに。どうして？」

「美令ちゃん、ちょっと様子がおかしかった。受験や先々のこと、話したくない感じだったから」

「いつ気づいたの？」

「夏休みに藻岩山に登った時」

「そうなんだ。参ったな。どうぞ、かけて」

美令は兜《かぶと》を脱いでみせ、ソファを勧めてくれた。

「こんにちは。いらっしゃい」

リビングには美令の両親がいて、和奈と更紗に挨拶をした。

母親は美しい女性だったが、その視線は戸惑いに泳いでいた。美令が去ってしまうという事実に、ともすれば落涙しそうになりながらも、和奈はかつて聞いた声と目にした粗い映像とを思い出し、目の前の女性と照合してみた。

どうとも判断がつかなかった。一つ言えるのは、彼女は神様という感じではなかった。弱々しかったのだ。

一方父親は、ハリウッド俳優のような印象の男性だった。黒目の色が薄いというのも、
その印象に拍車をかけている。

いずれにせよ、両親ともこちらを見る目の奥には、暴露を生業《なりわい》とする人間に向けるような嫌悪があった。和奈は自分たちが歓迎されていないと確信した。彼らはここに立ち入ってほしくなかった。地震の日、美令が給水の助けを断ったように。だから、美令とこの人たちはきっと言い争った。

それでもジュースとチーズケーキを出してくれた。

「おまえ、転校のことを話していなかったのか」

父親が美令に言った。叱責口調だった。美令が転校する事実をまた突きつけられ、和奈の胃の入り口が縮む。もそもそと口に運んでいたチーズケーキの味は不味《まず》くなった。

「年度前には教えていただろう。すみません、娘が不義理で」

「どこに転校するの?」

そう問う更紗も、ケーキを残してしまっている。

「東京」

「どうして言ってくれなかったの？」

「言おうとしたことはあったんだけれど……」

「もしかして花火の時？」

美令は頷いた。

美令の受け答えを聞いているうちに、和奈は鼻の奥が詰まってきた。卒業まで一緒にいたかった。まだ半年あると思っていたかった。花火が終わってしまった時、自然発生的に「まだ九月」という声が上がった。あれはまだこの時間が続いてほしいと願う和奈にとって、救いのシュプレヒコールだった。なのにあの時の美令は別れを言うつもりでいたのだ。

ここは他人の家で、しかも自分はもう高校生だ。なのに、ベソをかいてしまいそうになる。

「半年あれば、いろんなことができたのに、いきなり半月もないなんて」

涙を飲み込むために、和奈はつい憎まれ口まで叩いてしまった。

「余命宣告なら訴訟ものだよ」

憎まれ口の中でも最低の部類だ。こんなことを言ってしまう自分が嫌になる。

「和奈、ごめんね」

「謝らないで」

美令は悪くない。それが分かっているからこそ、和奈は自分が嫌でたまらない。

「私こそ」

ごめんと続けようとした時、隣室から音声が聞こえた。寝言のような、呻き声のような意味をなさない音声。更紗はびくっと細い肩を縮こまらせた。和奈は美令の顔を見てしまった。

神様？

声に出さない問いかけを、美令はきっと聞き取った。

美令は頷いた。少し悲しそうだった。スマホを確かめながら立ち上がり、リビングから続く隣室のドアノブに手をかけ、いったん中に消えた。母親が取りなすように「あっちは気にしないでくださいな」と言った。

「和奈ちゃん」

更紗は少し不安そうだ。

部屋からはもう何も聞こえない。やがて美令が出てきて呼びかけた。

「和奈、更紗。よかったらこっちへ」

「美令、もうやめなさい」

「お願い、美令。お父さんの言うことを聞いて」

両親の声には耳を貸さず、美令はいっそ恭しいといった物腰で、和奈たちを招く仕草を見せた。

和奈と更紗はその招きに従った。

「本当は見せるべきじゃないのかもしれないけれど」美令は二人を中に誘った。「これが神様」

薄暗い部屋のベッドには、老女が半座位の姿勢でいた。

「お祖母ちゃんなの。生まれた時から一緒に暮らしている」

介護用ベッドの横には小さめの椅子が人数分用意されていた。和奈と更紗のふた席は、美令なりの気遣いだろう、ベッドからは少し離れた位置にある。和奈たちはそれに座った。

和奈と更紗は老女に挨拶をしたが、老女は二人を見ず無言だった。

和奈の背後のタンスの上に、白いだるま型の機械が置かれてあった。

部屋は家族だけのにおいがした。消臭剤では消しきれない濃密で生理的なにおいがした。

小さな蠅《はえ》が一匹飛んでいた。

窓はカーテンが半分閉じられ、明るさが抑えられている。老女の顔の印象は鷹《たか》のようだった。額は丸く、顎は小さく細く、目だけが存在を主張するように大きい。その目は視力が衰えているのか、それとも生まれついてなのか、青白く濁っていた。

かつての美貌の名残が、かえって痛ましい。

「祖母は瀬戸内《せとうち》あたりの出身なの。その村は海の近くで、すっごく田舎で、ずっと太古の昔から、村の人たちだけで魚を獲《と》って暮らしていたって」

老女を気にしながら和奈たちは美令の打ち明け話を聞いた。

「祖母の家は代々その村で神事を担当してきたんだって。神事って言っても田舎の村だから、由緒正しい神道とは別物だと思う。今日は大漁になるとか、どちらへ船を出せば魚が獲れるとか、この日に漁に出ると災いが起こるとか、そういう占いをして、必要があれば村流のお祓《はら》いをして、病気の人のために祈禱《きとう》する、みたいな家系。民間信仰に近いのかなって私は思う。一応村は、戦後まであった。昭和三十年くらいから人がいなくなって、やがて廃村になったたって父から聞いた」

「村の名前は？」

「教えてもらえない。とにかく、すごく海を敬う村だったみたい」

「海」

霜原町も入植前の土地から祭りや踊り、匂い袋などの伝承を持ち込んでいるが、他の地域では聞かない。美令が話す村においては、その一端が神託であり、海を敬うことなのだろう。和奈は頷いた。

「昔はしゃんとした人だった。私が端役《はやく》をやったころかな、そのころから段々と衰えて、今はいろんなことが一人ではできない」

「美令ちゃんが介護してるの？」

更紗が本題に切り込んだ。

「学校もあるし、四六時中ではないけれど、でも家にいるときはそうなっている。祖母は私に世話をされるのが一番具合がいいらしくて。親だと激しく抵抗する時もあるの。父はあまり家にいないし、母は病み上がりだから、高校に入ったくらいからかな、おおむね任されるようになった。祖母にストレスをかけたくないっていう意図は分かる。一度構築された役割分担を変えたくないというのも分かる。時々錯乱するからね。大声を上げさせたら、ご近所迷惑でしょ。ここ賃貸だから」

「大変じゃない？」

当たり前だろう、言ってしまって、和奈は自分自身にがっかりした。とはいえ、それが素直な感想だった。高校生で、受験生で、なのに家に帰れば祖母の介護をしている。百人一首部でも美令はいつも早く帰っていた。

「うん」

美令は否定しなかった。

なるほど、こうなると色々なことが解き明かされてくる。和奈は振り向き、だるま型の機械を指差した。

「あれはもしかして……」

「見守りカメラ。アプリと連動して、離れた場所からも様子を知ることができるの」

美令が入れていたアプリはこれだったのか。

「春休みのバイトの夜、一瞬画面が見えたことがあった」

「和奈がお風呂から帰ってきた時でしょ」

「お祖母さんではなかったと思う」

「あれは母。あのときは母が介護していた」

「任せられないの？」

「あんまり苦戦するようなら助言を送ってるの。何か起こったら病院とかに連絡しなくちゃいけないし」

更紗が和奈の横でそっと息を吐いた。

「私、美令ちゃんは看護師になりたいのかなと思ったことがあったんだ」

「そうなの？」

「修学旅行で付き添ってもらったときに、介助に慣れているって感じたの。とても楽に歩けた。私も看護師になりたいから、一緒なのかなって」

「更紗、看護師志望だったんだ。だから私立理系なんだね。私が手慣れた感じだったとしたら、それは祖母のおかげだね」

「ちょっとあんた」

ベッドの老女がいきなり喋った。それは、きっぱりしていて、介護を必要とする老人の話し口調とは思えぬものだった。老女は、枕元に座る美令の手をひったくるように取り、顔を顰めた。

「あんた、臭い！」

突然のことに、和奈は呆気に取られた。老女は無遠慮に美令の手に鼻を近づけ、さらに言い立てた。

「死人のにおいがする。お姉さまの時にも嗅いだよ。罰当たりめ、海を馬鹿にするからだ、生娘だって容赦しない。さては遊んだな」

言いながら老女の表情は変わっていった。段々と眉を吊り上げ、般若《はんにゃ》の形相になる。腕を振り回し、美令を殴打する。美令はそれを慣れたようにいなしている。和奈はたじろいだ。取っ組み合ったら絶対に勝てる相手なのに、恐怖を覚える。更紗の手が和奈の腕にかかった。更紗も怯えている。老女は弱々しい手でまだ叩き続けている。青白い目は美令だけしか見ていない。美令に向かって老女は死を宣告する。

「あんたからは死のにおいがするんだよ。あんた死ぬよ。海で死ぬ。海を越えようとするからだ。もうすぐお陀仏《だぶつ》だ。船が沈む。空から海に落ちる。穢《けが》れだ。ああ、なんでこんなのが村にいるんだよ」

「ごめんね」

美令は慌てず騒がず和奈らに謝ってから、老女の背をさすり、落ち着かせようと試みた。

試みはすぐにはうまくいかず、老女は何度も死ぬ死ぬと繰り返し、室内を飛ぶ小蠅を捕まえようと手を振り回し、なんと捕らえてみせた。老女は蠅を指でそのまま潰した。

「これはお供物です」

「ごめんね、いつものことなんだ。やめてって言ってもやるの」

美令は蠅の死骸がついた老女の手を、ティッシュで綺麗に拭った。

和奈は腿の上で両手を握り締めていた。

神託をする血筋だったと言っていた。

「一人で歩けないようになったくらいから、いつもこうなの。東京が海に沈むとか、西の果てで海と山がぶつかり合うとか、南の海から火柱が上がるとか、そんなことばかり。でも、時々は当たる。地震の前には、九月に北が真っ暗になるって何度か言っていたよ」

老女の背中をさする美令の手が止まる。

「しっかりしていたころは、託宣はおろか昔話もしなかった。ただ、私を憐れんで泣いて、海だけには行かせるなと父に厳命していた。私はこの人から、あなたは海に愛されなかったって言われて育った。祖母の家系の女性はなぜだか目が青っぽくて、それが神に仕える印になっていたそう。でも普通の目で生まれる赤ちゃんもいて、そういう子は短命で、大人になれずにみんな海で死んだんだって。大抵は秋、九月に。洞爺丸《とうやまる》に乗っていて亡くなった祖母の姉も、黒い目の人だったそう」

老女は嫌なもののように美令の目を見ている。

「たがが外れたような今、この人は毎日私のことを言い続ける。私に関する予言は変わらない。海で死ぬ。海を越えようとして死ぬ。大人になる前に死ぬ。これが基本。イメージとしては、客死って感じかな。大伯母のことが頭にあるのかも。あとは海に浸かって死ぬとか、波打ち際で死ぬとかね。これだと客死でなくてもいいね。浜に死体が打ち上がるっていうのもあったな。とにかく、私は毎日死ぬって予言されている。親は最初の半年くらいはやめさせようとしてくれたけれど、今は気にするな、こういう状態なんだから受け流せって」

美令を見る目は、穢れたものに向ける目だ。

「だから私、海に行ったことがない。遠くから見るだけ。海に触れたこともない。小さなころから親が避けた。父は転勤先も極力内陸、海がない都市を希望している。私たち家族は、船や飛行機にも絶対に乗らない。車や鉄道みたいに、地続きの感覚で行けるところにしか行かない」

「だから、霜原町に海があるかを訊いたんだ。じゃあ、もしかして……」

美令は和奈の想像を肯定するように頷いた。

「修学旅行の帰りの飛行機に、私は乗るつもりだった。両親からはやめろって言われていたけれど、乗って否定したかった。私は気にしない、自分の運命は自分で決める……でも、直前に母から連絡が来た。祖母が半狂乱で私が死ぬと言い続けている、もう手がつけられない、だから乗らないでくれって。祖母の声、スマホ越しに聞こえてしまった。みんなを巻き添えにするわけにもいかないしね」

――はんきょう……たがし……って……つづけて……。

――……てがつけ……からのら……。

半狂乱であなたが死ぬって言い続けているの。もう手がつけられないほどなのよ、だから乗らないでちょうだい、お願い――隣にいて漏れ聞いた声の断片が意味を成す文章になっていく。和奈は自分の顔が歪むのが分かったが、どうすることもできなかった。

視線を落とした美令が、出し抜けに笑った。

「私だってこんなのは信じていないんだよ。だってさ、馬鹿みたいでしょ。二十一世紀になって大分経つのに、ご神託とか有り難がってる場合じゃない。この人が他人の運命や望みをどうこうできるなんてあり得ないし。大体目の色が何なの。普通の色だから早死にするなんておかしくない？　生き延びた人だってどこかにいるんじゃない？　私だって眉唾だって、海を恐れる意味なんてないって分かってる。みんなと一緒に飛行機に乗ればよかったって、今も思う」

美令の声が少し荒くなってくる。

「こういうこと言うの、すごく嫌なんだけど、怖いの。眉唾だって分かってるのに怖い。

今も後悔してる、あの時乗れなかったことを。あの時、チャンスだった。予言を捻《ね》じ曲げられたら、私は変われた。信じていないのに、毎日毎日言われ続けているうちに怖いと思っちゃう自分とか、そのとおりになったらなったで仕方ないって諦めちゃってる自分とか、どうせ生きてないかもしれないからって先のことを考えないようにするのとか、家族は助け合うものだっていう考えも、子どもは親といるものだって言う親も、祖母の存在そのものも、全部嫌なの、変えたい」

言い募る美令の頰に老女の手が寄せられたが、嫌悪の表情と共に引っ込められた。

「この人、金土日はデイサービスに行かない。私が世話をしなくちゃいけない。だから木曜日、海に行ってた。金曜日からは地獄が始まるから。両親は私を海から遠ざけようとするくせ、介護はさせる。だから、見える場所まで行くだけで胸がスッとした。来てやった、鼻を明かしたって思えた。父も母も、私が毎週海を見ているなんて思いもしない。海に怯えて震えて過ごしていると思ってる。そのうち浜まで行くつもりだった。少しずつ近づこうとした。いつか海に触れて、海に入って、それでも死ななかったら、その時私は運命に勝つんだって……その時のことを想像しながら、海を見ていた」

見ているだけだった。美令は海には触れられなかったのだ。

「私、死にたくない。大人になりたい。遠くへ行きたい。家族なんてどうでもいい。私、本当は海を見たいんじゃない。海に触って入って、普通に遊んでみたい。でも駄目。できなかった。私がいるのは砂漠なの、乾き切ってる」

「あんたは穢れてる」

老女が呟いた。美令は泣きそうな顔で「ひどいこと言ってごめんね、お祖母ちゃん」と謝った。

和奈は腑に落ちた。美令はこれを見せたかったのだ。美令の両親は間違っている。彼らは美令が弱った祖母を友人に見せると思っていた。

違う。

美令は弱く怖がりの自分を私たちに見せたのだ。神様と恐怖に囚《とら》われて変われないでいる自分を、別れの前に。

「分かったよ、美令」

和奈は立ち上がった。そのまま美令に近づく。美令は分かるだろうか、きっと分かるまい。こんなふうに裸を曝《さら》け出せる潔さを、眩しく思う人間がいるということを分かるまい。弱いと己を蔑む相手に、強さを感じてしまう。やっぱり美令は光り輝く場所にいる人で、私はその輝きを水底から見上げている。切ないほどに手が届かない。

この人が私の友達。

和奈は美令の落ちる肩に触れ、後ろを振り向いた。

美令の両親が、部屋の出入り口に立っていた。途中から彼らが聞いているのは知っていた。美令も分かっていて全部語ったのだ。

なのに彼らはまだ恥じている。しかも、さっきよりももっとだ。介護を必要とする祖母に加えて、彼らは家庭を地獄だと言った美令も恥じている。

「なんでそんな顔してるんですか」

和奈は思わず食ってかかった。更紗が「和奈ちゃん」と言ったが、止まらなかった。

「どうして美令にここまで背負わせてるんですか。家族は一緒にいりゃいいってもんじゃない。転勤に連れ回して、あげく介護とか。普通に高校生やる権利、美令にだってあります。なんで親なのに美令の味方しないんですか？　どうして美令を自由にしないの？」

父親が眉を顰め、母親は俯いた。

「毎日おまえは死ぬって言われる人の気持ち、分かんないですよね。分かんないから放置なんですよね。気にするなとか、受け流せとか、自分も同じこと言われてみてから言ったらどうですか？」

「そういうことを言うなと言って、聞き入れてくれる状態に見えますか」

父親が反論した。和奈はぐっと詰まってしまった。父親はさらに言った。

「聞き流すしかないんです。介護はそういうものです。あなたはやったことがないから分からないんでしょう」

「確かに分かりませんけれど」だとしたらおかしなことがある。「なんで電話かけたんですか、修学旅行の時。二人でふーんって聞き流してりゃよかったじゃないですか。でも電話かけて美令に飛行機乗るなって言ったのはなんでですか」自動筆記状態になったアヤミとのやりとりのように、まとまらない言葉が出てくる。「お父さんとお母さんが一番怖がってるんじゃないですか。お祖母さんの言うことを信じちゃってるからじゃないですか。だったら美令も怖いに決まってる。知っていますか、気持ちって伝染するんです。怖いって思っているだけで近くの人にうつっちゃうんです。美令が怖がるのは、二人のせいです」

美令に名を呼ばれる。「和奈」

「私だったら、そんなこと言わない。美令は死なない。そんなあやふやなものに負けないって信じてる。だから、私なら、死んじゃうかもしれないから行っちゃ駄目じゃなくて、大丈夫だから行きなよって言う。だって美令にはそうしてほしい。自由に好きにしてほしい、美令が自由になったら、きっととんでもないところまで行ける。それ、見たくないんですか?」

「ねえ、和奈」

「美令、また転校ですか。親の都合に振り回されて、もう札幌にいても良くないですか。あと半年じゃないですか。卒業まで白麗にいることってできませんか。私、下宿に住んでいます。学生用の賄い付きマンション。朝夕ご飯がついて、日曜日だけ自炊なんですけど、個室でバストイレ付きで、テレビも付いてる。子どものうちから離れて暮らす家族だっているんです」

「和奈さん。美令の友達になってくれて、どうもありがとうございます」

美令の母親だった。俯けていた顔を上げた彼女は、微笑みのような苦笑のような、どっちつかずの表情をしていた。

「あなたみたいな友達が、娘にできるとは思わなかった。転校ばかりで、この子、友達なんていなかったのよ。新しい学校に行っても、いつも馴染めずに一人ぼっちで、そのくせクラスは逆にまとまってしまうの。だから、この子がいるクラスは、運動会で負けたことがないんです」

美令の母親は、美令とまったく同じく正確なイントネーションで、和奈に語りかけた。

「あなたがご実家を出て暮らしているのは、よく分かりました。賄いつきマンションのことも。でも、うちはうちです。家族の数だけ事情があるんです。娘は転校させます」

死刑宣告を聞いた気がした。

自分の言葉は無意味だったと、和奈ははっきり理解した。何も響かなかった。変えられなかったのだ。

「家族は人間関係の基本ですよ、和奈さん。家族を大事にできない人は、他人も大事にできないわ」

もしも私が特別だったなら、美令の両親も歩み寄ってくれたのか。

「私たちだって娘が大好きで、心配しているんですよ。海に行かせないし、船にも飛行機にも乗せないのは、ただただ心配だからなの。私たちも行かないし、乗らない。人生の楽しみがいくらか失われるとしても、娘が生きていてくれさえしたらいいんです。あなたには分からないでしょうけれど」

ばんと腕を叩かれて、そちらを見ると、美令の祖母だった。老女は不思議そうに和奈の頬を指差した。指されたところに触れてみると、指の腹が濡れた。和奈は泣いていたのだった。悔しいのと悲しいのと情けないのと、それ以外も何が何だか分からなくて、鼻水まで垂らしながら泣いていた。

「和奈に謝って」

美令の怒鳴り声を、その時初めて聞いた。

「お母さん、和奈に謝って。お父さんも」

両親、とりわけ父親から怒りのオーラが噴出する。

壮絶な対立の気配に、更紗が和奈を抱きかかえて言った。

「お邪魔しました、おいとまします。ケーキご馳走《ちそう》様でした。でも、私も、和奈ちゃんに賛成です。私も美令ちゃんには大丈夫だって言います」

和奈は更紗に抱えられたまま、美令の家を退散した。

ドアが閉じると、更紗が囁いた。

「和奈ちゃん、よく頑張ったよ。かっこよかった」

エレベーターを待っていると、美令が追いかけてきた。というか、更紗が少し待つと言ったのだ。必ず美令は追ってくるからと。そのとおりだった。

美令は和奈と更紗をJR駅まで送ってくれた。

日はまだ高かった。ほんの十日ほど前は、ここも真っ暗になったはずだった。震災の爪《つめ》痕《あと》は見つからない。人々は普通に歩き、嗚咽《おえつ》して泣く和奈をぎょっとして一瞥していく。

「ごめんね」

美令は謝った。おそらく嫌なものを見せてごめんね、ということだろう。しかしそれについては、美令らしくもない馬鹿げた言葉だった。あの部屋で和奈は、一度だって美令からの謝罪が欲しいとは思わなかったからだ。更紗だって同じはずだ。

「なんもだよ、美令ちゃん」更紗はしかし、厳しい顔で続けた。「転校のことは別だけど」

マンションで見聞きしたすべては、和奈にとって一生悪夢で見るだろう大きなショックだったが、最も大きな衝撃はそれなのだった。美令はじきにここを去る。

「なんでもっと早く言ってくれなかったの」

なんもだよと言いつつ、更紗は怒っている。美令はまた謝った。

「言いそびれてた。ごめんね」

「なんで言いそびれるの」

「微妙にタイミングが合わなくて。流れに逆らえなかった。嫌なことは言葉にしたくなかったっていうのもある」

「どういうこと」

「転校は本当になるって決まっていたから」

ずっと聞きたくもない予言やら神託やらを聞かされ続けてきた美令は、口にした嫌な言葉が未来で現実になる例を、一つだって作りたくなかったのだろう。和奈はその気持ちを汲んで、またおいおい泣いた。もはやどうすることもできない。

更紗はというと、憤りと不貞腐《ふてくさ》れがないまぜになった表情でいる。高架を電車が近づいてきた。金属的なうるささがあたりに通り雨のように降りそそぎ、ようやく全部なくなったあと、更紗はくっと空を見た。

「じゃあ、最後にうちらでどっか行こう」

美令は柔らかくそれを受け入れた。

「うん。いいよ。私も最後はみんなと過ごしたいと思ったの。どこに行く?」

「海がいい」

更紗の訴えはとてもきっぱりとしていた。もうずっと決めていたかのようだった。

「私、美令ちゃんと和奈ちゃんと海に行きたい」

海へ

九月二十九日土曜日、和奈は日の出の時刻に目が覚めた。食堂が開くまではまだ一時間半もの時間がある。

着替えて身支度《みじたく》をし、軽くストレッチをする。今日は恐ろしく歩く。遠足よりももっと、白麗高校から歩いて石狩の海まで行くのだ。美令と更紗と三人でだ。

自転車は使わない。更紗が乗れないし、乗っている間は話すのが難しい。途中で何かあった時も、徒歩ならば迷わず公共交通機関に頼ることができる。

自転車で目指して二度諦めた和奈に、不安はもちろんある。更紗のことも心配だった。海のにおいだけであれだけ気分を悪くしていたのだから。和奈はリュックに飲料水やお菓子、タオル、ティッシュ、Tシャツの替えといったもののほか、いくつかの常備薬やエチケット袋なども詰めた。

そして心配なのは美令もだった。神託など和奈は信じていない。むしろ腹立たしいほどだ。なのに、嫌な感じに胸が騒ぐ。不思議だった。要は、三人が三人とも不安要素を抱えていたのだ。

昨晩、メゾン・ノースポールの食堂で和奈らの計画を聞いた夏月は、面白そうなことを聞いたという表情をした。

「不安なのは当然だよ。未来に何が起こるのか分からないからね」和奈は三たび音を上げるかもだし、更紗ちゃんも具合悪くなってリタイアするかもだし。海に到着できたところで、予言が現実になる可能性だってあるしね。美令ちゃんが海で死んじゃうっていう」

和奈は思わず眉を上げた。「冗談でもそんなこと言わないでよ」

「でも、だから行くんでしょ？　予言を外しに。定まっていない結果が良い方向に出ると信じて」

夏月は泰然自若としていて、予言なんてアホらしいと言わんばかりの態度だったが、外れるとまでは言ってくれなかった。

「いいんじゃない？　いい思い出になるといいね」

その言葉を聞いて、和奈は何とも言えない気分になった。この日が思い出になるいつかがある。美令が転校し、高校も卒業して、みんなが離れ離れになって時が過ぎたある日、いつか必ずこの日のことを思い出す。その時の自分の気持ちを想像する。あんな頃もあったねと懐かしく振り返るのか、どうしてあんなくだらないことをしたんだろうと呆れてしまうのか。あんなことがいい思い出になると信じ込んでいたなんてと、当時の愚かさを笑うのか。

あれきり会えなくなった過去の人たちとして、彼らを思い出すのか。

「夏月」

「ん？　何？」

「前に言ったよね。十年後には集まらないとかいうやつ」

——十年後にこの仲間で集まろうねとかいうやつ。盛り上がってその時は約束するけど、まず全員は集まらないからね、ああいうの。

「友達って、なんで続かないのかな」

＊

土曜日の白麗高校にいるのは部活動の一、二年生がほとんどだった。校庭からは野球部のシートノックの音が響き、ブラスバンド部の練習音は校舎の三階から降り落ちてくる。

和奈と更紗がジーンズを穿いてきたのに、美令はブレザーとスカートの制服姿で現れた。

リボンまできちんとしている。

「どうして？」

　びっくりして訊けば、美令は「だって最後だもの」と制服の表を慈《いつく》しむように払った。

「もう着ないと思ったら勿体なくて」

　東京に戻って着るものは、もうあらかた荷造りしてしまったのかもしれない。

「更紗、その帽子《ぼうし》可愛いね」

「でしょ？　日にも焼けないよ。万全だよ」

　清太と萌芽も現れた。誘ったわけではないが、海へ歩く話は『自由行動組』のトークルームでもした。美令の転校を知った彼らが参加しないわけはないのだった。和奈も彼らがいてもいいと思った。詳細は知らない彼らだが、何らかの事情があるらしいことは気づいている気配だ。清太までもが珍しく、女子たちの話の邪魔はしない、少し距離を取って歩くからとの言葉をくれた。

「あら」昇降口のところで休日出勤してきた藤宮と出くわした。「どうしたの、土曜日に」

「海まで自主遠足です」

　清太の答えがツボにはまったのか、藤宮はイメージを壊すように朗々《ろうろう》と笑った。

「いよいよ青春だね」

「先生も飛び入りします？」

「冗談でしょ。そういうの大っ嫌いだもの」藤宮は昇降口で笑って見送ってくれた。「気をつけて行ってらっしゃい」

青空の下、五人は出発した。

「更紗。どう？」

歩き始めてすぐ、美令は更紗を気遣った。更紗は「大丈夫だよ」と応じてから、美令に問いを返す。

「ねえ、美令ちゃん。やっぱり明日は新幹線なの？」

東京行きの交通機関のことを訊いているのだ。

美令は自分と身内の恥を晒したみたいな面持ちで頷いた。「海峡部分は。それ以外はレンタカーを使うの。祖母がいるから」

あれからもずっと、恐怖の気持ちを伝染させ合いながら、美令たちの家族は暮らしているのだろうかと思うと、和奈はやりきれなくなった。訊いた当人の更紗も、しょんぼりしている。

和奈と更紗が沈み込んだのを鼓舞《こぶ》したのは、美令本人だった。

「今日は楽しいだけの一日がいい」

その一言で、空が一段青くなった気がした。

せっかくこの面子でいるのだ。楽しくないことを考える暇はないのだ。こんな日は、もう今日しかない。

デジタルカメラのシャッター音がした。清太がさっそく前を歩く女子三人組の後ろ姿を撮ったようだ。

強く風が吹き付ける市境の川を越える。原野の匂いはあの暴風雪の日にはなかったものだ。雑多な緑の匂いに、少しだけ生き物の匂いが混じる。

さほど広くない幅の川は、淡々と流れていく。漣《さざなみ》立つ水面は日差しを受けて、海まで続く光の筋だ。

「しっかし、この時期に転校ってさあ」清太が道端の小石を蹴った。「ありえねえよなあ。向こうにだってほとんど通わねえだろ。受験だし」

萌芽も小石を蹴る。「そうだけどさ、俺らが言っても仕方ないだろ。家庭の事情ってそんなもんじゃん」

「同窓会って卒業した学校に組み込まれんだろ？　白麗の方が長いのにな、納得いかねえ、クラス会に汐谷が来ねえのは」

「その気持ちが改革を生むんだ、おまえが革命を起こせ」

転校について不満を述べる男子二人に、美令は何も言わずに微笑むだけだった。

和奈はそろそろ足が痛くなってきた。アスファルトを踏み続ける足の裏には、所々に痛みの地雷ができてしまった。ふくらはぎはだるくて重い。歩き通せるだろうか。最初の不安が生まれた。

「あの猛吹雪の日に美令ちゃんが立ち往生したところって、どこら辺かな」

「美令、覚えてる？」

「分からないな。周り見えなかったしね」

「なあ、俺んちで休んでく？」

「やったー、タルト食おうぜ。俺、ラテアート披露《ひろう》したい」

仲間のお喋りを聞いていると、和奈は足の痛みをいっとき紛らわすことができた。美令を追いかけて自転車で走った時は止まってしまった地点が迫り、到達し、過ぎる。

萌芽の家のカフェには寄らなかった。自然とそうなった。何か脆《もろ》いものを組み立てているわけでもないのに、ひとたび足を止めて別の景色に触れようものなら、何かが崩れてしまう気がした。和奈だけではなく、みんながそう思ったから、歩き続けた。

土曜日午前中の住宅地は、のんびりとした静けさだった。あまり車も走らず、たまに庭に出て草花の手入れをしている人がいる。一度だけピアノの練習曲を聞いた。

「そろそろ半分くらい来たかな」

美令が呟く。

新しく造成された住宅地を過ぎると、昔ながらの古い家が目につき出した。家と家の距離が離れ始め、その間を畑が埋める。出発してから一時間は優に経った。

「妹がね、最近お風呂掃除をしてくれるんだ。楽になった」更紗が言った。「白麗高校受験したいって言ってるけれど、難しいかなあ」

「中学二年生でしょ？　まだまだいけるよ」

「面白いゲームが発売されたらヤバいよ。妹、絶対ゲームしちゃう子だもん」

「ゲームは面白いからね。やめられないようにプログラミングしているんでしょ」

「私が頑張って看護学科に行けたら、ちょっとはいいのかな」

更紗はこめかみに指先を当てた。汗が出ているようだった。帽子をとってつばで顔を扇《あお》ぐ。気温は二十度ほどで、黙って立っていれば過ごしやすく涼しいのだろう。けれども和奈たち五人はアスファルトの上をずっと歩いている。和奈の首や背中も汗ばんでいる。男子二人はパーカーとコーチジャケットをとっくに脱いで半袖だ。その中で、美令だけがいささかも変わらず、背筋を真っ直ぐに伸ばして歩く。

帽子を被り直した更紗も、美令と同じく、すっとした姿勢になった。

「青木くん。私も北大の保健学科受けるよ」

話を振られた萌芽は、清太が写す写真の駄目出しをいったんやめて、こちらへやや距離を詰めた。

「そうなの？　おおー。専攻は？」

「看護学。駄目かもだけど」

「駄目かもとか言うなよ。言霊ってあるんだぞ」

清太が割り込んでくる。「そうそう。アスリートとかも絶対できる絶対勝つって言い聞かせるんだろ。俺もそうしてる。絶対合格するって今から言ってる」

「おまえは言い聞かせる前に勉強しろよ」

「くっそ、うっせー」

清太が叩く真似をし、萌芽がかわして逃げる。二人は先に走っていく。男子らはまだ余力があるようだ。

「そっか。更紗、受けるんだね」

美令は自分のことのように嬉しそうだ。更紗は頷き、

「そのためにも、私も今日は絶対に辿り着きたいんだ」

とリュックを背負い直した。更紗も決意を持ってこの道を歩いているのだ。和奈は何としてでもそれを応援したい、できることなら何でもしたいと、顎を引いて前を見つめる。

「ていうか、和奈ちゃん。彼のこと、本当に何でもないの？」

「ふぇっ？」

更紗の久々の豪速ストレートに、和奈は変な声を出してしまった。更紗は大きな瞳をこ

ちらに向けている。

「面白い声だったね？　ごめん、不意打ちしちゃった」

「な、なんでまた急に？」

「だってやっぱそうなのかなって。二年のクラスの時から、和奈ちゃんずっと彼のこと見てたよ？　今だって」

「見てないってば」言いながら、顔が赤くなるのが分かる。「恋愛とか、私……」

「興味ないんだっけ？」

体の内側から幻の針が刺す。まだ同じことを言い続けるのか？

美令が笑いながら軽く肩をぶつけてきた。「どーん」

「ちょっ、何すんの、美令」

「私は和奈や更紗が恋愛しようがしまいが、全然どうでもいい」

「美令ちゃん、ドライ」

「だけど、もしも二人に好きな人がいるなら応援するし、想いが報われたらいいと思うな」

「ねー。私もそうだよ、和奈ちゃん。ところでさ……」

更紗は美令と別のお喋りを始めてしまった。

和奈は萌芽の背を見る。女子たちのことなんて気にもしていないふうに歩いている。

「私は……」

　彼が好きだ。


　住宅街のはずれにある広々とした公園で、大きな人工池に立つサギを見ながらひと休みをする。一人で自転車を漕いだ日にリタイアを決めた公園だ。男子たちはおやつを食べている。

「足痛くない？」

「痛い。マメできてるのかな。見てみよう。みんな、絆創膏ある？　ない人は声かけて」

　更紗が絆創膏の箱を取り出した。

　和奈もソックスを脱いで足の裏を検《あらた》めた。案の定赤く熱を持っているが、幸い靴擦《くつず》れや水脹《みずぶく》れはできていなかった。念のために自分も絆創膏を使い、マメになりそうな場所をあらかじめ手当てしておく。美令と更紗もそうしていた。

「ふくらはぎもパンパン」

「パンらはぎだよね」

「後どれくらい？」

「新港までなら三キロくらいかな」

　足の疲労に効くツボを更紗が教えてくれたので、女子はおのおの押しあって、また出発する。

住宅街を過ぎ、農地も過ぎ、大きな幹線道路を挟んで、工業団地に入っていく。広い駐車場やコンテナエリアを備えた工場は、一つの会社の敷地が広い。曲がるべき角を間違えて行き過ぎたり、間違えても次に曲がればいいなどとたかを括っていると、大きなロスになる。さすがに男子二人にも疲れが見え始めた。口数が少なくなっている。清太は腿を叩きながら歩き、萌芽は時々止まって脛を親指で押している。

しかし、美令の足取りだけは確かだ。もうすっかり庭みたいなものなのだろう。公園から先は和奈にとって未知のエリアだが、安心して横を歩いた。スマホのマップアプリも使わなかった。美令と更紗、この二人と歩いて辿り着ける海がどんなかなんて、先に知りたくない。

和奈は足のことをあまり意識しないように努めた。気を向けてしまえば、辛いところしかない。血液が黒くドロドロになって脚に溜まっている感じがした。

一人なら止まっていた。けれども、美令の隣にいたい、更紗と一緒にいたいと思うと、足は動いた。

こんな日はもう、今日で終わり。

「匂い袋ってどのくらい持つものなのかな」

更紗が尋ねてきた。和奈は今まで何度取り替えたかを勘定して答えた。

「おおむね一年くらいは持つかな」

「この間は新しいのをありがとう」美令の顔が神妙になる。「お祖母さん、残念だったね」

名前が手書きされた封筒のまま、和奈は二人に手渡したのだった。

「私、この匂い好きだよ」更紗が言う。「いただいた時からどう変わったのかは、自分ではなかなか分からないけれど、好きだな。安心する香り」

「和奈は作れないの？　教わらなかった？」

「うん。田舎臭い上に年寄り臭いと思ってたから。なんかもうそれ、ツーアウトじゃん」

もうもらえないとなって初めて、和奈は惜しいと思った。最後の一つの香りが涸れたら、もうどんなに望んでも、世界のどこへ行っても、この香りには出会えない。

「今さら習っておけばよかったなあって後悔してる」

「夏月さんは？」更紗が従姉の名前を出した。「何でもできそうだから、匂い袋も作れるかも」

そんな話は聞いたことがないが、葬儀の時に霜原踊りを完璧に踊った夏月である。知識欲もある人だ。尋ねてみてもいいかもしれない。

「霜原町、懐かしいな。またバイトしたい」

「あんな田舎でよかったらいつでも来てよ。夏月のところは大きいからきっと何か仕事あるし、うちも農家だからうちに来てもらっても。アスパラも作ってるよ」和奈は美令にも呼びかける。「美令もね。よかったら」

「そうだね。行きたい。本当に」

受験の話題のように、美令の目は遠くになりかけた。その目を遮断するように、瞼が閉じられる。美令は行けないとは言わなかった。昨日も今朝も、あの老女の神様の言葉を聞いたに違いないのに、おくびにも出さなかった。


海風を受けて回る風力発電のプロペラが見えてくる。幹線道路をそのまま新港の方角へ向かっていた男子二人を、美令が呼び止める。

「今日はこっち」

「そっか」

「遊びに行くんだった」

工業地帯を奥へと進んだ。工場を一つ過ぎ、二つ過ぎした角にコンビニがあったので、一休みがてら買い物をする。和奈は冷却シートを買って足に貼ってみた。疲れた足がひんやりとして気持ちが良かった。余ったシートを美令と更紗にも渡す。

「ありがとう。でも、私は大丈夫」美令は視線で萌芽を示した。「青木くん、足に来てるみたい」

更紗を見ると、にっこり笑って頷かれた。

和奈は冷却シートを持って、男子二人がしゃがんでいる歩道の隅に行った。

「これ、よかったら使って」

吹雪のバレンタインデーが脳裏《のうり》をよぎった。チョコレートではなく冷却シートなのも正直ダサいし、こうやって好きな男子に物を渡すのはもっとくだらない——と思っていた。少し前までは。

「うお、サンキュー、助かる」

「買おうか迷ったんだよな。ありがとう」

二人は喜んで受け取ってくれた。清太はさっそく首の後ろに、萌芽は脛に貼った。

美令と更紗が待つ場所へそそくさと戻る。二人は普段となんら変わらぬ調子で、「お疲れ」とチョコレートと塩キャラメルをくれた。

和奈はそれを両方いっぺんに口に入れた。甘くて少ししょっぱくて美味しい。


三つほど大きな工場ブロックを過ぎたところで、アスファルトの道は終わった。その先は原生林が広がり、枝葉を潜るように未舗装の道が細く貫いている。車が一台通れるかという幅だ。道には木々の影が落ちて暗く、先がどうなっているかは見通せない。

道の手前には、車両通行止めのバリケードが置かれてある。

道を抜けてくる風に、和奈は潮の気配を感じた。風に乗って聞こえる木々の葉のざわめきが波音のようだ。

更紗が自分の爪先を凝視している。手が口元にある。和奈は咄嗟《とっさ》にリュックを下ろした。中にエチケット袋がある。

「更紗、大丈夫？」

「ごめん、ちょっと待って」

つばの影が落ちる顔が白い。男子二人も心配そうだ。

「待って、ちょっとだけ」

「大丈夫だよ。辛かったらここで止めても。少し戻ればバス停がある」美令は穏やかに言った。「別に無理しなくたっていい。更紗は私には想像もつかないものを見て、想像もつかない思いをしたんだね。なのに、私のことを気にして頑張らなくちゃとか無理する必要ない」

更紗が生唾を飲む。和奈は強張る背に手を当てた。美令は最後に付け足した。

「更紗の辛さは絶対で独立している」

「美令ちゃん、その調子。喋って。どんどん」更紗は早口でねだった。「気が紛れるの。お喋りを聞いていたら歩けそう」

「何を喋ればいい？」

「何でもいい。何でも」

更紗はバッグから出したペットボトルの水を一口飲んで、歩き出した。

バリケードを跨《また》ぎ越える。和奈は張るふくらはぎを拳で叩いた。

「じゃあ昔話。私、中学生の時、一年間で十回オーディション受けたの。受かったのはあの端役一度だけ。他は全部落ちた」

「結構エグい回数やんけ」

清太が大袈裟に顔を崩した。

「しかもね、受かったのは最初のオーディションだったの。あとは全部駄目。連続で落ち続けて、そのうち東京を離れた」

美令は更紗の顔色を確かめるように一度こちらを向いた。更紗は「大丈夫、続けて」と促す。

「どうしてそんなに受けたかというと、家が嫌になったからかな。ちょうど母が病気になって、祖母の調子も悪くなり始めた頃だった。家を出たいと思った。俳優になれば東京に住めるでしょ。そうしたら、転校しなくていい」

原生林の中では、たくさんの虫の鳴き声がした。街中では耳にしない鳴き声も聞こえた。右へ曲がる細い岐路が現れた。墓地へ続くようだ。こんなところに墓地がある。恐ろしくはなかった。五人でいるからだろうか。

「だから、私のことを枕営業と言ってた人は、ある意味正しい。笹峰……例の映画監督と付き合ったら、見返りがあるかなと期待した瞬間もあったから。二度出かけたかな、深い付き合いにはならなかった。どうでもいいことだけどね。当時から発声のための体づくりは、ちゃんとやっていたつもりだけど、結果には結びつかなかったな」

聞きながら、和奈は胸が痛くなる。彼女が転校してきた当初、彼女の容姿について少し辛辣《しんらつ》な評価をしたことを思い出したのだ。せいぜい地下アイドル止まりで、それより上に行くには、彼女にも足りないものがあると。あれは夏月の言葉を借りるなら「負けたくない気持ち」がフィルターになり、そう思わせたのだろう。

「汐谷は女優になりたいの？」

萌芽が訊いた。美令は胸元のリボンを今さら緩めた。

「私は先のことを考えないようにしていた。何になりたいとか、どこの大学に行きたいとか、そういうことを。先なんてないかもしれないのに、夢を見るのは虚しいから。でもあのころ、子ども心にこれを仕事にできたら楽しそうだなとは思った。死なずに生まれ変われる仕事だから。だから、演劇をきちんと学びたいと思ったことはあったな。留学とかしてね」

原生林の道をどのくらい来たのだろうか。まだ先は消失点だ。ただ木々の上に見える風力発電のプロペラは大きくなってきている。

「じゃあ次。バトンタッチ」

美令がポンと平手で和奈の背を叩く。

「私、面白い話できないよ」

「何でもいいよ。ホワイトアスパラガスの収穫のこととかでも」

「そんなこと?」

しかし更紗が「聞きたい」と呟く。

「私、やってみたいもん」

「更紗、朝強い方?」

「普通かな」

「ホワイトアスパラの収穫ってさ、私手伝ったことないんだよね。だって朝起きたら終わってるから。あれね、昼間やれないの」

美令が不思議がる。「どうして? 他の作業があるから? それとも野菜の特性? 昼だと新鮮さが落ちるとか?」

「ハウスに入っちゃ駄目なの。ホワイトアスパラを作るハウスって、中に光をほぼ百パー通さない遮光シートを張って作るの。光が当たって光合成したら、緑色になっちゃう」

「ああ、普通のアスパラとは栽培方法が違うだけだもんね。ということは、ハウスに人が入ると光が当たっちゃう?」

「ううん。単純にね、昼間のハウスはめっちゃ暑くて危険だから、入るなってことになってる」

「ビニールハウスにクーラーってあんまり聞かないもんね」

「収穫作業ってどうやってんの？」萌芽も興味を持ったようだ。「真っ暗なんだよね？」

「ヘッドライトつけてやるんだよ」

「へえ、マジか」

「刈り取りは程よく生長したのを選んで、鎌で一本一本刈る。専用の鎌もあるんだよ。名前はアスパラ鎌」

「あはは、それ本当？」

さっきの美令の話に比べたら、面白いのかどうかも微妙な農業の話を、四人は面白がって聞いてくれる。

「夏月さんが、農業は過去の通信簿を受け取り続ける仕事って言ったの、覚えている」美令が言った。

「私も覚えてる」更紗の声は、原生林の道に入る前に比べて伸びやかだ。「農業のこと、そんなふうに考えたこと一度もなかったから印象的だった」

和奈も夏月の言葉と彼女らの同意に共感する。その上で、続きがあるのではないかとも思ったのだ。

「でも私は、過去ばかりじゃないんじゃないかなって」

それを友人たちに話してみる。

「オール1の通信簿を受け取るとしても、種は蒔いたってことだよね。未来に苦い評価を受け取るとしても、もしかしたら、収穫する時に自分はいないかもしれなくても、とにかく今、種は蒔く。私あの時、夏月の言葉を聞いて、それが全部じゃないって思った。農業って、過去ばっかじゃない。何より明日を信じてなきゃ、できないんじゃないかって思った」

美令を見た。美令も和奈を見ている。

「美令、春休みの時に、農作業好きかもしれない。合ってる気がするって言ったでしょ。私、ウッソでしょって反応しちゃった。それ、撤回する。美令、農業合ってるよ。案外いけるよ。さっき先のことは考えないようにしていたって聞いて、実際そうなんだろうけれど、農業が合ってるなら、美令は明日を信じられる人だと思うよ。私、美令や更紗から見たら甘ったれかもしれないけど、そこだけは誰よりも自信持って全力で保証するよ」

具合が悪かったはずの更紗が、美令の腕に軽く触れる。

「明日のこと、一緒に考えよう?」

「……私、そういうの、考えていいのかな」

「いいに決まってる。言ったよね、美令は自由に好きにしてほしいよ」

「ありがとう。札幌に来て、二人と出会えて、よかった」

美令は原生林の上の空を仰いだ。

「友達以上恋人未満って言葉あるよね。友達から始めようとか。私、この言葉が嫌いなんだ。なんで当たり前に恋人と友達を並べて、しかも当たり前に友達を下にするのかなって思うから。きっとそう言う人の一番は恋人なんだろうな。崖に恋人と友達ぶら下がってたら、迷わず恋人助けるんだろうな。私は恋人は一番にはならないな。恋人と友達だったら、友達を優先したい。私、恋人は裏切れても和奈と更紗だけは裏切れない。本当に大事な友達って、作ろうと思って作れるものじゃない。二人と友達になれなかったら、今ここを歩いていない」

和奈も空を見上げた。ああ本当に、友達って何だろう。

あやふやで展望などなかった自分にも、今は目指してみたい先がある。おぼろげだけれど、いいなと思うことがある。明日を信じること。種を蒔くこと。青い鳥が近くにいたように、その道は最初から自分のそばにあった。けれども、一人では絶対に見えなかった。

北大には農学部がある。勉強してみたい。まだ誰にも言っていない。夏月にも。

和奈は夏月の言葉を思い出す。昨晩夏月に尋ねてみた、あの問いの答え。

＊

「友達って、なんで続かないのかな」

和奈にふいの質問を浴びた夏月は、その時に限って彼女らしくなく、いくらか考え込んだ。夏月に問えば大抵のことは打てば響くように答えが返ってくると思い込んでいた和奈は、食堂のテーブルで間を持て余した。

「これは私見だけど」夏月は前置きを忘れなかった。「人って変わるでしょ。特に子どもから大人になるときはすごく成長する。だから、好き嫌いも、大事に思っているものも変わってしまう。自分が過去のものにした価値観を、いまだ延々と持ち続ける相手を友達ポジションに置いておくのは難しいよ。学生時代の友達が続かないのは、離れ離れになって会えないうちに新しい環境で独自進化を遂げるため。同じベクトルで同じ速度で変化するなんて、一卵性双生児でもそうそうできない」

じゃあ、高校生の私たちが、一生の友達になるなんて無理なのだろうか。これから進学し、就職し、忙しくなって、新たな出会いがあれば、お互いにそちらを重視するようになるのか。想定している一生の長さが違うだろう美令は、そもそもそんな先など考えたこともないかもしれない。和奈は自分の顔が下を向いてしまうのをどうすることもできなかった。夏月は続けた。

「物語の世界に出てくるような、一緒にいたら共に成長できるとか、新しい世界を見せてくれるとか、全世界が敵になっても、その人だけは味方でいてくれるとか……人生をかけて付き合っていきたいなんて友達が見つかること自体が、そもそも奇跡なんじゃないの。

宇宙の中から新しい星を見つけるみたいな」

「ほぼほぼ不可能ってこと？」

「友情には信頼とリスペクトが要ると思う。対等であることと、相手に敬意を払うことは両立する……難しいけどね。そんなのできるよって思うかもしれないけど、これほど難しいことはないくらいに難しいよ。人って基本上に立ちたい生き物だし。逆に勝手に劣等感持っちゃっても厳しいし。もう住む世界が違うってやつね」

夏月がスマホの時刻表示を確認した。

「でも、さっきと矛盾《むじゅん》するようだけど、その敬意を信じられたらたいていは大丈夫じゃないかとも思うんだ。相手が落ちぶれても、自分が情けなくても、お互いもうあの頃とは違うんだと思っても、その変化を受け入れる度量が私の友達にはあるはずだと敬意を持って信じ合えたら、きっと繋がっていられる。多分ね」

そんな友達関係なんだろうか、私たちは。

「こう見えても、私にだって十年後、会いたい友達はいるんだよ」

「嘘」

驚いた和奈に、夏月はにっこりとした。「通信簿の受け取りは先になるね、お互い」

消失点が光になる。原生林の終わりが見えた。

*

清太が「決めた！」と喚いた。

「俺、幹事になるわ。同窓会は俺が仕切る。俺が幹事やる以上、汐谷にも絶対ハガキ出すからな。来いよ」

「よっしゃ、それが改革の第一歩だ」

男子たちは勝手に盛り上がり、とうとう走り出した。

和奈は地面を確かめるように歩く。白麗高校を出発してから三時間は経過した。早く着きたい、着いて歩くのを止めたい、腰を下ろしたいという気持ちと、このまま美令と更紗と歩き続けたい気持ちがないまぜになる。

美令の背は、やっぱり伸びている。原生林の道を制服姿の高校生が姿勢良く歩く不可思議を、美令は自分自身の堂々たる姿勢でねじ伏せてみせる。

風が吹き付けてくる。巨大なプロペラが回る風切り音がする。低く、周期的で、耳の奥で聞こえる鼓動の音に似ている。

「美令ちゃん、和奈ちゃん」更紗の声は風に負けていない。「春休みのアルバイト代、二万円、使った？」

「まだ使っていない。そのまま取ってある」

「私も」

「私もなの。使えなくて。でも、いい使い道、思いついちゃった。だから二人の意見聞きたい」

「何買うの？」

「航空券。明日の羽田《はねだ》行き」

更紗に腕をぎゅっと掴まれる。更紗のもう片方の手は、美令の腕を掴んでいた。

「美令ちゃん。明日うちらと飛行機乗ろう。東京へはこの三人で飛行機で行こう」

プロペラが回る。美令は驚いたように立ち止まった。

「それ名案じゃん！」和奈は思わず声を上げた。これ以上の使い道があるだろうか。「学割や格安なら行けるよ」

「怖くないの？」

美令が訊いた。

「私のとばっちりを受けるかもしれない」

澄んだ声の、子どものようにプリミティブな問いに、返す答えは一つだ。

「一緒ってことでしょ。だったら何も怖くない」

更紗も力強く請け合う。「私もここまで来られたよ。この三人で空旅なんて、最高にしかならないよ」

「美令は怖い？」

「怖いよ。すごく」

美令が前を向いた。歩き出す。

「でも、乗れる」

歩調が速まる。

「乗りたい。二人がいるなら」

「遊んだ後で予約しよう」

「決まり！」

原生林を抜けた。

急に視界が開けた。短いイントロダクションのようなハマナスの群生も過ぎると、砂浜が横たわっていた。歩を進めるごとに、足元が土から砂地に変わっていく。

白波を立てて波が打ち寄せている。打ち寄せながら、降り注ぐ陽光を砕いている。砂浜と接する浅瀬は少しばかりの翠《みどり》が混じり、その先から水平線まではずっと紺碧《こんぺき》だった。

季節外れの海には、和奈たちの他は誰もいなかった。

更紗が立ち止まった。和奈たちも止まる。更紗は泣きそうに顔を歪ませて、帽子を取り払い、髪を風になぶらせた。

「もう忘れたと思ってた」更紗は何度か深呼吸をした。「潮風の気持ちよさなんて」

美令が緩めていたリボンを外した。

「遊ぼう」

それから、三人で駆け出した。清太と萌芽はとっくに波打ち際にいる。

何か特別なことをしたわけではない。和奈たちは疲れも時間も忘れて、ただ砂の上で遊んだ。持ってきたお弁当をみんなで食べた。萌芽の両親が作ったエッグタルトを一つずついただいた。それからまた遊んだ。

みんな、子どもみたいだった。楽しくて楽しくて、楽しかった。

清太は性懲りもなく写真を撮っていた。萌芽がそれにおどけたポーズを取った。

更紗が挨拶するように波に手を浸した。唇が動く。「大丈夫」と。

美令は最初は慎重に、手を海に近づけた。指が水面に触れた時、美令の顔には何かに気づいたような、新しい感覚を覚えたような驚きの表情が浮かんだ。それから美令は裸足《はだし》になった。

裸足の美令が海に入る。爪先を波が洗う。美令は歩を進める。一歩。もう一歩。さらに一歩。

和奈もそうした。ジーンズを無理やりたくし上げて、波打ち際から海へと踏み込むと、引いていく波が足の裏の砂を削っていくのが分かる。海は疲れてほてった足には気持ちの良い温度だった。

更紗もふくらはぎを剝き出しにして入ってきた。

「更紗、どう?」

尋ねた美令に、更紗は大きく頷いて答え、両手で掬った海の一部を空に跳ね上げた。美令が落ちてくる滴を受け止めようと手を伸ばした。二人は浜へ戻ろうとはしなかった。足を海に浸したまま、はしゃぎ戯《たわむ》れだした。

西に広がる海は、午後になってより輝きを増してきた。砂浜の男子二人の話し声が聞こえた。行ってこいと清太が言い、なんでだよと萌芽が言い返す。

「いいから行ってこいよ」

「いや別に結果分かってるし」

「分かってねーわ、まだ二つが重なってるわ、ちゃんと中身見てこいや」

「男子たち、何か言ってるね」

更紗が眩しそうに帽子のつばを整えた。

美令がはしゃぐのを止めた。少し沖へ歩いていく。膝丈のスカートが浸からないところまで進む。彼女は沖を見つめた。

美令の髪が風の形を作る。

その後ろ姿にしばし見惚《みと》れ、次に和奈も彼女に倣って背を伸ばしてみた。鏡を見なくても、ああまで上手く行っていないことはわかった。腹筋、背筋、肩甲骨《けんこうこつ》の周り、胸、腰、腕までが、普段したことのない姿勢に文句を言い始める。美令が自転車で新港に通い続けられた理由が、今さらながら理解できた。彼女は鍛えているのだ。誰に何を言われてもそれは続けていた。

やっぱり美令は星と繋がってる。

その美令に、更紗がしぶきを上げながら駆け寄っていく。海を掬った更紗の右手がソフトボールを投球するように振られ、美令の方へと水が飛んだ。制服にかけられ、美令は大袈裟に眉を上げて見せてから、爽快《そうかい》に笑った。更紗も笑っている。波のかけ合いが始まった。呼ばれる。和奈、和奈ちゃん。こっちこっち。こっちにおいでよ。一緒にやろう。

秘密を手放した彼女たちが海で遊んでいる。

眩《くら》んだ。

和奈は絞るように目を細めた。

「美令、更紗」

ふざけ合っていた二人が、動きを止めた。

「私ね、海の底にいるんだ」

海が跳ね返した光を浴びて、美令も更紗も輝いている。

「海の底に沈んで、上を見上げているの。そうやって、水の上にいる美令と更紗を見ている。二人とも、夏月も、他の楽しそうだったり満ち足りてそうだったりする人たちも、みんな私と違う眩しいところにいる。ずっとそういう感じなんだ。二人と出会う前から、今もそう。私の目に見えるのはそういう感じ。そんな世界にいるんだ」

訳が分からないだろうな。私も分からない、なぜ言ってしまったのか。本当に、二人はまばゆい。眩しくて、すごくて、大好きだ。

突然、美令が後ろに倒れた。

水音が高く跳ね、更紗が悲鳴を上げた。美令は制服のままで仰向けに沈んだ。あまりのことに一瞬和奈は固まってしまった。男子たちの叫び声で慌てて駆け寄る。更紗もだ。清太と萌芽も来る。

「ちょっと、何やってんの」

ジーンズやシャツが海に浸かるのも構わず、更紗と二人で美令を引っ張り上げた。ずぶ濡れの美令が和奈に言った。

「見てきたよ」

「は？」

「すごく綺麗な世界にいるんだね」

美令は手で水面を払って、和奈と更紗に飛ばしてきた。しぶきは随分豪快だった。思いっきり顔にかかった。不服を訴える間もなく、笑った美令は水を滴らせながら抱きついてこようとする。

「わー、ちょっと待って、濡れる濡れる」

しかし、和奈の抗議は聞き入れられなかった。美令は和奈だけではなく更紗も捕まえ、二人をいっぺんに抱きしめた。美令の体に含まれた水を分け与えられ、こちらもじんわりと濡れていく。ああもう、どうしようもなくびしょびしょだなと和奈が思ったとき、更紗が朗らかに笑い出し、言った。

「私も見たいな。ねえ、いっせーのーで！」

言い終わるや、更紗は先ほどの美令と同じことをした。水音。ほとんど同時に、美令もまたやった。水しぶきが雨のように落ちる。和奈は一瞬迷い遅れた。

でも一瞬だけだ。二人はまだ水面下にいる。

和奈はもう何も考えなかった。

水面を叩いた背中は少し痛かった。息を堪えて浮力に逆らい、水底の砂地に沈む。海の中で髪の毛が揺れるのを感じる。水は温かで、低く柔らかに歌うような音が聞こえた。

目を開ける。水の上に空が見える。青が揺蕩《たゆた》っている。息を吐いた。

吐いた息の気泡が、光の膜に包まれて立ち上り、水面の上の空に溶けていく。

美令の言ったとおりだ。
ここは綺麗だ。

この対談は、Webサイト「リアルサウンド　ブック」(二〇二二年一一月六日公開)に掲載されたものを収録しました。対談内の情報は当時のものです(編集部)

特別付録対談

乾ルカ×アンジェリーナ1/3(Gacharic Spin)「全部が素敵だったと言える人生を過ごしたい」

取材・構成・文　森　朋之

乾ルカが新刊『水底のスピカ』を一〇月七日に上梓した。昨年発表した『おまえなんかに会いたくない』に続く本作は、北海道の高校に東京から転校してきた容姿端麗で頭脳明《めい》晰《せき》な美令《みれい》、クラスのなかで孤高を演じている和奈《かずな》、そして、クラスカースト上位の更紗《さらさ》の三人を中心とした青春群像劇。痛みや葛藤を抱えながらも、希望の光を求め続ける三人が織りなす物語は幅広い層の読者の共感を集めている。

リアルサウンド　ブックでは乾ルカと、一〇月より文化放送でレギュラー番組『アンジェリーナ1/3のA世代！ラジオ』をスタートさせたばかりのアンジェリーナ1/3(Gacharic Spin)の対談をセッティング。『水底のスピカ』を中心に置きながら、思春期の人間関係、現在の社会における希望の在り方などについて語り合ってもらった。

■当時の感覚を大切にしてきたことで今の自分がある

——乾ルカさんの新作『水底のスピカ』は、前作『おまえなんかに会いたくない』に続く、北海道の高校を舞台にした青春群像劇。二十歳のアンジーさんにとっては、身近なストーリーだったのでは？

アンジェリーナ1/3（以下、アンジー）　そうですね！　高校生の友人関係が鮮明に描かれていて、まるで自分が学生の頃に戻ったような感覚があって。自分の記憶と重なって、涙が出そうになる場面もありました。十代の頃って、どうしても自分の主観で物事を捉えがちだと思うんです。『水底のスピカ』に登場する子たちもそうだけど、〝自分が主人公〟って思いたいし、〝いちばんカッコよくありたい〟という気持ちがある。私もそうだったし、そんな当時のことをリアルに思い出しました。

乾ルカ（以下、乾）　ありがとうございます。素敵な感想を持っていただいて、すごく嬉《うれ》しいです。書いている最中に「ちゃんと伝わるだろうか？」と感じていたところもしっかり汲《く》み取っていただいて、著者としてこんなに喜ばしいことはありません。

——『水底のスピカ』は前作『おまえなんかに会いたくない』と舞台設定に繋《つな》がりがある作品だとか。

乾　はい。時代が違うのですが、前作と同じ〝北海道立白麗《はくれい》高校〟が舞台になっています。これまではホラーに分類される小説なども書いてきたのですが、私としてはすべて青春小説を書いているつもりなんです。そのことを担当編集の方が覚えてくれていて、『おまえなんかに会いたくない』を出したときに、「これは三部作にしましょう」と仰《おっしゃ》ってくれたのがこの小説を書いたきっかけです。

――青春時代の記憶も、小説家としての礎になっているんでしょうか?

乾　そうかもしれません。私は充実した高校生活を送ることができなくて、「どうして私はこうなんだろう?」といたたまれなさを感じていました。ずっと思い悩んでいたし、そのときに抱えていたものは、今も解消できていない。私はなかなか成長ができなくて、十八歳の頃から考え方が変わっていない気がするんです。そのことを踏まえて、「過去の自分に語り聞かせたい」と思いながら書いていたところもあります。

アンジー　そうだったんですね。『水底のスピカ』のなかでいちばん自分にリンクしたのは、更紗ちゃんの妹の瑠璃《るり》ちゃん。彼女たちは父親を亡くしていますが、自分も同じように、中学一年のときに父を亡くしていて、そのときの記憶が現在の人生に大きく影響しているんです。親族もみんな泣いている中で、なぜか自分は「強くいなくちゃいけない」と思ってしまって。すごく強がっていたし、そのせいで周りの人と上手《うま》く話すことが難しくなったんです。そんな状況の中ですがったものが音楽でした。いま音楽をやっていることもそうだし、あのときの状況があったからこそ、周りの二十歳の子には伝えられないことも発信できるはずだと思っています。まだまだ大人にはなりきれていないけれど、当時の感覚を大切にしてきたことで今の自分があるんだなって。『水底のスピカ』を読んで、そのことを改めて実感しました。

乾　小説はフィクションなので、嘘《うそ》をさも本当のように書いている部分がある。登場人物にしっかり血肉を与えて、〝光が当たれば、ちゃんと影が出る〟という人物造形をしたいと思っているんです。だから、アンジーさんが共感できるキャラクターを見つけてくださったことは、本当に励みになります。

■〝友達がいれば大丈夫〟と思いたい

――『水底のスピカ』に登場する高校生たちは、それぞれシリアスな状況にあります。〝困難にある十代の若者がどう生きていくか〟もテーマの一つだったのでしょうか？

乾　はい、その通りです。もちろん、彼女たちは高校生なので、すべての問題を解決できるわけではない。ただ、一〇〇％上手くいくことはないとしても、それでも何とか生きてほしいという思いはありました。彼女たちが交わす〝十年後に会う〟という約束もそうですし、とりあえず明日まで進んでみようと思ってもらえたらいいな、と。

――友達の大切さも描かれていますね。

乾　私の青春時代が明るくなかった理由の一つが、友達があまりいなかったことなんです。教室や部活で一緒にいる子はいたけれど、卒業したらそれきり。あとは年賀状のやり取りだけで、「会えたらいいね」と何十年も書き続けているという感じです。だからこそ、ちょっと恥ずかしいんですが、友情に対して過度な憧れを持っているところがあります。〝友達がいれば大丈夫〟と思いたい。そのことを今回の小説では、おとぎ話のように書いているところもあります。

アンジー　私も実は友達は少なかったです（笑）。ただ、一人だけずっと助けてくれた子がいて。三歳から一緒にいてくれる親友なんですけど、中学のときに自分が不登校になったときも、すごく支えてくれたんです。今はこんな見た目でワーッとやってるんですけど、当時はネクラで、人の目を気にするタイプで。そんなときもずっとそばにいてくれて、ぜんぜん言葉がまとまらない状態のときでも、「うんうん」と聞いてくれたんです。その後、ちゃんと学校に通えるようになって、高校に進学できたのもその子のおかげだと思います。

乾　すごくいい話です。私がアンジーさんとこうやってお話しできるのも、その方のおかげでもあるんですね。

アンジー　そうなんですよ！　彼女がいてくれたことで実現できたことがたくさんあるなって、いまになってすごく思います。

■高校生のときにこの本に出会いたかった

――小説を通して、読者と繋がることも支えになるのでは？

乾　もちろん大いに支えになっています。アンジーさんのようにしっかり受け取ってくれる方がいると、「届いた」という実感があるし、本当に書いてよかったなと。救われた気持ちになります。

アンジー　その感覚もすごくわかります。ファンのみなさんには普段から、たくさんのものを受け取っていて。応援してもらえているのも日々感じているし、「これが当たり前になっちゃいけない」と常に思っているんです。たとえばライブにしても、「期待を超えないと、次のライブに来てくれない」という思いでステージに立っているので。

――アンジェリーナさんは〝マイクパフォーマー〟という立ち位置なので、オーディエンスとバンドを繋ぐ役割もありそうですね。

乾　一〇月開催されたGacharic Spinの名古屋のライブ（結成一三周年記念ライブ）の映像を拝見させてもらって、まずバンドの演奏の上手さにビックリしました。そして、「マイクパフォーマーって、どんなことをするんだろう？」と思いながら観ていたのですが、アンジーさんは何でもできるんですね。歌はもちろん、ＭＣも素敵で。低音の響きもすごく好きです。

アンジー　ありがとうございます！　小学生くらいからこういう声なんですけど、「男みたいだな」ってからかわれてたし、自分の声が好きじゃなかったんです。でも、歌う人になりたいという気持ちはずっとあって。バンドに加入したのは高校二年のときで、その時点で一〇周年のタイミングだったんです。〝マイクパフォーマー〟と言われたときは、「え、ボーカルじゃないんだ？」とちょっとガッカリしたんですよ（笑）。でも、自分が活動していってメンバーと話すなかで、「表現できることは全部やっていいよ」「Gacharic Spinを表現する〝声〟になってほしい」と言われて、マイクパフォーマーという役割を徐々に理解していきました。今は「この声でよかった」と思っているし、すごくやりがいを感じています。

乾　パフォーマンスもすごいですよね。「MindSet」のMVも印象的でした。黒髪からいきなりピンクの髪になるシーンが本当に格好よくて、すっかりファンになっちゃいました。

アンジー　わ、ありがとうございます！　学生の頃って、本当にあんなテンションだったんですよ（笑）。「学校なんて、意味あるの？」みたいな。私が通っていたのは表現を学ぶ高校で、通っている子たちはみんな自我がすごかったんです。まさに「私が主人公」というタイプの子ばかりで、だからこそ人間関係も難しかった。『水底のスピカ』を読んだときに「周りの人たちの世界線を理解したうえで接することができれば、もっといい人間関係が作れただろうし、人としても成長できたかもな」と思いました。高校生のときにこの本に出会いたかったです。もちろん、いいこともあったんですけどね。高校のときに学園祭で初めてやった弾き語りをGacharic Spinのリーダーが見て、「オーディション受けてみない?」ときっかけをくれたので。

――乾先生も高校時代から「小説家になりたい」と思っていたんですか?

乾　申し訳ないんですけど、まったく考えていませんでした。勉強も全然やってなかったし、やっていたことと言えば、部活か寝るかという生活で。本もあまり読んでいなかったし、どうしようもない高校生でしたね。

アンジー　私も勉強はしてなかったです(笑)。

乾　短大のときも、社会人になっても同じような生活を続けていて。ただ、高校卒業後はかなり本を読んでいたんですよ。きっかけになったのは、母の一言ですね。ハローワークから帰ってきて、本を読んでいたら、「そんなに本ばかり読んでるんだったら、自分でも書いてみたら」と言ってくれて。

アンジー　それもすごいきっかけですね!　やっぱり、周りの人の影響ってすごいなと思います。

■〝どの人物にも私がいる〟という怖さ

――『水底のスピカ』は青春群像劇ですが、ヤングケアラー、経済的な格差などの現在の社会的な問題も反映されています。

乾　社会問題をどこまで反映するかは、現代を舞台とした小説を書くうえで難しい問題だと思っています。私自身、社会問題に興味がないわけではないし、言いたいことがないわけでもないですが、それを語るために小説を書いているわけではなくて。私にとって小説は、個人の意見を主張する手段ではないということですね。たしかに社会問題も反映していますが、それは物語における色彩の一つであるという捉え方をしています。

――なるほど。アンジェリーナさんはラジオ番組『アンジェリーナ⅓のA世代！・ラジオ』でミュージカル「ヘアスプレー」を題材として取り上げて、差別について言及するなど、社会的な事柄にも積極的にアプローチしている印象があります。

アンジー　私たちの世代は「それはダメ」と頭ごなしに言われることが多いんですけど、何がダメなのかを知らないまま大人になるのは怖いことだなと思うんです。私もぜんぜん社会問題に詳しいわけではないけど、「なぜ戦争がいけないのか」みたいなことを意識して学ばないと、同じことを繰り返してしまいそうな気がして。人間関係もそう。「この言葉を言えばどうなるか」「どうして人を傷つけてしまうのか」を学ばないと成長できないと思っています。

『水底のスピカ』で言えば、クラスメイトを〝一軍〟と〝二軍〟に分けるみたいなスクールカーストの描写がありました。自分もそうですけど、「人をランク付けしたり、差別なんかしないよ」と思っていても、心のどこかに「自分は一軍でいたい」という気持ちがあるんじゃないかなと。小説を読んでいると、「自分にもこういうひどい部分があるな」と思ったり。ぜひ、今の学生のみなさんにも読んでいただいて、そこで感じたことを大切にしてほしいです。

――登場人物がそれぞれ複雑な内面を持っているので、読んでいるといろんな感情が生まれて。それも群像劇の面白さだと思います。

乾　『おまえなんかに会いたくない』もそうですが、群像劇を書くと私自身もいろんな登場人物の視点に立ってモノを見られるので、それが醍醐味《だいごみ》だと感じています。「この子の考え方は私には合わないな」というキャラクターもいるんですけど、書いているうちに、どうしても自分と重なってきてしまうんです。いろんな人物を書ける楽しさと同時に、〝どの人物にも私がいる〟という怖さもあって。

アンジー　それは私も感じてました。「この子のこの部分は私に似てる」とか、いろんな人のいろんな部分にリンクするというか。そこも『水底のスピカ』の奥深い魅力だと思います。

■「世界は美しいはずだ」と思いたい

乾　アンジーさんの歌詞についても聞かせてください。私、「I wish I」の歌詞が好きで。作詞・作曲は〝Gacharic Spin〟になっているんだけど、インタビュー記事によるとアンジーさんが書かれたそうですね。

アンジー　はい。「I wish I」は自分の感情がすごく露わになっている曲です。この歌詞を書いた時期はコロナ禍で、ずっと家にいて、時間があったんです。あの頃はみんなのなかにいろんな感情が渦巻いていて、インターネットにはひどい言葉もたくさんありました。どんなにイヤな意見でも、大人数が賛同すれば正解になってしまうのも気持ち悪かったし、「つまらなくて、汚い世界だな」と思ってしまって。ただ、私は「それは正解じゃないと思う」と口に出せなかったんです。批判されたり嫌われるのが怖かったので……。それでも「世界はとても美しいはずだ」と思いたかったんです。憎たらしいし、醜いし、どうしようもない部分もあるけれど、ここに生まれたからには、「この世界が美しい」と思える何かがほしい。それを見つけるまでしっかり生きていたいなって。

——「I wish I」には「世界はとても美しい」というフレーズがありますね。

アンジー　そうですね。ほかにも「誰かと違う僕は愛されないのか？」という歌詞もあるんですけれど、それを差別の問題やLGBT+Qの問題と重ねてくれた人もたくさんいて。あなたにはあなたの正解があるし、美しい心で生きていってほしいなって……おこがましいですけど、乾さんとお話ししていて、「似てるな」っていう感覚があるんですよ。

乾　おこがましいですけど（笑）、私もそう感じてます。「世界はとても美しい」は強い言葉だし、歌詞に書くのはすごく勇気が必要だったと思うんです。でも、私自身もいまだに「世界は美しいはずだ」と思いたいし、次回作ではそのことをテーマにしようと思っていました。「I wish I」を聴きながら書きます。

アンジー　ホントですか！

乾　はい。アンジーさんがEテレの『超多様性トークショー！なれそめ』に出演していたときにお話しされていたことを聞いて、アンジーさんは本当に美しいものが見えてる方なんだなって感じたんです。だからこそ、「I wish I」のような歌詞が書けるんだと思います。

アンジー　嬉しいです。……やばい、泣きそう。

――今のお話は、『水底のスピカ』にも通底していますよね。

アンジー　（涙を拭きながら）そうだと思います。『水底のスピカ』の美令、和奈、更紗は不安や恐れと向き合って、それでも自分たちがいる場所を「美しい」と感じる。そのときの三人のきれいな空気感が伝わってきて、涙がポロポロ出てきました。私もこんなふうに生きていきたいし、年齢を重ねたときに、「全部が素敵だった」と言える人生を過ごしたいです。

乾　ありがとうございます。そこまで読み取っていただいて、本当に光栄です。

アンジー　こちらこそ、今日はお会いできて本当に光栄です！　学生時代はけっこう本を読んでいたんですけど、バンドに加入してからは、がんばらなくちゃいけないことがたくさんあって、あまり読めてなくて。久しぶりに読んだ小説が『水底のスピカ』で本当に良かったし、ぜひいろんな世代の方たちに手に取ってほしいです。

解説

中江有里

中学時代、クラスの中で塾に通っていない生徒が二人いた。

その一人であるAさんの成績はクラス一。バスケ部でもエース級の活躍で、先生からも一目置かれていた。

もう一人の生徒はこの私。成績は平凡（自分の子なら「もっと勉強しろ」と入塾させるレベル）。一度だけ作文コンクールのクラス代表となったことがあったが、全生徒の前で作文を読み上げる際に緊張して声が出ず「聞こえなかった」「内容がわからない」と不評を買い、全国大会へのノミネートは見送られた。

ほぼ目立つことのない中学時代を経て、ひょんなことから私は芸能界へ入った。それを知ったクラスメイト達は「嘘《うそ》やろ」「あの地味な女子？」と言ったと聞いたが、意外ではない。自分のことだけどそう思う。

『水底のスピカ』を読んで、あの頃のことを思い出す。目立たず、息を殺して過ごした日々。

特に松島和奈《まつしまかずな》の心中は察してしまう。

先に挙げたAさんと私は友達ではなかった。同じクラスだけど種類の違う人だと思い、近づくことができなかった。その感情を今なら言葉にできる。私はAさんに恐れいってい
た。気さくな感じがするけど絶対に敵わないから、かすかな自尊心が傷つかぬよう距離をとっていた。

本書に戻ると、ただ歩くだけで、その他全員を敗北者にした——容姿端麗、頭脳明晰《めいせき》、どこかミステリアスな汐谷美令《しおたにみれい》に対し、憧れと嫉妬が入り混じった気持ちを抱く。転校生という属性が和奈だけでなくクラス全員の心をざわつかせる。

クラスのカースト上位女子・城之内更紗《じょうのうちさらさ》にとって美令は自分の地位を脅かしかねない存在。美令を「東京の人」と呼ぶことで自分たちとの間に線を引いた。

女子三人と、唯一の男子・青木萌芽《あおきほうが》視点で進んでいく物語から浮かび上がるのは、それぞれの孤立と孤高。

美令の場合は後半まで読者にも明かされない事情がある。よって他者からの評価が彼女を浮き立たせる。

たとえば同級生たちから美令は「映画に出たことがある」と噂《うわさ》され「エキストラさん」と揶揄《やゆ》される。

く「エキストラ」とは映画やドラマにおける名のない役。通行人、店員、学園ドラマでは多くの同級生役はエキストラと呼ばれる。

エキストラにはセリフはない。身振り手振りしながら、声は出さずに演技をする。誤解を恐れずに言えば背景に近い。でも背景がなければ、画面のリアリティが生まれない。そういう意味で「エキストラ」は作品にかかせないのだが、どこか軽んじられる役割でもある。

現実世界で主役級の美令がフィクションの世界では「エキストラさん」と笑うことで、現実のエキストラ役のような同級生は溜飲《りゅういん》を下げているのだ。

そのことについて、美令は気にしていないわけじゃない。だけど彼女の感情はどこか希薄に感じられる。転校を繰り返しており友達と呼べる相手が作れない。加えて「神様の見張り番」をしなくてはならない。そんな現実が美令を孤立させてきたのだろう。

和奈の場合は、平凡であることがコンプレックスで、一目置かれる美令と親しくなったことに喜びを覚えながら、そのコンプレックスをこじれさせている。

そんな和奈に萌芽は言う。

「人を馬鹿にするのもいい加減にしろよ」

平凡を蔑むことは、私は世の中の大多数を見下していますという所信表明――平凡な自分を軽んじることは、周囲の人をも軽んじることだ。和奈は何物でもない高校生だけど自尊心はあり、特別な選ばれた存在でありたい。特別な美令に目がくらんで、周囲が見えなくなってしまったのだろう。

人生の主人公は自分でしかない。特別な能力や才能の持ち主なら、希望の進学、就職を果たし、より人生を楽しめるはず。従姉《いとこ》の夏月《なつき》がまさにそういう存在としてそばにいる。翻って「エキストラ」は社会において必要な役割でもある。年を重ねていくと自分もエキストラ役を率先して担うことも増える。

言うなれば結婚式の参列客みたいなもので、誰かの人生の見届け人として、あえて結婚式の背景になるのだ。

和奈だって美令に憧れと嫉妬《しっと》をこじらせているばかりじゃない。メッセージアプリ「イマトモ」の会話相手をするバイトを通じて、中学一年のアヤミの悩みを聞き、アドバイスをしながら気づかぬうちに「エキストラ」的立場にもなっている。

本書を読みながら友情とは何か、思いを巡らせた。

人は基本的に孤独で不安だ。だから誰かと一緒にいたくなる。それも気の置けない誰かがいい。その感情を分かち合える相手との間に友情が芽生《めば》え、ときに愛情とも呼ばれるものに発展する。

「誰もが認める相手だから、好きになったり、友達になったりするんですか」

アヤミから投げかけられた言葉は、この感情の定義にも関わってくる。惹かれる相手が魅力的であるから認められるのか？　最初から評価されているくらい素敵な相手だから好きになるのか？　そもそも好意の感情がどこから始まっているのかわからないからどちらとも言えない。

はっきりとしているのは、自分の自尊心だけ。思うに、自尊心でがんじがらめの心になれば、友情は成立しない。強さも弱さも受け止め合えて初めて、心は通うもの。

もう一度、件《くだん》のAさんとのことを書きたい。Aさんは周囲の予想通り、塾に行かないで唯一、市内一の難関高校に合格した。卒業式の前に勇気を出してサイン帳（当時流行した）の交換を申し出たら、あっさり書いてくれた。そこにはこうあった。

「わたしは中江さんの頑張り屋なところが好きです」

もっと、もっと頑張って話しかければよかった、と後悔した。

最後にタイトルについて触れたい。

海で泳いだことがあれば、水底から見上げた景色を思い出せる。太陽の光を波に編み込んだようなきらめきと決してとどまることのない揺らめきは言葉にできない美しさだ。

和奈はずっと水底にいて、海の上にいる美令と更紗を見ていた。

そんな告白に似た和奈の言葉に対し、美令がとった行動と返事には胸が熱くなる。
それこそが友情――。
こんなに美しいラストシーンは初めてだ。

（女優・作家・歌手　なかえ・ゆり）

単行本　二〇二二年一〇月刊　中央公論新社

特別付録対談

乾ルカ×アンジェリーナ1/3（Gacharic Spin）
「全部が素敵だったと言える人生を過ごしたい」
（初出：Webサイト「リアルサウンド　ブック」
二〇二二年一一月六日公開）

本作はフィクションであり、実在する個人、
団体等とは一切関係ありません。

中公文庫

水底《みなそこ》のスピカ

2024年10月25日　初版発行

著　者　乾《いぬい》　ルカ

発行者　安部　順一

発行所　中央公論新社
〒100-8152　東京都千代田区大手町1-7-1
電話　販売 03-5299-1730　編集 03-5299-1890
URL https://www.chuko.co.jp/

DTP　ハンズ・ミケ
印　刷　三晃印刷
製　本　小泉製本

Published by CHUOKORON-SHINSHA, INC.
Printed in Japan　ISBN978-4-12-207565-8 C1193

——乾ルカが贈る、北海道立白麗

らクラスで孤立してしまう。最初の友達で孤高を演じる松島和奈、美令が孤立する原因を作った城之内更紗。それぞれに秘密を抱えながらも、深く関わってゆく三人の濃密な一年の軌跡を描く。アンジェリーナ1/3との対談を収録。

〈解説〉中江有里

葬式同窓会

〈単行本〉

「例えば、彼が不登校にならなかったら、世界は変わっていたのかな」

高校の恩師の葬儀に集った元クラスメイトたち。彼らは、八年前の夏至の日に、三年六組の教室で起きた、〝事件〟を思い出しはじめた——。青春群像劇の傑作、ここに誕生。

装画・雪下まゆ

乾ルカの本

コイコワレ

古より対立し続ける血脈の呪縛か、無意識に忌み嫌い合うふたりの少女。だが、戦争という巨大で最悪の対立世界は、彼女たちから大切な存在を奪ってゆく……。宿命に抗いはじめた少女たちが願う、美しき未来とは──。〈螺旋〉プロジェクト参加作品。特別書き下ろし短篇収録。

〈解説〉瀧井朝世

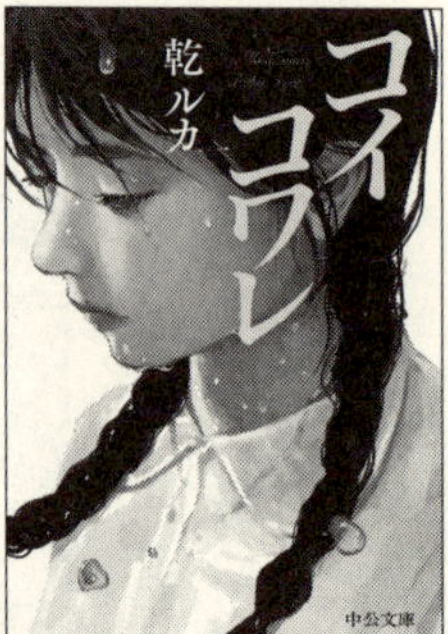

中公文庫

装画・雪下まゆ

乾ルカの本

灯《あかり》

この世界を、私はひとりで生きたい——。わかり合えない母親や、うざいクラスメート。誰とも関わらずひとりで生きたい、人生の〝スヌーズ〟を続ける相内蒼、高校二年生。その出会いは、彼女の進む道を照らしはじめた——。北の街・札幌を舞台に、臨場感溢れる筆致で、激しく記憶と心を揺さぶり、光溢れる傑作青春小説！

単行本

装画・サイトウユウスケ

中公文庫既刊より

各書目の下段の数字はISBNコードです。978－4－12が省略してあります。

あ-92-2
死にがいを求めて生きているの　朝井リョウ
植物状態のまま眠る青年と見守る友人。二人の間に横たわる〝歪な真実〟とは？　平成に生まれた若者たちが背負った、自滅と祈りの物語。〈解説〉清田隆之
207267-1

あ-88-1
幕末疾風伝　天野純希
時は幕末。男は攘夷だ勤皇だ佐幕だと意識の高い周囲に疲れ、酒浸りの日々を送っていたが、ある人物との出会いが彼の運命を変える！〈解説〉佐藤賢一
206646-5

あ-88-2
もののふの国　天野純希
源平、南北朝、戦国、幕末——この国の歴史は何者かに操られている。武士の千年に亘る戦いを一冊に刻みつけた驚愕の歴史小説。特別書き下ろし短篇収録。
207290-9

い-132-1
走狗　伊東潤
西郷隆盛と大久保利通に見いだされ、幕末の表舞台に躍り出た川路利良。警察組織を作り上げ、大警視まで上り詰めた男が見た維新の光と闇。〈解説〉榎木孝明
206830-8

い-132-5
囚われの山　伊東潤
世界登山史上有名、かつ最大級の遭難事故、八甲田雪中行軍遭難事件。だが、この大惨事には、白い闇に隠された秘密が⁉　長篇ミステリー。〈解説〉長南政義
207362-3

い-117-1
SOSの猿　伊坂幸太郎
株誤発注事件の真相を探る男と、悪魔祓いでひきこもりを治そうとする男。二人の男の間を孫悟空が飛び回り、壮大な「救済」の物語が生まれる！〈解説〉栗原裕一郎
205717-3

い-117-2
シーソーモンスター　伊坂幸太郎
元情報員の妻と姑の争い。フリーの配達人に託された謎の手紙。時空を超えて繋がる二つの物語。運命は変えられるのか。創作秘話を明かすあとがき収録。
207268-8

お-100-1
ウナノハテノガタ
大森兄弟
海の民の少年オトガイは父からある役目を引き継ぐ。山の民の少女マダラコは生贄の儀式から逃れて山を下りる。二つが出会い、すべてが始まる原始の物語。
207279-4

き-50-1
静かなる太陽
霧島兵庫
明治三三年五月に起きた北清事変（義和団の乱）。五五日に及ぶ籠城戦を、寡兵で戦い抜いた柴五郎中佐たちの戦いを描く歴史巨篇。〈解説〉内田　剛
207152-0

さ-83-1
連弾
佐藤青南
幼き頃の憧憬は、嫉妬、そして狂気へと変わる――。彗星の如く現れた天才作曲家の正体を追う、二人の刑事が辿り着いた真実とは⁉　文庫書き下ろし。
207087-5

さ-83-2
人格者
佐藤青南
オーケストラの人気ヴァイオリニストが殺害された。誰からも愛された男がなぜ殺されたのか？　あの『連弾』の異色刑事コンビが謎に挑む！　文庫書き下ろし。
207229-9

さ-83-3
残奏
佐藤青南
人気ロックバンドのメンバーが、何者かに殺害された。音喜多弦刑事と、絶対音感を持つ鳴海桜子刑事は被害者の母校吹奏楽部を訪れるが。文庫書き下ろし。
207390-6

さ-83-4
眠れる森の殺人者
佐藤青南
女子児童誘拐事件の背後には、表舞台から消えた名ヴァイオリニスト、そして天才指揮者で鳴海桜子刑事の父親の影が……。文庫書き下ろしシリーズ第四弾！
207546-7

さ-74-1
夢も定かに
澤田瞳子
翔べ、平城京のワーキングガール！　聖武天皇の御世、後宮の同室に暮らす若子、笠女、春世の日常は恋と友情と政争に彩られ……。〈宮廷青春小説〉開幕！
206298-6

さ-74-2
落花
澤田瞳子
仁和寺僧・寛朝が東国で出会った、荒ぶる地の化身のようなもののふ。それはのちの謀反人・平将門だった。武士の世の胎動を描く傑作長篇！〈解説〉新井弘順
207153-7